10
18

12, AVENUE D'ITALIE. PARIS XIIIe

Sur l'auteur

Nick Hornby est né en Grande-Bretagne en 1957. Après des études à Cambridge, il devient professeur tout en travaillant comme journaliste pour *The Literary Review, The Daily Telegraph* et *The Sunday Times*. À la fin des années quatre-vingt, il renonce à l'enseignement pour se consacrer à l'écriture. Son premier roman, C*arton jaune,* rencontre immédiatement le succès. Devenu depuis un auteur culte outre-Manche, souvent adapté au cinéma, chacun de ses titres est un nouveau best-seller — *Haute Fidélité, À propos d'un gamin, La bonté : mode d'emploi, 31 songs* — encensé par le public et la critique. Son dernier roman, *Vous descendez ?*, a paru aux éditions Plon en 2005.

NICK HORNBY

HAUTE FIDÉLITÉ

Traduit de l'anglais
par Gilles LERGEN

10/18

« Domaine étranger »

dirigé par Jean-Claude Zylberstein

FEUX CROISÉS/PLON

Du même auteur
aux Éditions 10/18

▶ HAUTE FIDÉLITÉ, n° 3056
CARTON JAUNE, n° 3202
À PROPOS D'UN GAMIN, n° 3367
LA BONTÉ : MODE D'EMPLOI, n° 3496
31 SONGS, n° 3604

Titre original :
High fidelity

ISBN 2-264-03848-9

Pour Virginia

alors...

Mes cinq ruptures inoubliables, mon île déserte permanente, par ordre chronologique :

1) Alison Ashworth
2) Penny Hardwick
3) Jackie Allen
4) Charlie Nicholson
5) Sarah Kendrew.

Celles-là, elles m'ont vraiment fait mal. Regarde bien : tu vois ton nom dans cette brochette, Laura ? Admettons que tu arrives dans les dix premières, mais tu ne montes pas jusqu'au podium ; je le réserve à des humiliations, à des déceptions que tu es tout bonnement incapable d'infliger. C'est cruel à dire, je sais, et je ne veux pas te faire de peine, mais le fait est que nous sommes trop vieux pour nous briser le cœur, et c'est plutôt une bonne chose, alors ne prends pas cet échec trop mal. Ces temps sont révolus, et bon vent ; le malheur, c'était quelque chose, à l'époque. Maintenant, c'est juste embêtant, comme d'être grippé ou dans la dèche. Si tu voulais vraiment me démolir, il fallait me prendre plus jeune.

1. Alison Ashworth (1972)

Presque tous les soirs, on traînait dans le parc au coin de ma rue. Je vivais dans le Hertfordshire, mais ç'aurait pu être n'importe quelle banlieue d'Angleterre : parc typique de banlieue typique, à trois minutes de chez moi, au bord de la route, en face d'un petit groupe de boutiques (supérette, kiosque, vins et spiritueux). Rien à l'horizon qui permette de se situer sur la carte ; si les boutiques étaient ouvertes (et elles fermaient à cinq heures et demie, le jeudi à une heure, le dimanche toute la journée), on pouvait à la rigueur acheter un journal local au kiosque — et encore, ça ne donnait pas d'indices précis.

On avait douze ou treize ans et on venait de découvrir l'ironie — ou plutôt ce que j'ai reconnu plus tard comme tel : on se permettait de faire de la balançoire et du tourniquet, de jouer dans le bac à sable pourri, à condition de le faire avec une sorte de détachement ostensible, au second degré. Il fallait pour ça feindre la nonchalance (le truc consistait à siffloter, à bavarder, à tripoter un mégot de cigarette ou une boîte d'allumettes), ou bien prendre des risques inutiles, par exemple sauter de la balançoire quand elle était au plus haut, s'accrocher au tourniquet quand il allait le plus vite, se tenir sur le bord de la bascule jusqu'à ce qu'elle soit à la verticale. Si l'on prouvait que ces enfantillages pouvaient mener au traumatisme crânien, ils étaient moins déshonorants.

Pour ce qui était des filles, l'ironie n'était pas notre fort. On n'avait pas eu le temps de s'y mettre. À un moment, elles n'existaient pas, en tout cas pas sous une forme qui retenait l'attention, et le moment d'après on ne pouvait plus les éviter : elles étaient partout, où qu'on tourne les yeux. À un moment, on avait envie de leur donner un coup sur la tête parce que c'était notre sœur ou la sœur d'un copain, et le moment d'après, on avait envie de... en fait, on ne savait pas de quoi exactement, mais c'était quelque chose, quelque chose d'énorme. En l'espace d'un mois, toutes ces frangines (seule espèce connue jusque-là) étaient devenues intéressantes, voire *troublantes.*

Mais enfin, qu'est-ce qu'on avait de différent, tout d'un coup ? Des voix qui muent, mais ça ne vous avantage pas tellement — ça vous rend ridicule, pas désirable. Quant aux premiers poils pubiens, c'était notre secret, ça restait entre nous et nos slips kangourous, et il faudrait attendre des années avant qu'un membre du sexe opposé vérifie qu'ils étaient bien placés. Les filles, d'un autre côté, avaient manifestement des seins depuis quelques jours, et une nouvelle démarche qui allait avec : bras croisés sur la poitrine, qui à la fois cachaient et mettaient en valeur ce qui venait de leur arriver. Et puis il y avait le maquillage, les parfums, obligatoirement ringards et appliqués de façon maladroite, voire comique, mais qui n'en étaient pas moins le signe terrifiant d'une métamorphose qui nous avait échappé, qui s'était faite dans notre dos.

Je me mis à sortir avec l'une d'entre elles... non, ce n'est pas le mot, parce que je n'eus aucune part à la décision. Je ne peux pas dire non plus que c'est elle qui s'est mise à sortir avec moi : « sortir avec » ne convient pas, car cela suggère une égalité, une réciprocité. Ce qui est arrivé, c'est que la sœur de David Ashworth, Alison, s'est extraite du lot féminin qui s'agglutinait tous les soirs près du banc, et qu'elle m'a adopté. Elle m'a pris sous son bras et m'a emmené loin de la balançoire.

Je ne sais toujours pas comment elle s'y est prise. Je ne pense même pas que je m'en sois aperçu, sur le moment, car je me souviens qu'au milieu de notre premier baiser, mon premier baiser, j'étais complètement éberlué, incapable d'expliquer comment Alison Ashworth et moi étions devenus si intimes. Je me demandais même comment je m'étais retrouvé de son côté du parc, loin de son frère, de Mark Godfrey et des autres, comment nous nous étions abstraits du groupe, pourquoi elle avait penché son visage sur le mien et m'avait fait comprendre que c'était le moment de mettre ma bouche contre la sienne. Toute cette affaire dépasse l'entendement. Pourtant, ces choses sont arrivées, et elles sont arrivées de nouveau, presque toutes, le soir suivant, et le soir qui a suivi.

Qu'est-ce qui m'a pris ? Qu'est-ce qui lui a pris ? Quand j'ai envie d'embrasser quelqu'un comme ça, maintenant, avec la bouche, la langue et tout le tremblement, c'est que je veux aussi autre chose : du sexe, des vendredis soir au cinéma, de la compagnie et de la conversation, la fusion des réseaux d'amis et de parents, du sirop qu'on m'apporte au lit quand je suis malade, une nouvelle paire d'oreilles pour ma collection de compacts et de vinyles, peut-être un petit gars nommé Jack et une fillette nommée Holly ou Maisie, j'hésite encore. Mais je n'attendais aucune de ces choses-là d'Alison Ashworth, aucune. Pas d'enfants puisqu'on était des enfants, pas de vendredi soir au cinéma puisqu'on y allait le samedi matin, pas de sirop puisque ma mère s'en occupait, pas même du sexe, surtout pas, par pitié pas de sexe, la plus dégoûtante, la plus terrifiante invention des années soixante-dix.

Alors à quoi rimait ce flirt ? La vérité, c'est qu'il ne rimait à rien ; on était juste perdu dans le noir. Une dose de mimétisme (les gens que j'avais vus s'embrasser, en 1972 : James Bond, Simon Templar, Napoleon Solo, Barbara Windsor et Sid James — à moins que ce ne fût Jim Dale —, Elsie Tanner, Omar Sharif et Julie Christie, Elvis, et beaucoup de couples en noir et blanc que ma mère aimait regarder, mais eux ne penchaient pas la tête frénétiquement) ; une dose d'impulsion hormonale aveugle ; une dose d'instinct grégaire (Kevin Bannister et Elizabeth Barnes s'y étaient mis depuis quinze jours) ; une dose de pure panique... aucune conscience, aucun désir, aucun plaisir, sauf une vague chaleur dans le ventre, insolite et relativement agréable. Nous étions de petits animaux, ce qui ne veut pas dire qu'au bout d'une semaine nous nous arrachions nos T-shirts ; simplement nous commencions à nous renifler réciproquement le derrière (ce n'est qu'une image), et l'odeur ne nous était pas insupportable.

Maintenant écoute bien, Laura. Notre liaison était vieille de trois jours. Le quatrième soir, je me pointai dans le parc et Alison était assise sur le banc avec le bras autour du cou de Kevin Bannister, et pas d'Elizabeth Barnes à l'horizon. Personne — ni Alison, ni Kevin, ni moi, ni les attardés sexuels qui traînaient autour de la balançoire — ne dit un mot. J'encaissai, je rougis, et j'oubliai d'un coup comment on marche sans faire attention à chaque partie de son corps. Que faire ? Où aller ? Je ne voulais pas me battre ; je ne voulais pas m'asseoir avec eux deux ; je ne voulais pas rentrer à la maison. Alors, en me concentrant autant que possible sur les paquets de chewing-gum vides qui marquaient la limite entre le côté des filles et celui des garçons, sans lever les yeux ni me retourner, je repris le chemin qui menait aux rangs des célibataires près de la balançoire. À mi-chemin, je commis ma seule erreur tactique : je m'arrêtai pour regarder ma montre, et je jure que j'ignore quel effet j'essayais d'obtenir, qui j'essayais de tromper. Quelle heure, quelle échéance, aurait pu conduire un garçon de treize ans à se détourner d'une fille et à se diriger vers un bac à sable, les mains moites, le cœur battant, les larmes aux yeux ? Sûrement pas l'heure du goûter, un après-midi de septembre.

Je chipai une clope à Mark Godfrey et j'allai m'asseoir tout seul sur le tourniquet.

« Dur », lâcha David, le frère d'Alison. Je lui renvoyai un sourire de gratitude.

Et ce fut tout. Qu'est-ce que j'avais fait de travers ? Premier soir : parc, clope, flirt. Deuxième soir : *idem*. Troisième soir : *idem*. Quatrième soir : plaqué. D'accord, d'accord. J'aurais peut-être dû le voir venir. Je l'avais peut-être cherché. J'ai pigé, maintenant. Ce deuxième soir, identique au premier, j'aurais dû réaliser qu'on était dans une impasse, que j'avais laissé la situation pourrir au point qu'elle cherchait déjà quelqu'un d'autre. Mais elle aurait pu essayer de me le dire ! Elle aurait pu au moins me laisser un ou deux jours pour arranger les choses !

Ma liaison avec Alison Ashworth avait duré six heures (le trou de deux heures entre l'école et l'émission *Nationwide*, multiplié par trois), je pouvais donc difficilement prétendre que je m'étais habitué à elle au point de ne plus savoir quoi faire de moi-même. Pour tout dire, aujourd'hui, je ne me souviens de presque rien la concernant. Longs cheveux noirs ? Possible. Petite ? Moins grande que moi, sans doute. Des yeux bridés, presque asiatiques, et le teint sombre ? Ce pourrait être elle, ce pourrait être une autre. Qu'importe. Mais si je classais ces ruptures selon la douleur, et non par ordre chronologique, je la placerais en deuxième position. Ce serait bien de penser qu'avec l'âge les choses ont changé, que les relations sont devenues plus subtiles, les femmes moins cruelles, les carapaces plus épaisses, les réactions plus fines, l'instinct plus développé. Mais je retrouve quelque chose de cette soirée dans tout ce qui m'est arrivé ensuite ; on dirait que toutes mes histoires d'amour sont une version bâclée de la première. Certes, je ne me suis plus jamais infligé cette longue marche, et mes oreilles n'ont plus jamais été aussi rouges et brûlantes, et je n'ai plus été obligé de compter les paquets de chewing-gum vides pour éviter les regards moqueurs et les flots de larmes... pas vraiment, pas réellement. Mais j'ai la même impression, quelquefois.

2. Penny Hardwick (1973)

Penny Hardwick était une fille bien, et aujourd'hui je suis à fond pour les filles bien, mais à l'époque j'avais des doutes. Ses parents étaient des gens bien, sa maison était bien, isolée, avec un jardin, un arbre, un étang à poissons, elle se coiffait bien (elle était blonde, et ses cheveux étaient toujours mi-longs, ce qui lui donnait un air sportif, sain et propret de cheftaine scoute), elle avait un regard bienveillant et une sœur cadette très bien, qui souriait poliment quand je tirais la sonnette et restait à l'écart quand on le lui demandait. Ma mère la trouvait bien élevée, et sur son carnet de notes les profs écrivaient toujours : « Bien. » Physiquement, Penny était plutôt bien, et son palmarès personnel se composait de Carly Simon, Carole King, James Taylor, Cat Stevens et Elton John. Tout le monde l'aimait bien. Elle était tellement bien, pour tout dire, qu'elle ne me laissait pas mettre la main sous — ni même sur — son soutien-gorge ; j'ai donc rompu, bien sûr sans lui dire pourquoi. Elle a pleuré, et je lui en ai beaucoup voulu, parce que je me suis senti coupable.

J'imagine assez bien quel genre de femme a dû devenir Penny Hardwick : une femme bien. Je sais qu'elle a fait des études, et même brillantes, puis qu'elle s'est trouvé un poste de productrice à la BBC. Je dirais qu'elle est intelligente, sérieuse, peut-être un peu trop, ambitieuse, mais pas de cette façon qui donne envie de vomir ; elle était une esquisse de tout cela quand nous sortions ensemble, et à une autre période de ma vie j'aurais été séduit par toutes ces vertus. Seulement, à cet âge-là, je ne m'intéressais pas aux qualités morales, seulement aux seins, et elle ne me convenait donc pas.

Comme j'aimerais vous dire que nous avions de longues conversations passionnantes, et que nous sommes restés de vrais amis toute notre adolescence — elle aurait fait une amie précieuse ; mais je crois bien que nous n'avons pas échangé un mot. On allait au cinéma, dans des boums et des boîtes, on se bagarrait. On se bagarrait dans sa chambre, dans ma chambre, dans son salon, dans mon salon, dans les chambres de ceux qui organisaient les boums, dans leurs salons, et en été on se bagarrait sur des gazons divers. On se bagarrait toujours pour la même raison. Parfois, j'en avais tellement marre d'essayer de toucher ses seins que j'essayais de la toucher entre les jambes, geste empreint d'une sorte de désespoir ironique : c'était comme d'essayer d'emprunter dix balles, de se faire rabrouer, puis d'essayer d'emprunter une brique à la place.

Il y avait le genre de questions que des garçons de mon école posaient à d'autres garçons de mon école (une école où n'allaient que des garçons) : « T'as touché ? » ; « Elle te laisse toucher ? » ; « Qu'est-ce qu'elle te laisse toucher ? », etc. Les questions se faisaient moqueuses, parfois, et répondaient d'avance : « T'as rien touché, pas vrai ? » ; « T'as même pas eu un bout de nichon, pas vrai ? » De leur côté, les filles devaient se contenter de la voix passive. Penny employait l'expression « forcée » : « Je ne veux pas être forcée déjà », expliquait-elle patiemment, et peut-être un peu tristement (elle semblait savoir qu'un jour — pas ce jour-là — elle devrait se laisser faire, et cette idée ne lui disait rien qui vaille), tandis qu'elle soulevait ma main de sa poitrine pour la cent millième fois. Attaque et défense, invasion et recul... c'était comme si les seins étaient une petite propriété que le sexe opposé avait indûment annexée — ils nous appartenaient de droit et nous voulions les reprendre.

Heureusement, il y avait dans le camp adverse des traîtres, des agents doubles. Certains garçons en connaissaient d'autres dont les petites amies les « laissaient faire » tout ce qu'ils voulaient ; dans certains cas, la rumeur voulait même que ces filles aient activement participé à leur propre déchéance. Bien sûr, personne n'avait jamais entendu parler d'une fille qui serait allée jusqu'à se déshabiller, ni même jusqu'à enlever ou desserrer un sous-vêtement. C'eût été pousser la collaboration un peu loin. Si je comprenais bien, ces filles perdues s'étaient seulement placées dans une position qui encourageait les assauts. « Elle a rentré le ventre et tout », nota Clive Stevens avec admiration à propos de la petite amie de son frère ; cela me prit presque un an pour tirer moi-même les bénéfices d'une telle manœuvre. Rien d'étonnant à ce que je me souvienne encore du prénom de la rentreuse de ventre (Judith) : une part de moi a toujours envie de la voir.

La même complainte revient dans tous les magazines féminins : les hommes — ces petits garçons attardés pendant dix, vingt, trente ans — sont nuls au lit. Ils se fichent des « préliminaires » ; ils n'ont aucune envie de stimuler les zones érogènes du sexe opposé ; ils sont égoïstes, avides, gauches, rustres. Je ne peux m'empêcher de trouver ces plaintes un peu culottées. À l'époque, tout ce qu'on réclamait, c'était des préliminaires, et les filles refusaient. Elles ne voulaient pas entendre parler de caresses, de stimulation, d'excitation ; et si on essayait, elles nous donnaient des coups. On ne s'étonnera pas que maintenant nous ne soyons pas très forts pour tout ça. Pendant deux ou trois longues années fort instructives on nous a répété qu'il n'en était pas question. Entre quatorze et vingt-quatre ans, les préliminaires changent de camp : d'une chose que les garçons veulent faire et que les filles refusent, ils deviennent une chose que les filles réclament et qui barbe les garçons. (C'est ce qu'on raconte. Moi, j'aime les préliminaires — sans doute parce que l'époque où je ne rêvais que de toucher m'est présente à l'esprit d'une façon anormale.) Le couple parfait, à mon avis, c'est une lectrice de *Cosmopolitan* avec un garçon de quatorze ans.

Si on m'avait demandé pourquoi je tenais tant à attraper un bout de la poitrine de Penny Hardwick, je n'aurais pas su quoi répondre. Et si on avait demandé à Penny pourquoi elle tenait tant à m'en empêcher, je parie qu'elle aurait été aussi en peine de le dire. Qu'est-ce que j'en aurais tiré ? Je ne demandais rien en retour, après tout. Pourquoi ne voulait-elle pas qu'on stimule ses zones érogènes ? Aucune idée. Tout ce que je sais, c'est que la réponse de beaucoup de questions épineuses est enfouie dans cet interrègne sanglant qui va des premiers poils pubiens au premier préservatif.

Et puis, au fond, peut-être que je ne voulais pas glisser ma main dans le soutien-gorge de Penny autant que je le croyais. Peut-être que d'autres voulaient que je la touche plus que je ne le voulais moi-même. Après deux mois de combat avec elle sur tous les canapés de la ville, j'en avais eu ma claque ; j'avais avoué à un ami (erreur !) que je n'arrivais à rien, cet ami l'avait répété aux amis, et je fus la cible de beaucoup de plaisanteries cruelles et humiliantes. Je donnai à Penny une dernière chance, dans ma chambre, un soir que mes parents étaient allés à la salle des fêtes voir une troupe locale interpréter *Toad of Toad Hall* ; je me suis livré à des violences qui auraient scandalisé et terrifié n'importe quelle femme adulte, mais ça n'a rien donné, et quand je l'ai raccompagnée nous n'avons pas échangé un mot.

La fois suivante, je me montrai indifférent, et quand elle vint m'embrasser à la fin de la soirée je la repoussai. « Pour quoi faire ? lui demandai-je. Ça mène jamais à rien. » Le lendemain, elle me demanda si je voulais encore la voir, et je détournai la tête. Cela faisait trois mois que nous sortions ensemble : en classe de troisième, on ne pouvait pas faire plus stable, comme relation. (Ses parents avaient même rencontré mes parents. Ils s'étaient plu.) Elle se mit à pleurer, et je lui en voulus à mort de me donner mauvaise conscience, et surtout de m'avoir conduit à la plaquer.

Je me mis à sortir avec une fille nommée Kim, dont je savais de source sûre qu'elle s'était déjà laissé faire, et qui (je ne me trompais pas) se laisserait faire de nouveau ; Penny sortit avec Chris Thomson, un garçon de ma classe qui avait eu plus de petites amies que tous les autres réunis. J'étais hors de mon élément, et elle aussi. Un matin, trois semaines peut-être après ma dernière tentative avec Penny, Thomson entra triomphant dans la salle de perm. « Hé, Fleming, espèce de nul. Devine qui je me suis fait hier soir ? »

La salle se mit à tourner autour de moi.

« T'as même pas eu un bout de nichon en trois mois, et je me la suis faite la première semaine ! »

Je l'ai cru ; tout le monde savait qu'il obtenait ce qu'il voulait de toutes les filles. J'avais été humilié, traîné dans la boue, battu ; je me sentis bête, petit, et beaucoup, beaucoup plus jeune que ce crétin déplaisant et frimeur. Ça n'aurait pas dû m'atteindre à ce point. Thomson était unique en son genre pour tout ce qui se passait au-dessous de la ceinture, et il y avait plein de petits minables dans ma classe qui n'avaient même pas mis le bras autour du cou d'une fille. Même mon propre point de vue sur la chose, que je me gardais bien de révéler, leur aurait paru incroyablement compétent. Je ne perdais pas la face tant que ça. Mais je n'arrivais pas à comprendre. Comment Penny avait-elle pu subir une telle métamorphose ? Comment une fille qui ne voulait rien faire était-elle devenue une fille qui faisait tout ? Peut-être valait-il mieux ne pas trop y penser ; je ne voulais m'apitoyer que sur moi-même.

Je pense que Penny s'en est bien sortie, je sais que je m'en suis bien sorti, et je suppose que même Chris Thomson n'est pas devenu un monstre. En tout cas, j'ai du mal à l'imaginer débouler à son travail, dans sa banque, sa compagnie d'assurances ou sa concession de voitures, laisser tomber son attaché-case et annoncer avec une joie mauvaise qu'il « s'est fait » la femme de son collègue. (Cela dit, je n'ai pas de mal à imaginer qu'il se la fait. Il avait déjà un air de suborneur de femmes.) Les femmes qui pensent du mal des hommes — et il y a souvent de quoi — devraient songer à nos débuts, et au chemin que nous avons dû faire.

3. Jackie Allen (1975)

Jackie Allen était la copine de mon copain Phil, et je la lui ai piquée, progressivement, patiemment, sur plusieurs mois. Ce ne fut pas facile. Il y fallut du temps, mais surtout du soin et de la ruse. Phil et Jackie avaient commencé de sortir ensemble à peu près au moment où je sortais avec Penny, sauf qu'ils continuèrent indéfiniment : toute l'année de la troisième, si troublée par les nouvelles hormones, toute la seconde, année de fin du monde entre le collège et le lycée, et jusqu'à la sérieuse première, où l'on joue aux adultes. Ce fut notre couple de rêve, nos Paul et Linda, nos Newman et Woodward, preuve vivante qu'il était possible, dans ce monde barbare et cynique, de vieillir — ou du moins de grandir — sans rompre et changer tous les quinze jours.

Je ne sais pas très bien pourquoi je voulais foutre en l'air le bonheur qu'ils représentaient l'un pour l'autre et pour tous ceux qui aimaient les voir tenir bon. Vous savez, quand vous voyez des T-shirts empilés dans une boutique, bien pliés et rangés par couleur, et que vous en achetez un : il n'est jamais pareil une fois que vous l'avez ramené à la maison. Il avait l'air beau dans la boutique — vous vous en rendez compte trop tard — parce qu'il était entouré de ses pairs. Eh bien, il se passa un peu la même chose. J'espérais que si je sortais avec Jackie un peu de sa dignité de tête couronnée déteindrait sur moi ; mais bien sûr, séparée de Phil, elle en était complètement dépourvue. (Si c'était cela que je recherchais, j'aurais dû me débrouiller pour sortir avec eux deux, mais ce genre de truc est déjà difficile à tenir à l'âge adulte ; à dix-sept ans, ça vous ferait mourir d'overdose.)

Phil se mit à travailler dans un magasin de fringues pour

hommes le samedi, et j'en profitai. Ceux d'entre nous qui ne travaillaient pas, ou qui, comme moi, le faisaient le soir mais pas le week-end, se retrouvaient le samedi après-midi pour traîner dans High Street, perdre du temps et de l'argent chez le disquaire Harlequin, et s' « offrir » (on avait repris le vocabulaire de nos mères, qui datait de l'après-guerre, avec ses restrictions) un café filtre qui nous semblait le comble du chic français. Quelquefois on passait voir Phil ; quelquefois il me faisait profiter de sa remise vendeur. Ça ne m'a pas empêché de sauter sa petite amie derrière son dos.

Je savais, parce que Alison et Penny me l'avaient appris, que flirter avec quelqu'un pouvait rendre malheureux, mais j'ignorais que coucher avec quelqu'un pouvait rendre malheureux aussi. Seulement le malheur, avec Jackie, devenait une chose excitante, une chose de grande personne. On se voyait en cachette, on se téléphonait en cachette, on faisait l'amour en cachette en se disant des choses du genre : « Qu'est-ce qu'on va devenir ? », en évoquant le bonheur que ce serait de pouvoir vivre notre amour au grand jour. Je ne me suis jamais vraiment demandé si c'était vrai. Je n'en ai pas eu le temps.

J'essayais de ne pas trop enfoncer Phil — je me sentais assez coupable comme ça, à sauter sa petite amie et tout... Mais ça devint inévitable : chaque fois que Jackie émettait des doutes au sujet de Phil, il fallait bien que je nourrisse ces doutes comme de petits chatons fragiles, pour qu'ils se changent peu à peu en reproches solides et fondés qui pourraient entrer librement dans nos conversations et en sortir par leurs chatières.

Et puis, un soir, dans une fête, j'ai vu Phil et Jackie blottis ensemble dans un coin, et Phil allait manifestement mal, il était pâle, au bord des larmes, et peu après il est rentré chez lui, et le lendemain elle m'a appelé pour me demander de venir faire un tour, et nous sommes sortis, nous ne faisions plus les choses en cachette. Et ça n'a tenu que trois semaines.

Tu dois trouver ça puéril, Laura. Tu dois trouver idiot de comparer Rob et Jackie avec Rob et Laura, qui ont la trentaine bien tassée, qui vivent ensemble officiellement, maritalement. Tu dois penser que l'adultère adulte bat l'adultère adolescent haut la main, mais tu as tort. Je me suis trouvé à un angle d'un triangle plusieurs fois depuis, mais le premier fut le plus acéré. Phil ne m'a plus jamais adressé la parole ; notre petite bande du samedi après-midi ne voulut plus avoir affaire à nous non plus. La mère de Phil a appelé ma mère. Pendant plusieurs semaines, j'ai eu honte en allant à l'école.

Fais donc la comparaison avec ce qui arrive aujourd'hui si je fais la même chose : je peux changer de club et de pub, laisser le répondeur, sortir davantage, rester plus souvent à la maison, jouer avec mon compas social pour tracer un nouveau cercle d'amis (en plus, mes amis ne sont jamais les mêmes que les siens, qui qu'elle soit), éviter tout contact avec mes parents s'ils me jugent mal. Ce genre d'anonymat était impossible, à l'époque. On était bien obligé de rester sur place et d'encaisser.

Ce qui me surprit le plus, ce fut la profonde déception qui m'envahit quand Jackie m'appela ce dimanche matin. Je n'y comprenais rien. Je méditais cet enlèvement depuis des mois, et quand la victoire arriva je ne ressentis rien — moins que rien, même. Je ne pouvais pas le dire à Jackie, évidemment, mais d'un autre côté j'étais incapable de simuler l'enthousiasme qu'elle attendait. J'ai donc décidé de me faire tatouer son nom sur mon bras droit.

Je ne sais pas. Me faire une cicatrice indélébile m'a paru plus facile, en un sens, que d'avouer à Jackie que tout cela n'avait été qu'une grossière erreur, que j'avais joué un jeu idiot ; si je lui montrais ce tatouage, selon ma logique bizarre, je n'aurais pas à chercher les mots qui me manquaient. Je dois préciser que les tatouages ne sont pas du tout mon genre ; je ne suis pas, et je n'étais pas, un rocker décadent et suicidaire, ni un fier-à-bras buveur de bière. Mais il y avait une mode désastreuse dans notre école à ce moment-là, et je peux certifier qu'aujourd'hui un certain nombre de trentenaires, comptables et instituteurs, directeurs du personnel et ingénieurs-conseils, ont encore des messages horribles datant de cette époque (« FILS DE PUTE CASSE LA BARAQUE », « LYNYRD SKYNYRD ») inscrits dans leur chair.

Je voulais juste un discret « J ♡ R » en haut de mon bras. Mais Victor le tatoueur ne voulut pas en entendre parler.

« Elle, c'est qui ? "J" ou "R" ?

— "J".

— Et ça fait combien de temps que tu sors cette poule ? »

Je fus effrayé par sa façon macho de parler — par les

autres clients (qui faisaient manifestement partie du club des fiers-à-bras buveurs de bière, et que ma présence amusait inexplicablement), par les femmes nues au mur, les modèles de tatouages salaces, la plupart directement sur les bras de Victor, et dont son parler était un bon exemple.

« Assez longtemps.

— Ça, c'est à moi de le dire, pas à toi, O.K. ? »

Drôle de façon de faire marcher le commerce, pensai-je, mais je gardai cette remarque pour une prochaine fois.

« Un mois ou deux.

— Et tu vas te marier avec elle, c'est ça ? Ou bien tu lui as cassé la gueule ?

— Non. Ni l'un ni l'autre.

— Alors vous sortez juste ensemble ? Vous êtes pas à la colle ?

— Si.

— Et comment tu l'as rencontrée ?

— Elle sortait avec un copain à moi.

— Ah oui ? Et quand est-ce qu'ils ont cassé ?

— Samedi.

— Samedi. » Il eut un rire grinçant. « Je veux pas que ta mère vienne m'engueuler, vu ? Alors dégage. »

Et j'ai dégagé.

Victor avait mis dans le mille, bien sûr ; à vrai dire, j'ai souvent été tenté d'aller le trouver quand j'avais des problèmes de cœur. En dix secondes, il m'aurait dit si la fille méritait un tatouage ou non. Cela dit, même après les retrouvailles extatiques et larmoyantes de Phil et Jackie, tout n'est pas revenu à la normale. Certaines filles de son école, comme certains garçons de la nôtre, s'imaginèrent que Jackie s'était servie de moi pour renégocier sa liaison avec Phil. Et les balades du samedi après-midi ne furent jamais comme avant. Surtout, nous n'avons plus admiré les gens qui sortaient ensemble depuis longtemps ; on s'est mis à se moquer d'eux, et eux, à se moquer d'eux-mêmes. En l'espace de quelques semaines, la pseudo-vie maritale cessa de nous faire envie et commença même de nous faire pitié. À dix-sept ans, on devenait aussi amer et cynique que nos parents.

Tu vois ? Tu n'arriveras pas à tout changer autour de moi comme Jackie pouvait le faire. C'est déjà arrivé trop souvent, à l'un et à l'autre ; on va se contenter de renouer avec les amis, le pub, la vie d'avant, c'est tout. Et il est probable que personne ne s'apercevra de rien.

4. Charlie Nicholson (1977-1979)

J'ai rencontré Charlie en fac. Je suivais des cours de journalisme, elle étudiait le dessin, et quand je l'ai vue la première fois je me suis rendu compte qu'elle était le genre de fille que j'avais eu envie de rencontrer depuis que j'étais en âge de vouloir rencontrer des filles. Elle était grande, avec des cheveux blonds très courts (elle disait connaître des gens qui étaient au St. Martin's College avec des amis de Johnny Rotten, mais on ne me les a jamais présentés), et elle était unique, intense, exotique. Même son nom me parut exotique, intense, unique, parce que jusque-là je vivais dans un monde où les filles portaient des noms de filles, et plutôt banals. Elle parlait beaucoup, ce qui évitait ces silences affreux, tendus, caractéristiques de la plupart de mes aventures lycéennes, et quand elle parlait elle disait des choses extraordinairement intéressantes — sur ses cours, sur mes cours, sur la musique, sur les films, les livres, la politique.

Et je lui plaisais. *Je* lui plaisais. Je *lui* plaisais. Je lui *plaisais.* Enfin, c'est ce qui me semblait. Ce qui me *semblait.* Etc. Je n'ai jamais bien compris ce qui plaisait aux femmes chez moi, mais je sais que l'ardeur compte (même moi, je sais comme il est difficile de résister à quelqu'un qui vous trouve irrésistible). Or j'avais de l'ardeur à revendre : je ne m'incrustais pas, non, en tout cas pas au début, et je n'abusais pas de son hospitalité, en tout cas pas tant qu'il y avait de l'hospitalité, mais j'étais gentil, sincère, prévenant, dévoué, je me souvenais de tout ce qui la concernait, je lui disais qu'elle était belle, je lui faisais de petits cadeaux qui faisaient en général référence à une de nos conversations. Et tout cela sans effort, bien sûr, et sans calcul aucun : je me souvenais facilement de ce qui la concernait parce que je ne pensais à rien d'autre, je la trouvais vraiment belle, je n'aurais pas pu m'empêcher de lui faire de petits cadeaux, je n'avais pas besoin de feindre le dévouement. Rien de laborieux. Alors, quand une copine de Charlie, Kate, dit d'un air songeur, au milieu du déjeuner, qu'elle aimerait bien se trouver quelqu'un comme moi, je fus surpris, ravi.

Ravi parce que Charlie avait entendu et que ça ne pouvait pas me causer du tort, mais surpris parce que j'avais fait tout cela par pur intérêt. Et pourtant ça semblait suffire à faire de moi un homme désirable. Bizarre.

Du reste, en venant m'installer à Londres je m'étais donné plus de chances de plaire aux filles. Chez moi, la plupart des gens me connaissaient, ou connaissaient mes parents — ou connaissaient quelqu'un qui me connaissait, ou connaissait mes parents — quand j'étais petit, et donc j'avais toujours l'impression pénible que mon enfance risquait d'être exposée au monde. Comment vouliez-vous emmener une fille boire un verre dans un pub interdit aux mineurs quand vous aviez encore un uniforme de scout au fond de votre placard ? Comment une fille pouvait-elle avoir envie de vous embrasser si elle savait (ou connaissait quelqu'un qui savait) que quelques années plus tôt vous exigiez de votre mère qu'elle couse des écussons des Norfolk Broads et d'Exmoor sur votre anorak ? Chez mes parents, il y avait partout des photos de moi avec de grandes oreilles et des vêtements grotesques, assis sur un tracteur, applaudissant — aux anges — un petit train qui entrait dans une gare miniature ; et si plus tard, à mon grand désespoir, les petites amies trouvèrent ces photos mignonnes, à l'époque c'était encore trop proche pour être supportable. Ça ne m'avait pris que six ans pour changer un gosse de dix ans en un ado de seize ; six ans, c'était peut-être trop court pour une transformation d'une telle ampleur ? En tout cas, à seize ans, cet anorak couvert d'écussons n'était trop petit que de deux tailles.

Mais Charlie ne m'avait pas connu à dix ans, et elle ne connaissait personne qui m'avait connu alors. Elle me connaissait seulement comme un jeune adulte. J'étais en âge de voter quand je l'ai rencontrée ; j'avais l'âge de passer la nuit avec elle, toute la nuit, dans sa résidence d'étudiants, et d'avoir des opinions, de lui offrir un verre dans un pub, sûr d'avoir en poche le permis de conduire qui prouvait mon âge... et j'avais l'âge d'avoir une histoire. Chez moi, je n'avais pas d'histoire, seulement des trucs que tout le monde connaissait et qui ne valaient donc pas la peine qu'on les répète.

N'empêche, j'avais le sentiment d'être un imposteur. J'étais comme ces gens qui se rasent la tête un beau jour et disent qu'ils ont *toujours* été punks, qu'ils étaient punks avant même l'invention du punk. J'avais l'impression qu'on allait me démasquer d'un moment à l'autre, que quelqu'un allait débarquer dans le bar de la fac en brandissant l'une des photos avec anorak, et en hurlant : « Rob était un *petit garçon* ! Un *mioche* ! » Et que Charlie s'en rendrait compte, et qu'elle me laisserait tomber. Il ne me venait pas à l'idée qu'elle devait avoir toute une pile de livres sur les poneys et des robes de fête ridicules planqués chez ses parents à St. Albans. Pour moi, elle était née avec des boucles d'oreilles énormes, un jean délavé et un goût extrêmement raffiné pour les travaux d'un type qui balançait de la peinture orange autour de lui.

On est sorti ensemble deux ans, et à chaque minute j'ai eu la sensation de longer un précipice. Je n'arrivais jamais à prendre mes aises, si vous voyez ce que je veux dire ; il n'y avait pas la place de s'étendre, de se détendre. J'étais affligé par le manque de lustre de ma garde-robe. Je doutais sans cesse de mon savoir-faire comme amant. Je ne comprenais pas ce qu'elle trouvait à ce type et à sa peinture orange, malgré ses explications répétées. J'avais toujours peur de ne rien trouver d'intéressant ou d'amusant à lui dire sur quelque sujet que ce soit. Les autres hommes, dans son cours de dessin, m'intimidaient, et je finis par me persuader qu'elle allait me quitter pour l'un d'entre eux. C'est ce qu'elle a fait.

Je n'ai rien compris au film, à ce moment-là. Et je n'ai rien compris au scénario, à la bande-son, à l'entracte, au pop-corn, au générique, au panneau qui indiquait la sortie. J'ai continué de traîner dans la résidence d'étudiants où elle vivait jusqu'à ce que des amis à elle m'attrapent et me menacent de me casser la figure. J'ai décidé de tuer Marco (Marco !), le type avec qui elle sortait, et j'ai passé de longues heures au milieu de la nuit à préparer mon coup, mais quand je tombais sur lui je me contentais de le saluer et de m'esquiver. Je me suis mis au vol à l'étalage, pour une raison qui aujourd'hui m'échappe. J'ai fait une overdose de Valium, et je me suis mis le doigt au fond de la gorge une minute plus tard. Je lui ai écrit des lettres interminables — j'en ai posté certaines —, et j'ai répété des conversations interminables — que je n'ai jamais eues avec elle. Quand je m'en suis sorti, après un ou deux mois de noir total, je m'aperçus avec surprise que j'avais quitté la fac et que je travaillais au Comptoir des Disques et Cassettes de Camden.

Tout s'est passé si vite. J'avais espéré que mon passage à l'âge adulte serait long, savoureux, instructif, mais tout fut terminé après ces deux années. Quelquefois, j'ai l'impression que les choses et les gens que j'ai connus depuis ne furent que des distractions mineures. Il y a des gens qui ne se sont jamais remis des années soixante, ou de la guerre, ou du soir où leur groupe a fait la première partie de Doctor Feelgood au *Hope & Anchor*, et qui marchent le reste de leur vie à reculons. Moi, je ne me suis jamais vraiment remis de Charlie. C'est à ce moment-là que les choses essentielles, celles qui me définissent, sont arrivées.

Quelques-unes de mes chansons préférées : *Only love can break your heart* [« Seul l'amour peut briser le cœur »] de Neil Young ; *Last night I dreamed that somebody loved me* [« Cette nuit j'ai rêvé qu'on m'aimait »] des Smiths ; *Call me* [« Appelle-moi »] d'Aretha Franklin ; *I don't want to talk about it* [« Je préfère ne pas en parler »] chanté par n'importe qui. Et puis, il y a *Love hurts* [« L'amour fait mal »], *When love breaks down* [« Quand l'amour s'effondre »], *Hou can you mend a broken heart ?* [« Comment recoller un cœur brisé ? »], *The speed of the sound of loneliness* [« Le mur du son de la solitude »], *She's gone* [« Elle est partie »], *I just don't know what to do with myself* [« Je ne sais pas ce que je vais devenir »], et... j'ai écouté certaines de ces chansons une fois par semaine en moyenne (c'est-à-dire trois cents fois le premier mois, et ensuite une fois de temps en temps), depuis l'âge de seize ans, ou dix-neuf, ou vingt et un ans. Peut-on en sortir sans une blessure quelque part ? Comment ne pas devenir ainsi le genre de type qui tombe en miettes quand son premier amour tourne mal ? Quelle fut la cause, et quel l'effet ? La musique, ou le malheur ? Est-ce que je me suis mis à écouter de la musique parce que j'étais malheureux ? Ou étais-je malheureux parce que j'écoutais de la musique ? Tous ces disques, ça ne peut pas rendre neurasthénique ?

Les gens s'inquiètent de voir les gosses jouer avec des pistolets, les ados regarder des films violents ; on a peur qu'une espèce de culture du sang ne les domine. Personne ne s'inquiète d'entendre les gosses écouter des milliers — vraiment des milliers — de chansons qui parlent de cœurs brisés, de trahison, de douleur, de malheur et de perte. Les gens les plus malheureux que je connaisse, sentimentalement, sont ceux qui aiment la pop music par-dessus tout ; je ne sais pas si la pop music est la cause de leur malheur, mais je sais qu'ils ont passé plus de temps à écouter des chansons tristes qu'à vivre une vie triste. À vous de conclure.

Bref. Voilà comment ne pas faire une belle carrière : a) rompre avec sa petite amie ; b) lâcher la fac ; c) aller travailler dans un magasin de disques ; d) rester dans des magasins de disques toute sa vie. On voit les corps des gens de Pompéi, et on se dit : bizarre — une partie de dés après le thé et vous vous retrouvez figé, c'est comme ça qu'on se souviendra de vous pendant les dix siècles qui suivent. Et si c'était la première fois que vous jouiez aux dés ? Et si vous le faisiez seulement pour tenir compagnie à votre pote Augustin ? Et si vous veniez juste d'écrire un poème magnifique ou un truc comme ça ? Ce serait pas gênant de rester dans la mémoire des gens comme un joueur de dés ? Quelquefois je regarde ma boutique (parce que je ne me suis pas endormi sur mes lauriers pendant ces quatorze années, qu'est-ce que vous croyez ! Il y a dix ans j'ai emprunté de l'argent pour m'installer à mon compte !), je regarde mes habitués du samedi, et je sais exactement ce que ressentiraient les Pompéiens, s'ils pouvaient ressentir quoi que ce soit (quoique le fait qu'ils ne le peuvent pas ait son importance dans l'affaire). Je suis coincé à jamais dans cette pose, cette pose de patron de boutique, à cause de quelques semaines en 1979 où j'ai un peu pété les plombs. Bon, ç'aurait pu être pire ; j'aurais pu me retrouver dans le bureau de recrutement de l'armée ou l'abattoir le plus proche. N'empêche, j'ai l'impression que le vent a tourné parce que je faisais la grimace, et que maintenant je dois passer ma vie à grimacer de la même façon ridicule.

Au bout d'un moment, j'ai cessé d'envoyer des lettres ; quelques mois plus tard j'ai même arrêté d'en écrire. Je rêvais encore de tuer Marco, mais la mort que je lui réservais devenait plus rapide (je lui laisse une seconde pour comprendre, et puis BOUM !) — les tortures chinoises ne me faisaient plus autant envie. Je me suis remis à passer la nuit avec des filles, même si je voyais ces liaisons comme des coups, des escapades d'un soir, rien qui pût me redonner une bonne opinion de moi-même. (Et, comme James Stewart dans *Sueurs froides*, je m'étais fait un type : blonde aux cheveux très courts, artiste, évaporée, bavarde, ce qui m'entraîna dans quelques galères mémorables.) Je me mis à boire moins, je cessai d'écouter les paroles des chansons avec une fascination morbide (pendant un bon moment, je considérais toute chanson parlant vaguement de la perte de quelqu'un comme un message télépathique, et puisque c'est vrai d'à peu près toute la pop music et que je travaillais dans un magasin de disques, je me sentais plus ou moins hanté toute la journée), je cessai de préparer ces déclarations meurtrières qui en une phrase feraient s'écrouler Charlie et la feraient implorer mon pardon en tremblant.

Je faisais bien attention, néanmoins, à ne jamais aller trop loin, ni dans le travail ni en amour : je m'étais convaincu que Charlie pouvait m'appeler d'un jour à l'autre, et qu'il fallait que je sois prêt à l'action. J'hésitais même à ouvrir mon propre magasin : et si Charlie me demandait de partir à l'étranger avec elle ? Il fallait que je puisse réagir rapidement. Le mariage, les hypothèques, les enfants étaient exclus. Cela dit, j'étais aussi réaliste : de temps en temps, je mettais à jour la vie de Charlie, juste pour garder les pieds sur terre, en imaginant toute une série d'événements catastrophiques (elle vit avec Marco ! Ils ont acheté une maison ensemble ! Ils se sont mariés ! Elle est enceinte ! Elle a eu une petite fille !), événements qui m'obligeaient à toute une série de réajustements et de recyclages pour nourrir mes rêveries (elle saura pas où aller quand ils auront rompu ! Elle saura vraiment pas où aller quand ils auront rompu et il faudra que je l'entretienne ! Le mariage va la réveiller ! En acceptant l'enfant d'un autre je lui montrerai comme je suis un mec bien !). Je pouvais intégrer n'importe quelle nouvelle ; elle et Marco pouvaient faire n'importe quoi, je restais convaincu que c'était juste une épreuve que nous devions traverser. Ils sont toujours ensemble, pour ce que j'en sais ; et depuis aujourd'hui, je suis de nouveau libre.

5. Sarah Kendrew (1984-1986)

La leçon que j'ai tirée de la débâcle avec Charlie, c'est qu'il faut boxer dans sa catégorie. Charlie était d'une autre classe : trop jolie, trop maligne, trop spirituelle ; trop. Je suis quoi, moi ? Ordinaire. Un poids moyen. Pas le cerveau du siècle, mais pas débile non plus : j'ai lu des livres comme

L'Insoutenable Légèreté de l'être, L'Amour au temps du choléra, et je les ai compris, je crois (ils parlent des filles, c'est ça ?), mais je n'ai pas beaucoup aimé ; mon palmarès des livres, c'est *Le Grand Sommeil* de Raymond Chandler, *Dragon rouge* de Thomas Harris, *Sweet Soul Music* de Peter Guralnick, *Le Guide du routard de la galaxie* de Douglas Adams, et je sais pas, un truc de William Gibson ou de Kurt Vonnegut. Je lis le *Guardian* et l'*Observer,* et aussi le *New Musical Express* et des fanzines ; je ne suis pas contre aller à Camden voir des films sous-titrés (palmarès des films sous-titrés : *37,2 le matin, Subway, Attache-moi, L'homme qui voulait savoir, Diva*), mais finalement je préfère les films américains (palmarès des films américains, et donc des meilleurs films du monde : *Le Parrain, Le Parrain II, Taxi Driver, Les Affranchis, Reservoir Dogs*).

Physiquement, je suis correct. Disons que si vous mettez Mel Gibson à un bout du spectre et à l'autre Berky Edmonds (dont la laideur était légendaire à l'école), eh bien je crois que je serais du côté de Mel, mais de peu. Une petite amie m'a dit un jour que je ressemblais vaguement à Peter Gabriel, et il est pas mal, non ? Je suis de taille moyenne, pas mince, pas gros, sans pilosité aberrante sur le visage, je suis propre, je porte un jean, un T-shirt et une veste de cuir plus ou moins tout le temps sauf l'été, où j'abandonne la veste de cuir. Je vote travailliste. J'ai une pile de cassettes vidéo de séries comiques de la BBC. Je comprends ce que veulent les féministes, en général, sauf les plus extrémistes.

Mon génie, si je puis l'appeler ainsi, c'est de faire entrer un tas de choses ordinaires dans une forme compacte. Je suppose qu'il y en a des millions comme moi, mais pas vraiment, pas tout à fait : plein de types ont très bon goût pour la musique mais ne lisent pas, plein de types lisent mais sont obèses, plein de types comprennent les féministes mais ont une barbe ridicule, plein de types ont le sens de l'humour de Woody Allen mais ressemblent à Woody Allen. Plein de types boivent trop, plein de types font les idiots au volant, plein de types se bagarrent, ou friment avec leur fric, ou se droguent. Je ne fais rien de tout ça ; et si je me débrouille pas trop mal avec les filles, ce n'est pas grâce aux vertus que je possède, mais grâce aux défauts qui me manquent.

N'empêche, il faut sentir quand on est hors de son élément. J'étais hors de mon élément avec Charlie ; après ça, j'étais bien décidé à ne plus jamais sortir de mon élément, et donc, pendant cinq ans, jusqu'à ce que je rencontre Sarah, j'ai navigué dans mes eaux territoriales. Charlie et moi, on *jurait.* Marco et Charlie ne juraient pas ; Sarah et moi, on ne jurait pas. Sarah était raisonnablement jolie (pas grande, mince, beaux yeux marron, mauvaises dents, cheveux noirs mi-longs qui avaient toujours l'air un peu trop longs même quand elle sortait de chez le coiffeur), et elle portait les mêmes vêtements que moi, plus ou moins. Son palmarès toutes catégories confondues : Madness, Eurythmics, Bob Dylan, Joni Mitchell, Bob Marley. Palmarès des films : *Le Grand National, Diva* (tiens !), *Gandhi, Missing, Les Hauts de Hurlevent.*

Et elle était triste, au vrai sens du terme. Deux ans plus tôt, un équivalent masculin de Charlie, un dénommé Michael, un type qui rêvait d'entrer à la BBC (il n'y est jamais arrivé, le crétin, et chaque jour, ne pas le voir à la télé, ne pas l'entendre à la radio nous faisait chaud au cœur), l'avait laissée tomber. Il avait été son grand moment, comme Charlie pour moi, et après leur rupture Sarah s'était juré de ne plus toucher aux hommes un bout de temps, comme j'avais juré de ne plus toucher aux femmes. Ça paraissait une bonne idée de renoncer ensemble, de garder notre haine du sexe opposé et de partager en même temps le lit de quelqu'un. Nos amis étaient tous maqués, nos carrières respectives étaient gelées, nous avions peur d'être abandonnés à nous-mêmes le reste de notre vie. Il faut un caractère particulier pour avoir peur de ça à vingt-six ans ; c'était le nôtre. Tout semblait en avance de quelques décennies, et après quelques mois elle s'installa chez moi.

On n'arrivait pas à remplir une pièce. Je ne veux pas dire qu'on n'avait pas assez d'affaires : elle avait des tonnes de bouquins (elle était prof d'anglais), j'avais des tonnes de disques, et l'appart est plutôt exigu — j'y vis depuis plus de dix ans et la plupart du temps j'ai l'impression d'être un chien de dessin animé dans sa niche. Je veux dire que ni elle ni moi n'était assez expansif, ou assez puissant, et donc, quand on était ensemble, je me rendais compte que nous n'occupions que l'espace pris par notre corps. On ne pouvait pas se *projeter* comme certains couples savent le faire.

On essayait quelquefois, quand on sortait avec des gens encore plus discrets que nous ; on ne parlait jamais de ce qui nous poussait alors à être plus exubérants, plus bruyants, mais je suis sûr qu'on s'en apercevait tous les deux. On faisait ça pour compenser, parce que la vraie vie était ailleurs, parce que Charlie et Michael étaient ensemble quelque part, qu'ils s'amusaient plus que nous avec des gens plus chic, et faire du bruit était comme un défi, un dernier coup d'éclat, vain mais vital. (On voit ça partout : de jeunes couples de petits-bourgeois que la vie commence à décevoir et qui font les marioles dans les restaurants, les clubs, les bars. « Regardez-moi ! Je ne suis pas aussi ennuyeux que j'en ai l'air ! Je sais m'amuser ! » Tragique. Je suis bien content d'avoir appris à rester chez moi, à me morfondre.) Nous avons fait un mariage de raison aussi cynique et commode pour nous deux que n'importe quel autre, et j'ai vraiment pensé que je pourrais passer ma vie avec elle. Ça ne m'aurait pas gêné. Elle me convenait.

Il y a une blague que j'ai entendue dans une série — *Cheers*, peut-être ? — , une blague de très mauvais goût : un type sort avec une fille obèse à lunettes, un soir, il la fait boire et lui fait des avances en la raccompagnant chez elle. « Je ne suis pas une fille facile ! » s'écrie-t-elle. Il la regarde, éberlué. « C'est pas possible, tu dois te tromper ! » dit le type. Ça m'a fait rire quand j'avais seize ans, mais je n'y ai pas repensé jusqu'au jour où Sarah m'a dit qu'elle avait rencontré quelqu'un d'autre. J'ai failli lui répondre : « C'est pas possible, tu dois te tromper ! » Je ne veux pas dire que Sarah ne pouvait faire rêver personne — au contraire, et d'ailleurs elle a bien dû faire rêver ce type. Je veux seulement dire que sa rencontre d'un autre homme était contraire à l'esprit de notre contrat. Nous n'avions en commun qu'une chose (à part notre admiration pour *Diva*, laquelle, pour dire la vérité, ne nous a duré que quelques mois) : le fait d'avoir été plaqués et d'être plutôt contre le plaquage — on était même des antiplaquage convaincus. Alors, comment pouvais-je me retrouver plaqué ?

Je me racontais des histoires, bien sûr. On risque de perdre toute personne méritant qu'on passe du temps avec elle, à moins d'avoir une telle phobie de la perte qu'on choisit quelqu'un d'imperdable, quelqu'un qui n'a pas même la possibilité de se tourner vers d'autres. (Super chanson : *If you wanna be happy* [« Pour être heureux »] de Jimmy Soul, qui explique qu'il ne faut pas épouser quelqu'un d'attirant précisément pour cette raison ; je ne sais pas du tout ce qu'est devenu Jimmy, mais je me suis souvent demandé s'il avait suivi son propre conseil, s'il avait persuadé une femme laide de l'épouser.) Si vous voulez jouer le jeu, il faut accepter le risque que ça ne marche pas, qu'un dénommé Marco, ou en l'occurrence Tom, débarque et vous fasse des misères. Je ne voyais pas les choses comme ça, à l'époque. Tout ce que je voyais, c'est que je me retrouvais en deuxième division, que ç'avait raté de nouveau, et ça me semblait une bonne raison pour être malheureux et m'apitoyer sur moi-même.

Alors je t'ai rencontrée, Laura, on a vécu ensemble, et maintenant tu es partie. Mais tu vois, tu ne m'offres rien de *nouveau* ; si tu veux entrer de force dans le palmarès, il va falloir faire mieux que ça. Je ne suis pas aussi vulnérable qu'à l'époque où Alison ou Charlie m'ont laissé tomber, tu n'as pas modifié les fondements de ma vie quotidienne comme Jackie, tu ne m'as pas culpabilisé comme Penny (et il n'est pas question que tu m'humilies comme Chris Thomson), je suis plus fort qu'au moment où Sarah est partie — je sais bien, malgré la déprime et le doute qui refont surface quand on se fait plaquer, que tu ne représentais pas ma dernière chance d'amour. Alors bon, c'était bien essayé. Raté de peu. À un de ces jours.

maintenant...

Un

Laura part à la première heure lundi matin, avec un panier et un sac de voyage. Ça remet les idées en place de voir le peu de choses qu'elle emporte, cette femme qui aime tant ses affaires, ses théières, ses livres, ses gravures et la petite sculpture qu'elle a achetée en Inde. Je regarde le sac et je me dis : Bon Dieu, elle veut me quitter à ce point !

On s'embrasse devant la porte, elle pleure un peu.

« Je sais pas très bien ce que je fais, dit-elle.

— Je m'en rends bien compte, dis-je à moitié en plaisantant. Tu es pas obligée de partir tout de suite. Tu peux rester autant que tu veux.

— Merci. Mais on a fait le plus dur. Je ferais mieux de...

— Alors reste au moins jusqu'à demain. »

Mais elle fait juste la grimace et tend la main vers la poignée.

Ce n'est pas ce qu'on appelle une sortie élégante. Elle n'a pas une main libre, essaie d'ouvrir la porte quand même, n'y arrive pas, alors je l'aide, mais je la gêne, il faut que je sorte sur le palier pour la laisser passer, elle doit laisser la porte ouverte parce que je n'ai pas la clé, je dois me précipiter derrière elle pour attraper la porte avant qu'elle se referme. Et c'est tout.

J'ai le regret de dire qu'une sensation exaltante, de liberté et d'excitation nerveuse à la fois, pénètre en moi par les orteils et me submerge comme une grande vague. J'ai déjà ressenti ça, et je sais que ça ne signifie pas grand-chose — bizarrement, ça ne signifie pas que je vais être au sommet du bonheur pendant plusieurs semaines, par exemple.

Mais je sais que j'ai intérêt à en profiter, à en jouir tant que ça dure.

Voilà comment je célèbre mon retour au royaume du Célibataire : je m'assieds dans mon fauteuil, celui qui ne va jamais me quitter, et j'arrache des brins de laine de son bras ; j'allume une cigarette, bien qu'il soit encore très tôt et que je n'en aie aucune envie, simplement parce que j'ai maintenant le droit de fumer dans cet appart quand je veux, sans attendre mon tour ; je me demande si j'ai déjà rencontré la prochaine femme avec qui je vais coucher, ou s'il s'agira d'une inconnue ; je me demande à quoi elle ressemble, si on va le faire ici ou chez elle, et à quoi ça ressemblera, chez elle ; je décide de faire peindre le logo des disques Chess sur le mur du salon. (Il y avait un magasin à Camden qui les avait tous — Chess, Stax, Motown, Trojan — décalqués sur le mur de briques derrière l'entrée, et c'était très chouette. Peut-être que je pourrais dénicher le type qui a fait le boulot et lui demander de le refaire en petit ici.) Je me sens pas mal. Ça va bien. Je vais travailler.

Ma boutique s'appelle Championship Vinyl. Je vends du punk, du blues, de la soul et du rhythm and blues, un peu de ska, un peu de rock indépendant, de la pop des années soixante — tout pour le collectionneur de disques sérieux, comme le dit la devanture délibérément démodée. On est placé dans une rue calme de Holloway, juste ce qu'il faut pour attirer le minimum de badauds ; il n'y a aucune raison de venir là, à moins d'y vivre — et les gens qui vivent là ne paraissent pas passionnés par mon label blanc de Stiff Little Fingers (vingt-cinq livres parce que c'est vous — je l'ai payé dix-sept en 1986) ni mon exemplaire mono de *Blonde on Blonde*.

Ce qui me fait vivre, ce sont les gens qui font l'effort de venir jusqu'ici faire du shopping le samedi — des hommes jeunes, toujours des hommes jeunes, avec des lunettes à la John Lennon, des vestes en cuir et des sacs de courses plein les mains —, et la vente par correspondance : j'ai une pub au dos des magazines de rock en papier glacé, et je reçois des lettres d'hommes jeunes, toujours des hommes jeunes, de Manchester et de Glasgow, des hommes jeunes qui semblent passer beaucoup trop de temps à chercher les quatre titres pilonnés des Smiths et les albums de Frank

Zappa portant la mention ORIGINAL NON RÉÉDITÉ. Ils sont si près de la folie que c'est comme s'ils y étaient.

J'arrive en retard, et quand j'arrive Dick est déjà appuyé contre la porte en train de lire un livre. Il a trente et un ans, les cheveux longs, noirs et gras ; il porte un T-shirt de Sonic Youth, une veste en cuir noir qui essaie de vous convaincre qu'elle a vécu, quoiqu'il l'ait achetée il y a moins d'un an, et un Walkman avec un casque ridiculement gros qui couvre non seulement ses oreilles mais la moitié de son visage. Il lit la biographie de Lou Reed en livre de poche. Le sac en plastique posé par terre — qui, lui, a vraiment vécu — est orné du logo d'un label indépendant américain terriblement à la mode ; il s'est donné beaucoup de mal pour l'obtenir, et il tremble dès qu'on s'en approche. Il s'en sert pour trimbaler des cassettes : il a déjà écouté presque tout ce que contient la boutique, et il préfère amener des trucs nouveaux pour travailler — des cassettes prêtées par ses potes, des pirates qu'il a achetés par correspondance — plutôt que de perdre son temps à entendre quelque chose deux fois. (« Tu veux pas venir au pub déjeuner, Dick ? » on lui demande, moi ou Barry, une ou deux fois par semaine. Il regarde avec mélancolie son petit stock de cassettes et répond en soupirant : « Je voudrais bien, mais j'ai encore tout ça à écouter. »)

« Bonjour, Richard. »

Il se dépêche d'enlever son casque, un écouteur reste coincé sur son oreille, l'autre lui tombe sur l'œil.

« Ah, salut. Salut, Rob.

— Désolé, je suis en retard.

— Non non, pas de problème.

— Passé un bon week-end ? »

J'ouvre la serrure du magasin pendant qu'il ramasse précipitamment ses affaires.

« Pas mal, ouais, bien. J'ai trouvé le premier album des Liquorice Comfits à Camden. Celui de *Testament of youth.* Il est jamais sorti ici. Seulement en import japonais.

— Super. » (De quoi il parle, aucune idée.)

« Je te ferai une cassette.

— Merci.

— Normal, t'avais bien aimé le deuxième. *Pop, girls, etc.* Celui avec Hattie Jacques sur la pochette. Mais t'avais pas vu la pochette. T'as juste eu la cassette que je t'ai faite. »

Je ne doute pas qu'il m'ait enregistré l'album des Liquorice Comfits, ni que je lui aie dit qu'il m'avait plu. Mon appart est rempli des cassettes que Dick m'a faites, et que je n'ai jamais écoutées.

« Et toi, au fait ? Ton week-end ? Bien passé ? Mal passé ? »

Impossible d'imaginer la discussion que nous aurions si je parlais à Dick de mon week-end. Il tomberait en poussière, probablement, si je lui avouais que Laura est partie. Dick n'est pas très bon, pour ces choses ; à vrai dire, si je lui faisais la moindre confidence — que j'ai un père et une mère, par exemple, ou que je suis allé à l'école quand j'étais petit — je crois qu'il se contenterait de rougir, de bégayer, et de me demander tout de suite si j'ai écouté le dernier album des Lemonheads.

« Un peu les deux. Des bons trucs et des mauvais trucs. »

Il acquiesce. J'ai manifestement fourni la bonne réponse.

La boutique sent le tabac froid, l'humidité, la Cellophane poussiéreuse ; elle est petite, inconfortable, sale, encombrée, en partie parce que je l'ai voulue ainsi — c'est à ça qu'un magasin de disques doit ressembler, et il n'y a que les fans de Phil Collins pour fréquenter des disquaires proprets comme un Habitat de banlieue —, et en partie parce que je n'ai pas les moyens de faire le ménage et de rafraîchir la déco.

Il y a des bacs d'occasions en vrac de chaque côté, plus un ou deux devant la vitrine, des compacts et des cassettes sur des étagères vitrées contre les murs, et tout ça remplit à peu près tout l'espace ; c'est assez grand à condition qu'il n'y ait aucun client à l'intérieur, et donc la plupart du temps c'est assez grand. L'arrière-boutique est plus vaste que le magasin, mais en fait on n'a pas de stock, juste une ou deux piles d'occasions qu'à peu près personne ne peut se payer, la réserve n'est donc qu'une retraite où on peut se réfugier. Je ne peux plus voir cet endroit, pour être franc. Il y a des jours où j'ai peur de devenir dingue, d'arracher le mobile d'Elvis Costello qui pend du plafond, de jeter le bac « artistes anglais (masculins), A-K » sur le trottoir, d'aller me faire engager dans un Virgin Megastore et de ne jamais revenir.

Dick met un disque, un truc psychédélique californien, et fait du café tandis que je passe les bacs en revue ; puis on boit le café ; puis il essaie de glisser des disques supplémentaires dans les bacs pleins à craquer pendant que je réponds à une ou deux commandes par correspondance ; puis il jette un coup d'œil aux mots croisés du *Guardian,* tandis que je parcours le magazine des imports américains ; et avant qu'on ait le temps de se retourner, c'est à moi de faire du café.

Vers onze heures et demie déboule un poivrot irlandais du nom de Johnny. Il passe nous voir à peu près trois fois par semaine, et chacune de ses visites est un numéro chorégraphié et minuté que ni lui ni moi n'avons envie de modifier. Dans ce monde hostile et imprévisible, nous sommes bien contents de pouvoir compter l'un sur l'autre.

« Dégage, Johnny, lui dis-je.

— Mon fric est pas assez bon pour toi ? répond-il.

— Du fric, t'en as pas. Et nous, on a rien à te vendre. »

Ça, c'est le signal pour qu'il se lance dans une interprétation enthousiaste de *All kinds of everything* de Dana, signal pour que je me lève et le reconduise à la porte, signal pour qu'il s'agrippe à l'un des bacs, signal pour que j'ouvre la porte d'une main, le décroche du bac de l'autre, et le jette dehors. On a mis au point ces pas de danse il y a un an ou deux, alors on est assez au point.

Johnny est notre client du matin. Pour ce métier, il ne faut pas être trop ambitieux.

Barry n'apparaît qu'après le déjeuner, selon son habitude. Dick et Barry ont été engagés à mi-temps, trois jours chacun, mais peu après leur arrivée ils se sont mis à venir tous les jours, même le samedi. Je ne savais pas très bien quoi faire — vous voyez, s'ils n'avaient vraiment nulle part où aller, rien d'autre à faire, je ne voulais pas trop attirer leur attention là-dessus, pour ne pas provoquer une espèce de crise existentielle —, alors j'ai un peu augmenté leur salaire, et j'ai laissé faire. Curieusement, Barry a interprété cette prime comme un encouragement à faire moins d'heures, alors je ne l'ai plus augmenté. C'était il y a quatre ans, et il n'a jamais abordé la question depuis.

Il entre dans la boutique en fredonnant un refrain des Clash. « Fredonner » n'est pas le mot juste : il s'agit de cette imitation de guitare électrique que font tous les gosses, avec les lèvres en avant, les dents serrées — « DA-DA ! » Barry a trente-trois ans.

« Ça boume, les gars ? Hé, Dick, c'est quoi cette musique

de chiotte ? C'est nul à chier. » Il fait la grimace et se bouche le nez. « Beurk ! »

Dick a peur de Barry, au point qu'il n'ouvre pratiquement pas la bouche quand l'autre est dans la boutique. Je n'interviens que lorsque Barry est vraiment agressif, donc cette fois je me contente de regarder Dick tendre la main vers la chaîne qui est au-dessus du comptoir et arrêter la cassette.

« Putain, ça fait du bien quand ça s'arrête. T'es un vrai gosse, Dick. Il faut tout le temps te surveiller. Mais je vois pas pourquoi c'est moi qui fais tout. Rob, t'as pas remarqué ce qu'il avait mis ? À quoi tu joues, mon vieux ? »

Il parle sans arrêt, et ne dit pratiquement que des bêtises. Il parle beaucoup de musique, mais aussi de livres (ceux de Terry Pratchett et tout ce qui parle de monstres, de martiens, etc.), de films, de filles. *Pop, girls, etc.*, comme disent les Liquorice Comfits. Mais ses discours se résument à des listes : s'il a vu un bon film, il ne parle pas de l'histoire, ou de ce qu'il a ressenti, mais de la place qu'il occupe dans son palmarès du siècle, ou celui de la décennie — il pense et parle en termes de « dix meilleurs », de « cinq meilleurs », et du coup Dick et moi faisons comme lui. Et il nous fait rédiger des listes sans arrêt : « Prêts, les gars ? Allez, les cinq meilleurs films de Dustin Hoffman. » Ou les meilleurs solos de guitares, les meilleurs musiciens aveugles, les meilleures émissions de Gerry et Sylvia Anderson (« Ça va pas, Dick, de mettre en premier l'épisode avec Captain Scarlet ? Il était immortel, ce mec ! Quel intérêt, franchement ? »), ou les meilleurs bonbons qu'on achète en vrac (« Si l'un de vous deux a mis la rhubarbe et la crème anglaise dans les cinq premiers, je démissionne tout de suite »).

Barry plonge la main dans la poche de sa veste en cuir, en sort une cassette, la met dans la machine et monte le son. Deux secondes plus tard la boutique est secouée par la ligne de basse de *Walking on sunshine* [« Marcher dans le soleil »] de Katrina et les Waves. On est en février. Il fait froid. Laura est partie. J'ai aucune envie d'écouter *Walking on sunshine.* Je ne sais pas pourquoi, mais ça ne convient pas à mon humeur.

« Coupe le son, Barry. » Je dois crier, comme le capitaine sur un canot de sauvetage en pleine tempête.

« Je peux pas le monter plus.

— J'ai pas dit "monte", pauvre con, j'ai dit "coupe". »

Il rigole et il passe dans l'arrière-boutique en imitant les cuivres à tue-tête : « Da DA ! da da da da da-da da-da-da-da. » Je coupe le son moi-même, et Barry revient dans la boutique.

« Qu'est-ce que tu fais ?

— J'ai pas envie d'écouter *Walking on sunshine,* c'est tout !

— C'est ma nouvelle cassette. Ma cassette du lundi matin. Je l'ai faite hier soir, exprès.

— Ah ouais ? Eh ben on est lundi après-midi. T'avais qu'à te lever plus tôt.

— Et tu m'aurais laissé la mettre ?

— Non. Mais comme ça, j'ai un prétexte.

— Tu veux pas un truc pour te remonter ? Pour réchauffer tes vieux os ?

— Nan !

— Tu veux écouter quoi, quand t'es de mauvais poil, alors ?

— J'en sais rien. Pas *Walking on sunshine,* en tout cas.

— O.K., on va faire avancer la bande.

— Y a quoi, ensuite ?

— *Little Latin Lupe Lu.* »

Je grommelle.

« Par Mitch Ryder et les Detroit Wheels ? demande Dick.

— Non non. Par les Righteous Brothers. » La voix de Barry a chancelé, il est sur la défensive. À tous les coups, il n'a jamais entendu la version de Mitch Ryder.

« Ah. Bon, tant pis. » Dick n'irait jamais jusqu'à dire à Barry qu'il s'est planté, mais on peut lire dans ses pensées.

« Qu'est-ce qui y a ? demande Barry, prêt à prendre la mouche.

— Rien rien.

— Non non, vas-y. Qu'est-ce que tu reproches aux Righteous Brothers ?

— Rien du tout. Je préfère l'autre version, c'est tout, dit Dick avec douceur.

— Des conneries, oui.

— C'est des conneries d'avoir une préférence ? demandé-je.

— Si c'est le mauvais choix, c'est des conneries. »

Dick hausse les épaules et sourit.

« Quoi ? Qu'est-ce qui y a ? Pourquoi tu souris comme un con ?

— Laisse-le, Barry. Qu'est-ce que ça peut faire ? On va pas écouter ce *Little Latin Lupe Lu* de mes deux, n'importe comment. Alors laisse tomber.

— Depuis quand ce magasin est sous le contrôle des fascistes ?

— Depuis que t'as amené cette cassette de merde.

— Tout ce que je voulais, c'est nous remonter le moral. C'est tout. Je m'excuse. T'as qu'à mettre ta vieille musique de nase, moi je m'en tape, O.K. ?

— Je veux pas non plus de vieille musique de nase. Je veux seulement un truc que j'aie pas à écouter.

— Super. C'est ça qui est chouette quand on travaille dans un magasin de disques, pas vrai ? Passer des trucs qu'on n'a pas envie d'écouter. Moi je croyais que cette cassette ç'allait être un sujet de conversation, tu vois. J'allais te demander ton palmarès des disques pour les lundis matin quand il pleut, tout ça. Et toi t'as tout gâché.

— On fera ça lundi prochain.

— C'est pas pareil. »

Et cetera, sans doute pour le reste de ma vie professionnelle.

Moi, j'aimerais faire un palmarès des disques qui ne vous font rien ressentir du tout ; là, Barry et Dick me rendraient service. Moi, je pense que je vais mettre *Abbey Road,* en rentrant chez moi. Et encore, je programmerai la chaîne pour sauter *Something.* Les Beatles, pour moi, c'est des vignettes dans les paquets de chewing-gum, c'est *Help* à la séance du samedi matin, c'est des guitares miniatures en plastique, c'est *Yellow Submarine* chanté par moi avec une voix de fausset à l'arrière du bus de ramassage scolaire. Ils font partie de moi, pas de moi et Laura, ni de moi et Charlie, ni de moi et Alison Ashworth ; et s'ils me font quelque chose, au moins ils ne me feront pas du mal.

Deux

J'étais un peu inquiet de l'effet que ça me ferait de revenir à l'appart ce soir, mais tout va bien : cette sensation précaire de bien-être que j'ai depuis ce matin ne m'a pas quitté. Et puis, de toute façon, ça ne sera pas dans cet état éternellement, avec ses affaires un peu partout. Elle va bientôt venir les chercher, et cette atmosphère de boudoir — avec le roman de Julian Barnes ouvert au pied du lit, les slips dans le panier à linge — va se dissiper. (J'ai été affreusement déçu par les slips des filles quand j'ai commencé à vivre en concubinage. Je ne me suis jamais remis de cette découverte : elles font comme les garçons. Elles se gardent leurs plus beaux dessous pour les jours où elles savent qu'elles vont coucher avec quelqu'un. Quand on vit avec une femme, les vieux slips Monoprix délavés, rétrécis, informes font soudain leur apparition sur tous les radiateurs ; vos rêves lascifs d'écolier, où l'âge adulte apparaissait vautré dans la lingerie fine à jamais, dans les siècles des siècles... ces rêves retournent à la poussière.)

Je fais disparaître les indices du drame d'hier soir — le duvet répandu sur le sofa, les mouchoirs de papier en boule, les tasses où flottent des mégots dans un fond de café huileux, puis je mets les Beatles, et quand j'ai écouté *Abbey Road* et les premiers titres de *Revolver* j'ouvre la bouteille de vin blanc que Laura a ramenée la semaine dernière, je m'installe dans mon fauteuil et je regarde l'anthologie de *Brookside* que j'ai enregistrée.

De même que les nonnes finissent par avoir toutes leurs règles en même temps, la maman de Laura et la mienne en sont venues mystérieusement à synchroniser leur coup de fil hebdomadaire. C'est la mienne qui appelle la première.

« Allô, mon chéri ? C'est moi.

— Salut.

— Tout va bien ?

— Pas mal.

— Comment s'est passée ta semaine ?

— Oh, comme ça.

— Comment ça va, au magasin ?

— Comme ci comme ça. Y a des hauts et des bas. » Des hauts et des bas, ce serait parfait. Ça voudrait dire que certains jours sont meilleurs que d'autres, que les clients vont et viennent. À vrai dire, c'est loin d'être le cas.

« Ton père et moi, on s'inquiète à cause de la crise, tu sais.

— Oui, tu m'as dit.

— Heureusement que Laura s'en sort bien. S'il y avait pas Laura, je crois qu'on dormirait pas tranquille. »

Elle est partie, maman. Elle m'a abandonné à ce monde cruel. Cette salope a déconné, elle m'a plaqué... Non non. Je peux pas. C'est pas le bon moment pour les mauvaises nouvelles.

« Dieu sait qu'elle a trop à faire pour se soucier d'une boutique pleine de vieux disques pop défraîchis... »

Comment rendre la façon dont les gens nés avant 1940 prononcent le mot « pop » ? Ça fait plus de vingt ans que je tends l'oreille quand mes parents crachent ce monosyllabe explosif — la tête en avant, avec une expression idiote (puisque les fans de pop sont des idiots), le temps qu'il leur faut pour lâcher le mot.

« ... Je comprends pas qu'elle t'ait pas persuadé de vendre et de trouver un travail décent. C'est incroyable qu'elle ait tenu si longtemps. Moi, je t'aurais laissé te débrouiller depuis longtemps. »

Du calme, Rob. Ne la laisse pas te faire craquer. Ne mords pas à l'hameçon. Ne fais pas... ah, merde, tant pis.

« Eh ben justement, elle m'a laissé me débrouiller, maintenant. Ça devrait te faire plaisir.

— Où elle est partie ?

— J'en sais foutre rien. Elle a juste... fichu le camp. Déménagé. Disparu. »

Il y a un long, très long silence. Si long, en fait, que j'ai le temps de regarder tout un numéro de Jimmy et Jackie

Corkhill sans rien entendre qu'un long soupir douloureux dans l'écouteur.

« Allô ? Y a quelqu'un ? »

Et maintenant j'entends quelque chose — ma mère qui pleure doucement. Qu'est-ce qu'elles ont, les mères ? Qu'est-ce qui leur est arrivé ? Quand on atteint l'âge adulte, on sait qu'on va passer de plus en plus de temps à s'occuper de ceux qui s'occupaient de vous au départ — juste retour des choses ; mais ma mère et moi, on a changé de rôles quand j'avais juste neuf ans. Toutes les tuiles qui me sont tombées dessus depuis — les retenues, les mauvaises notes, les bagarres, les renvois, les ruptures avec mes copines — se sont terminées comme ça : ma mère montrant et faisant entendre son angoisse. Ça n'aurait pas été plus mal pour l'un et l'autre si j'avais émigré en Australie à quinze ans, et si je l'avais appelée une fois par semaine en lui racontant une série de triomphes fictifs. La plupart des ados auraient trouvé ça dur, de vivre tout seul aux antipodes, sans amis, sans argent, sans famille, sans travail, sans diplômes ; pas moi. Ç'aurait été du gâteau à côté de cette épreuve hebdomadaire.

C'est pas... enfin, c'est pas juste. Cépajust ! Ç'a jamais été juste. Depuis que j'ai quitté la maison, elle n'a fait que de gémir, de s'inquiéter et de m'envoyer des coupures de presse relatant les petites réussites de mes anciens camarades d'école. C'est ça qu'on appelle materner ? Première nouvelle. Moi, je voudrais de la compassion, de la compréhension, des conseils, de l'argent, et pas forcément dans cet ordre, mais rien de tout ça ne figure dans le logiciel de ma mère.

« Je vais pas si mal, si c'est ça qui t'inquiète. »

Je sais bien que c'est pas ça qui l'inquiète.

« Tu sais bien que c'est pas ça qui m'inquiète.

— Eh ben, ça devrait, tu crois pas ? Tu crois pas ? Maman, je viens de me faire plaquer. Je me sens pas en pleine forme. » Presque, en fait — les Beatles, la demi-bouteille de chardonnay et *Brookside* ont fait leur effet — mais je me garde bien de le lui dire. « J'ai assez de mal à m'occuper de moi. Alors, de toi, en plus...

— Je savais que ça arriverait un jour.

— Eh bien, si tu le savais, ça devrait rien te faire du tout.

— Mais qu'est-ce que tu vas devenir, Rob ?

— Je vais finir la bouteille de vin en regardant la téloche.

Et puis je vais aller me coucher, tiens. Et puis je vais me lever et aller travailler.

— Et ensuite ?

— Je vais rencontrer une fille bien, et faire des enfants. »

C'était la bonne réponse.

« Si seulement c'était si facile.

— C'est facile, je t'assure. La prochaine fois qu'on se parlera, j'aurai arrangé ça. »

Elle sourit presque. C'est comme si je l'entendais. Je commence à entrevoir la lumière au bout du long, du sombre tunnel téléphonique.

« Mais qu'est-ce que t'a dit Laura ? Tu sais pourquoi elle est partie ?

— Pas vraiment, non.

— Moi, je sais. »

J'ai un moment d'effroi, puis je comprends où elle veut en venir.

« Ça n'a rien à voir avec le mariage, maman, si c'est ça que tu veux dire.

— C'est toi qui le dis. J'aimerais entendre sa version de l'histoire. »

Du calme. Ne la laisse pas... Ne mords pas... Ah, et puis merde.

« Maman, combien de fois faut-il... ? Laura ne voulait pas qu'on se marie. C'est pas son genre. Et puis, comme on dit : ça se passe plus comme ça, de nos jours.

— J'ignore comment ça se passe de nos jours. Mais ce qui se passe pour toi, c'est que tu rencontres quelqu'un, elle s'installe avec toi, et elle s'en va. Tu rencontres quelqu'un d'autre, elle s'installe avec toi, et elle s'en va. »

Bien vu, il faut l'avouer.

« Tais-toi, maman. »

Mme Lydon appelle quelques minutes plus tard.

« Allô, Rob ? C'est Janet.

— Salut, madame L.

— Comment ça va ?

— Très bien. Et vous ?

— Très bien, merci.

— Et Ken ? »

Le père de Laura est mal en point — il a une angine de poitrine et a dû prendre une retraite anticipée.

« Pas trop mal. Des hauts et des bas. Comme tu sais. Laura est là ? »

Intéressant. Elle ne les a pas appelés. Elle se sentirait donc coupable ?

« Eh non, malheureusement. Elle est allée chez Liz. Je lui demande de vous rappeler ?

— Si elle rentre pas trop tard.

— Pas de problème. »

Et voilà, c'est sans doute la dernière fois que nous nous serons parlé. « Pas de problème » : les derniers mots que j'aurai dits à quelqu'un dont j'aurai été assez proche, finalement, avant que nos routes se séparent. C'est drôle, non ? On fête Noël chez des gens, on s'inquiète quand ils vont se faire opérer, on les serre dans ses bras, on les embrasse, on leur offre des fleurs, on les voit en robe de chambre... et puis boum, c'est fini. Fini à jamais. Et tôt ou tard il y aura une autre maman, un autre Noël, d'autres varices. Toutes pareilles. Seules changent l'adresse et la couleur de la robe de chambre.

Trois

Je suis au fond du magasin, en train de faire un peu de ménage, quand je surprends une conversation entre Barry et un client — un homme, entre deux âges d'après la voix, et sûrement pas branché du tout.

« Je cherche un disque pour ma fille. C'est son anniversaire. *I just called to say I love you* [« J'appelle juste pour dire que je t'aime »]. Vous l'avez ?

— Oh oui, répond Barry. Bien sûr, qu'on l'a. »

Je suis bien placé pour savoir que le seul 45 tours de Stevie Wonder qu'on ait en ce moment est *Don't drive drunk* [« Conduis pas bourré »] ; ça fait même belle lurette qu'on l'a, et on n'arrive pas à s'en débarrasser, même à une demi-livre.

À quoi il joue ?

Je sors de l'arrière-boutique voir ce qui se passe. Barry fait face au type, un grand sourire aux lèvres ; le type a l'air un peu désemparé.

« Je pourrais l'avoir, alors ? » Il a l'air soulagé, comme un petit garçon qui se rappelle *in extremis* qu'il faut dire « s'il vous plaît ».

« Non, désolé, c'est impossible. »

Le client, plus âgé que je n'aurais cru, qui porte une casquette en laine et un imper beige sale, a l'air cloué au sol ; on voit au premier coup d'œil qu'il se dit : J'aurais jamais dû entrer dans ce taudis bruyant, et maintenant on se moque de moi.

« Pourquoi ?

— Comment ? » Barry a mis Neil Young très fort, et le bon vieux Neil vient de passer de l'acoustique à l'électrique.

« Pourquoi c'est impossible ?

— Parce que cette chanson est une merde sentimentale et kitsch, voilà pourquoi. Est-ce qu'on a l'air d'être un magasin qui vend *I just called to say I love you* ? Allez, dégagez, j'ai assez perdu de temps avec vous. »

Le vieux type fait demi-tour et sort, Barry se gondole.

« Bravo, Barry !

— Qu'est-ce qui se passe ?

— Tu viens de foutre un client dehors, voilà ce qui se passe.

— On avait pas ce qu'il cherchait. Je me suis juste amusé un peu, et puis je t'ai jamais fait perdre un centime.

— Là n'est pas la question.

— Ah bon, et où elle est, la question ?

— Je veux plus jamais que tu parles sur ce ton à un client, c'est tout.

— Et pourquoi ? Tu crois que ce vieux croûton allait devenir un habitué ?

— Non, mais... écoute, Barry, les affaires vont pas très bien. Je sais qu'on avait l'habitude d'engueuler tous ceux qui nous demandaient des trucs qu'on aime pas, mais là il faut plus le faire.

— Arrête tes conneries. Si on avait eu le disque je lui aurais vendu, et ç'aurait fait une livre de plus, et tu l'aurais jamais revu. Tu parles d'une affaire d'État.

— Mais il t'a rien fait.

— Tu sais très bien ce qu'il m'a fait. Il m'a offusqué avec son goût de chiotte.

— C'était même pas son goût à lui. C'était celui de sa fille.

— Tu te ramollis avec l'âge, Rob. À une époque, tu l'aurais mis dehors toi-même et tu l'aurais poursuivi jusque dans la rue. »

Il n'a pas tort. J'ai l'impression que c'était il y a un siècle. Je n'arrive plus à entrer dans des colères de ce genre.

Mardi soir, j'essaie un nouveau classement pour ma collection de disques ; je pratique ça souvent, en période de stress émotionnel. Vous trouvez peut-être que c'est une manière plutôt bête de passer la soirée, moi pas. C'est ma vie, et j'aime pouvoir m'y promener, y plonger les bras, la toucher.

Quand Laura était là je rangeais les disques par ordre

alphabétique ; auparavant, je les rangeais par ordre chronologique, depuis Robert Johnson jusqu'à... je ne sais pas... Wham !, ou un truc africain, ou autre chose que j'étais en train d'écouter quand j'ai rencontré Laura. Mais ce soir je rêve d'autre chose, alors j'essaie de me souvenir de l'ordre dans lequel je les ai achetés : comme ça, j'espère écrire mon autobiographie sans papier ni stylo. Je sors les disques des étagères, les empile tout autour du salon, cherche *Revolver*, et je pars de là ; quand je suis arrivé au bout, je rougis tellement je me sens exposé, parce que cette série, après tout, c'est moi. Intéressant de voir comment je suis passé de Deep Purple à Howlin'Wolf en vingt-cinq étapes seulement ; je n'ai plus honte d'avoir écouté *Sexual Healing* [« Réconfort sexuel »] pendant toute une période de célibat forcé, ni d'une trace du club rock que j'avais formé à l'école pour discuter avec mes camarades de cinquième de Ziggy Stardust et de *Tommy*.

Ce qui me plaît le plus, dans mon nouveau système, c'est la sensation rassurante qu'il me procure ; grâce à lui, je me suis rendu plus complexe. J'ai environ deux mille disques, et il faut vraiment être moi, ou avoir un doctorat en flemingologie, pour savoir comment en retrouver un. Si je veux mettre, disons, *Blue* de Joni Mitchell, je dois me rappeler que je l'ai acheté pour une fille à l'automne 1983, mais que j'ai préféré le garder, pour des raisons que je passerai sous silence. Eh bien, tu ne sais rien de tout ça, Laura, donc tu es piégée, n'est-ce pas ? Tu devras me demander de te le trouver. Et, je ne sais pas pourquoi, cette idée me réconforte énormément.

Mercredi, il arrive une drôle de chose. Johnny arrive, chante *All kinds of everything*, essaie de mettre la main sur une poignée d'albums. On fait notre petit pas de deux jusqu'au trottoir, quand soudain il se dégage, lève les yeux vers moi et me demande :

« T'es marié ?

— Non, Johnny, je suis pas marié. Et toi ? »

Il éclate de rire dans le creux de mon bras, un hoquet de dément qui pue l'alcool, le tabac, le vomi, et se termine dans une quinte de toux grasse.

« Tu crois que je serais dans cet état, si j'avais une femme ? »

Je ne réponds rien — je me concentre sur le tango que je

dois danser avec lui pour qu'il se retrouve dehors —, mais l'aveu brutal et triste de Johnny attire l'attention de Barry — peut-être qu'il l'a toujours mauvaise depuis les reproches que je lui ai faits hier soir —, et il se penche par-dessus le comptoir. « Ça sert à rien, Johnny. Rob a une charmante femme à domicile, et regarde-le. Il file un très mauvais coton. Cheveux mal coupés. Taches. Pull affreux. Chaussettes hideuses. La seule différence entre lui et toi, Johnny, c'est que t'as pas à payer le loyer d'une boutique toutes les semaines. »

Barry me lance des vannes de ce genre sans arrêt. Mais aujourd'hui, c'est trop, et je lui lance un regard qui devrait le faire taire, mais qu'il interprète comme un encouragement à me persécuter.

« Rob, c'est pour ton bien que je dis ça. C'est le pull le plus laid que j'aie jamais vu, je te jure. J'ai jamais vu un truc pareil porté par une personne que je fréquente, en tout cas. C'est une atteinte à la dignité humaine. Même David Coleman le mettrait pas pour présenter *La Semaine sportive.* John Noakes l'aurait fait interdire pour violation du code d'honneur de la mode. Val Doonican jetterait un seul coup d'œil dessus et dirait... »

Je jette Johnny sur le trottoir, je claque la porte, je traverse la boutique en courant, je prends Barry par le col de sa veste en daim, et je lui dis que s'il reprend son bavardage grotesque ne serait-ce qu'une seconde devant moi, je le tue. Quand je le relâche, je suis tout tremblant de colère.

Dick sort de l'arrière-boutique et ne sait pas où donner de la tête.

« Eh là, les gars, murmure-t-il. Eh.

— T'es débile ou quoi ? me demande Barry. Si ma veste est déchirée, mon pote, ça va te coûter bonbon. » Il a dit ça, « coûter bonbon ». Bon Dieu. Puis il sort du magasin l'air offensé.

Je vais m'asseoir sur le tabouret dans l'arrière-boutique, Dick se dandine dans l'encadrement de la porte.

« Tu te sens bien ?

— Ouais ouais. Désolé. » Je choisis la sortie la plus élégante. « Écoute, Dick, j'ai pas une femme charmante à domicile. Elle est partie. Et si par hasard on revoit Barry, tu pourrais peut-être lui dire.

— Bien sûr que je lui dirai, Rob. Pas de problème.

Aucun problème. Je lui dirai la prochaine fois que je le vois. »

Je ne réponds rien. Je hoche la tête.

« J'ai... j'ai d'autres trucs à lui dire, n'importe comment, alors c'est pas un problème. Je lui parlerai de... enfin, de Laura, quand je lui dirai les autres trucs.

— Super.

— Je commencerai par les trucs sur toi, hein, puis après je lui dirai mes trucs à moi. Mes trucs à moi, c'est pas grand-chose, en fait, c'est à propos de quelqu'un qui joue au *Harry Lauder* demain soir. Alors je lui dirai d'abord. Une bonne nouvelle, une mauvaise nouvelle, quoi. »

Il a un petit rire nerveux.

« Enfin, je veux dire, une mauvaise, une bonne, plutôt, parce qu'il aime bien cette chanteuse qui va jouer au *Harry Lauder.* »

Un rictus d'horreur passe sur son visage.

« Je veux dire, il aimait bien Laura aussi, c'est pas ce que je voulais dire. Et il t'aime bien aussi. C'est juste que... »

Je lui dis que je comprends ce qu'il veut dire, et je lui demande de me faire une tasse de café.

« Bien sûr. Pas de problème. Écoute, Rob. Tu veux peut-être... genre... en parler ? »

Je suis presque tenté : se confier à Dick, ce serait une expérience unique dans ma vie. Mais je lui dis qu'il n'y a rien à dire, et pendant une seconde j'ai l'impression affreuse qu'il va me prendre dans ses bras.

Quatre

On va au *Harry Lauder* tous les trois. Tout baigne avec Barry, maintenant ; Dick l'a mis au parfum quand il est revenu à la boutique, et ils font de leur mieux, tous les deux, pour me requinquer. Barry m'a confectionné une anthologie copieusement annotée sur une cassette, et désormais Dick reformule ses questions quatre ou cinq fois, au lieu des deux ou trois habituelles. Ils ont un peu insisté pour que je vienne à ce concert avec eux.

C'est un pub énorme, le *Lauder*, avec des plafonds si hauts que la fumée de cigarette s'accumule au-dessus des têtes comme un nuage de dessin animé. C'est miteux et plein de courants d'air, les banquettes sont éventrées, les videurs bestiaux, les habitués terrifiants ou dans les vapes, les toilettes puantes et inondées, il n'y a rien à manger le soir, le vin est si mauvais que c'en est drôle, la bière éventée, beaucoup trop froide : bref, c'est un assommoir typique du nord de Londres. On n'y vient pas souvent, alors que c'est la porte à côté, parce que les groupes qui s'y produisent d'habitude sont des avatars punks de troisième catégorie, si nuls qu'on paierait la moitié de son salaire pour ne pas les entendre. Mais de temps à autre, comme ce soir, ils mettent la main sur un obscur chanteur folk américain, dont la réputation légendaire l'a précédé de cinq minutes. Ce soir, le pub est rempli pour un tiers, ce qui n'est pas mal, et quand on entre Barry montre du doigt Andy Kershaw et un autre type qui écrit dans *Time Out.* Pour le *Lauder*, c'est la mondanité maximum.

La chanteuse qu'on est venu écouter se nomme Marie LaSalle ; elle a fait un ou deux albums solo pour un label indépendant, et une de ses chansons a eu un jour l'honneur d'être reprise par Nancy Griffith. Dick prétend qu'elle vit ici, maintenant ; il a lu quelque part qu'elle trouve l'Angleterre plus réceptive à son genre de musique, ce qui veut dire, j'imagine, que nous sommes gentiment indifférents plutôt que violemment hostiles. Il y a beaucoup d'hommes seuls, dans la salle — seuls ne voulant pas dire célibataires, en l'occurrence, mais sans compagnie. Dans ce genre d'assistance, nous avons l'air tous les trois — moi morose et presque muet, Dick nerveux et timide, Barry artificiellement réservé — d'un imposant groupe de collègues en voyage organisé.

Il n'y a pas de première partie, juste une sono pourrie qui déverse du vieux country-rock de bon goût, et les gens attendent debout en sirotant leur bière et en lisant le prospectus qu'on leur a fait prendre de force à l'entrée. Marie LaSalle monte sur scène (pour ainsi dire : il y a une petite estrade et un ou deux micros à quelques mètres de moi) à neuf heures ; à neuf heures cinq, à ma grande honte, je suis en larmes, et le monde anesthésié dans lequel j'ai vécu ces derniers jours s'est évanoui.

Il y a beaucoup de chansons que j'essaie d'éviter depuis que Laura m'a quitté, mais celle par quoi commence Marie LaSalle, celle qui me fait pleurer, n'en fait pas partie. La chanson qui me fait pleurer ne m'a jamais fait pleurer avant ; pour tout dire, la chanson qui me fait pleurer me faisait chier. J'étais à la fac quand c'était un tube, et Charlie et moi on levait les yeux au ciel en tirant la langue quand quelqu'un — presque toujours un étudiant en géographie, ou une fille qui voulait devenir institutrice (on ne peut pas m'accuser de snobisme, je ne fais que constater les faits) — la mettait dans le juke-box. La chanson qui me fait pleurer, c'est, dans la version de Marie LaSalle, *Baby, I love your way* [« Chérie, j'aime comme tu es »] de Peter Frampton.

Rendez-vous compte : à côté de Barry, de Dick avec son T-shirt des Lemonheads, écouter une reprise de Peter Frampton et sangloter ! Peter Frampton ! *Show me the way* [« Montre-moi le chemin »] ! Cette permanente ridicule ! Ce truc en forme de sac dans lequel il jouait : sa guitare sonnait comme la voix de Donald Duck ! *Frampton comes alive*, en tête des charts américains pendant sept cent vingt ans, et sûrement acheté par tous les débiles chevelus cocaïnés de L.A. ! Je sais bien que j'ai un énorme besoin de produire des symptômes pour me rappeler combien j'ai été traumatisé il y a peu, mais fallait-il qu'ils soient aussi extrêmes ? Dieu aurait pu opter pour quelque chose de raisonnablement nul — un vieux tube de Diana Ross, disons, ou une chanson d'Elton John.

Et ça ne s'arrête pas là. Le résultat de la reprise de *Baby, I love your way* par Marie LaSalle (« Je sais que je ne devrais pas aimer cette chanson, mais je ne peux pas m'en empêcher », dit-elle ensuite avec un sourire coquin), c'est que je me retrouve dans deux états apparemment contradictoires : a) Laura me manque soudain passionnément, comme jamais depuis son départ, b) je tombe amoureux de Marie LaSalle.

Ça arrive. Du moins ça arrive aux hommes. Du moins à cet homme en particulier. Quelquefois. Difficile d'expliquer pourquoi et comment on peut être attiré au même instant dans deux directions, et à l'évidence il faut une bonne base d'inconscience rêveuse au départ. Mais il y a une logique, aussi. Marie est jolie, elle a ce quasi-strabisme de certaines beautés américaines — on dirait une Susan Dey plus rebondie, entre *La Famille Partridge* et *La Loi de Los Angeles* —, et si on veut avoir un coup de chaud arbitraire et de courte durée, on peut tomber plus mal. (Un samedi matin, je me suis réveillé, j'ai allumé la télé, et c'est Sarah Greene, de *Going Live,* qui m'a tapé dans l'œil — un faible que j'ai soigneusement caché à l'époque.) Et puis, elle est charmante, il me semble, et ne manque pas de talent : une fois qu'elle s'est débarrassée de Peter Frampton, elle se contente de ses propres chansons, qui sont bonnes, touchantes, délicates. Toute ma vie j'ai eu envie de coucher — je veux dire : d'avoir une liaison — avec une musicienne ; j'aurais voulu qu'elle écrive des chansons à la maison, me demande mon avis, peut-être même glisse des mots à nous dans les paroles, me remercie dans les notes de ses disques, voire mette une petite photo de moi dans le livret, ou au dos, et moi je suivrais ses concerts des coulisses (cela dit, au *Lauder* j'aurais l'air fin, puisqu'il n'y a pas de coulisses : je serais tout seul derrière elle, devant tout le monde).

Ce qui concerne Marie est donc facile à comprendre. Ce qui concerne Laura, par contre, mérite quelques explications, mais je crois qu'il s'agit de ça : la musique sentimentale a le don de vous ramener en arrière tout en vous poussant en avant, de sorte qu'on ressent à la fois de la nostalgie et de l'espoir. Marie, c'est le côté prometteur, l'avenir — peut-être pas elle précisément, mais quelqu'un comme elle, quelqu'un qui peut me sauver la mise. (Voilà : je pense toujours que les femmes vont me tirer d'affaire, m'emmener vers une vie meilleure, qu'elles peuvent me transformer, me sauver.) Et Laura, c'est le côté passé, la dernière personne que j'aie aimée, et en écoutant ces accords de guitare acoustique rudimentaires et doux je réinvente notre vie commune, en une seconde je me retrouve avec elle dans la voiture en train de fredonner le contre-chant de *Love hurts* [« L'amour fait mal »], de me planter, et de rire avec elle. Dans la vie réelle, nous n'avons jamais fait une chose pareille. On n'a jamais chanté en voiture, et surtout on n'a jamais ri en faisant un truc de travers. Et voilà pourquoi je ferais mieux d'éviter la pop music en ce moment.

Ce soir, les deux me conviendraient. Marie pourrait venir vers moi à la fin du concert et me proposer d'aller manger un morceau avec elle ; ou bien je pourrais rentrer, et Laura serait là, en train de siroter son thé et d'attendre anxieusement que je veuille bien lui pardonner. Ces deux rêves éveillés sont aussi attirants l'un que l'autre, ils me rendraient aussi heureux l'un que l'autre.

Marie fait une pause au bout d'une heure. Elle s'assied sur la scène et boit au goulot une Budweiser ; un type s'amène avec une boîte remplie de cassettes et la pose à côté d'elle. Elles sont à 5,99 livres, mais comme ils n'ont pas un penny, ça fait six livres. On lui en achète une chacun, et à notre grande surprise elle nous adresse la parole. On est terrifié.

« Vous passez une bonne soirée ? »

On hoche la tête.

« Super. Parce que moi aussi.

— Super », dis-je, et c'est pour l'instant le maximum que je peux faire.

J'ai seulement un billet de dix, alors je reste comme un idiot à attendre que le type rassemble quatre pièces d'une livre.

« Maintenant vous vivez à Londres, n'est-ce pas ? lui demandé-je enfin.

— Ouep. Pas loin d'ici, en fait.

— Ça vous plaît ? » demande Barry. Bien trouvée, la question. J'y aurais pas pensé.

« Ça va. Au fait, vous êtes du genre à savoir : y a des bons magasins de disques, dans le coin, ou il faut aller jusqu'à West End ? »

Pourquoi mal le prendre ? On est le genre de types à connaître les magasins de disques. C'est de ça qu'on a l'air, et c'est ce qu'on est.

Barry et Dick en perdent presque leurs moyens, tellement ils sont pressés de lui expliquer.

« Il en a un !

— Il en a un !

— À Holloway !

— Juste en haut de Seven Sisters Road !

— Championship Vinyl !

— On y travaille !

— Ça vous plairait !

— Venez voir ! »

Leur enthousiasme la fait rire.

« Vous vendez quoi ?

— Un peu de tout ce qui est bien. Du blues, de la country, de la soul, de la new wave...

— Ça a l'air génial. »

Quelqu'un d'autre veut lui parler, alors elle nous fait un sourire aimable et se détourne. On retourne dans notre coin.

« Mais pourquoi vous lui avez parlé du magasin ? je leur demande.

— Je savais pas que c'était top-secret, dit Barry. Tu vois, je sais qu'on a aucun client, mais je pensais que c'était un problème, tu vois, pas une stratégie commerciale délibérée.

— Elle va pas dépenser un centime.

— Non, c'est sûr. C'est pour ça qu'elle nous a demandé si on connaissait un bon magasin de disques. Elle veut juste nous rendre visite pour nous faire perdre notre temps. »

Je sais bien que je me conduis comme un idiot, mais je ne veux pas qu'elle vienne dans ma boutique. Si elle venait, elle se mettrait à me plaire vraiment, alors j'attendrais sans arrêt qu'elle vienne, et puis quand elle viendrait je serais mal à l'aise, maladroit, et je finirais sans doute par l'inviter à boire un verre d'une façon embarrassée, ridicule, et soit elle me prendrait au mot et je me sentirais idiot, soit elle refuserait tout net et je me sentirais idiot. Sur le chemin du retour, je suis déjà en train de me demander si elle va venir demain, et si sa venue voudrait dire quelque chose ou pas, et, dans cette hypothèse, pour lequel d'entre nous ça voudrait dire quelque chose — même si Barry est sans doute hors compétition.

Merde. Je déteste tout ça. Quel âge faut-il atteindre pour que ça cesse enfin ?

À mon retour, je trouve deux messages téléphoniques, l'un de Liz, l'amie de Laura, l'autre de Laura. Les voici :

1) Rob, c'est Liz. J'appelle juste pour voir si, enfin, si tu vas bien. Appelle-nous un de ces jours. Heu... je prends pas parti. Pour l'instant. Je t'embrasse. Salut.

2) Salut, c'est moi. Y a quelques trucs dont j'ai besoin. Tu peux m'appeler au boulot, demain matin ? Merci.

Les gens fous liraient toutes sortes de choses dans chacun de ces messages ; les gens sains d'esprit en concluraient que la première correspondante est chaleureuse, affectueuse, et que la seconde n'en a rien à foutre. Je ne suis pas fou.

Cinq

Sitôt levé, j'appelle Laura. J'ai la nausée en composant le numéro, et plus encore quand la standardiste me passe le poste. Elle me connaissait, pourtant il n'y a plus rien dans sa voix. Laura veut passer samedi après-midi pour prendre des sous-vêtements à elle, ça me convient ; on aurait dû s'arrêter là, mais je tente d'entamer une discussion, et ça ne lui plaît pas parce qu'elle est à son travail, mais j'insiste, je fonds en larmes et elle me raccroche au nez. Je me sens grotesque, mais je n'ai pas pu me refréner. Je n'y arrive jamais.

Je serais curieux de voir la tête qu'elle ferait si elle savait que je suis en même temps tout excité à l'idée que Marie va venir au magasin. Il y a une minute, je lui ai laissé entendre qu'elle avait fichu ma vie en l'air, et, le temps de la communication téléphonique, je le croyais. Mais à présent — et je le fais sans le moindre étonnement, sans la moindre honte — je me demande ce que je vais me mettre, si je suis mieux avec une barbe de trois jours ou rasé de frais, et quels disques je vais passer dans la boutique, au cas où.

Il semble quelquefois que la seule façon pour un homme de se juger, de juger de sa gentillesse, de sa *décence,* c'est d'observer ses relations avec les femmes — ou plutôt, avec les partenaires sexuelles présentes ou escomptées. Rien de plus facile que d'être sympa avec les copains. On peut leur offrir un verre, leur faire une cassette, les appeler pour voir si tout va bien... les techniques simples et peu coûteuses ne manquent pas pour faire de soi un Brave Type. Mais avec les petites amies, c'est beaucoup plus coton de rester digne. Un jour vous filez doux, vous récurez les toilettes, vous confiez vos sentiments et vous faites tout ce qu'un homme moderne est censé faire ; le lendemain vous faites la gueule, vous embobinez, vous manipulez, vous trompez la meilleure d'entre elles. Ça me dépasse.

J'appelle Liz en début d'après-midi. Elle est adorable. Elle me dit à quel point elle est désolée, quel beau couple nous formions à ses yeux, comme j'ai fait du bien à Laura, en donnant un centre à sa vie, en la faisant sortir de soi, en lui permettant de s'amuser, comment j'ai fait d'elle une personne plus sympathique, plus calme, plus détendue, qui s'intéresse à d'autres choses qu'à son travail. Liz ne dit pas les choses comme ça — j'interprète. Mais c'est bien ce qu'elle veut dire, je crois, quand elle dit que nous formions un beau couple. Elle me demande comment je vais, si je prends soin de moi ; elle me dit qu'elle n'aime pas beaucoup ce type, Ian. On convient de prendre un verre un jour de la semaine prochaine. Je raccroche.

Qui est cette ordure de Ian ?

Marie entre dans la boutique peu après. Nous sommes là tous les trois. C'est sa cassette qui passe, et quand je la vois débouler j'essaie de l'arrêter avant qu'elle s'en aperçoive, mais je ne suis pas assez rapide, ce qui fait que je l'arrête au moment où elle va faire un commentaire, puis je la remets, puis je rougis. Elle rit. Je vais dans l'arrière-boutique et je n'en ressors pas. Barry et Dick lui vendent soixante-dix livres de cassettes.

Qui est cette ordure de Ian ?

Barry fait irruption dans l'arrière-boutique. « On est sur la liste d'invités pour le concert de Marie au *White Lion*, voilà. Tous les trois. »

En l'espace d'une demi-heure, je me suis humilié devant quelqu'un qui me plaît, et j'ai découvert, du moins je le crois, que mon ex avait une liaison. Je ne veux rien savoir de la liste d'invités du *White Lion*.

« C'est super, Barry, vraiment super. La liste d'invités du *White Lion* ! Tout ce qu'on a à faire, c'est de se trimbaler jusqu'à Putney et de revenir ; et on aura économisé cinq livres chacun. Ce que c'est que d'avoir des amis haut placés, hein !

— On pourrait y aller avec ta voiture.

— C'est pas ma voiture, t'es pas au courant ? C'est celle de Laura. Elle l'a prise. Donc on a deux heures de métro, ou on prend un taxi, ce qui nous reviendra à... disons cinq livres chacun ? Vraiment génial ! »

Barry a un haussement d'épaules qui veut dire : « On peut rien faire pour ce mec », et il tourne les talons. Je me sens coupable, mais je ne lui dis rien.

Je ne connais pas de Ian. Laura ne connaît pas de Ian. On vit ensemble depuis trois ans et je ne l'ai jamais entendue parler d'un Ian. Pas de Ian à son bureau. Pas d'ami qui s'appelle Ian, ni d'amie dont le copain s'appelle Ian. Je n'irai pas jusqu'à dire qu'elle n'a jamais rencontré le moindre Ian de toute sa vie — il a dû y en avoir un au lycée, quoique le sien ne fût pas mixte —, mais je suis quasiment sûr que depuis 1989 elle vit dans un univers totalement déianisé.

Et cette certitude, ce ianosticisme, dure jusqu'à mon retour à l'appartement. Sur le rebord de la fenêtre où on met le courrier, juste derrière la porte commune, il y a trois lettres au milieu des menus de fast-foods à domicile et des cartes de taxis : une facture pour moi, un relevé bancaire pour Laura... et un rappel de la redevance télé pour Monsieur I. Raymond (Ray pour ses amis et, ce qui est plus compréhensible, pour ses voisins), le type qui vivait au-dessus jusqu'à il y a cinq ou six semaines.

Quand j'entre dans l'appartement, je tremble, j'ai envie de vomir. Je sais que c'est lui ; je l'ai su à l'instant où j'ai vu la lettre. Je me souviens que Laura est allée le voir une fois ou deux ; je me souviens que Laura a... non pas flirté, précisément, mais qu'elle a rajusté ses cheveux plus souvent, souri bêtement plus souvent que nécessaire le jour où il est venu prendre un verre à l'époque de Noël. C'était bien son genre : petit garçon perdu, affectueux, avec juste assez de mélancolie pour paraître intéressant. Je ne l'aimais pas beaucoup, déjà ; maintenant, je le hais.

Depuis quand ? Combien de fois ? La dernière fois que j'ai parlé à Ray — Ian —, la veille de son déménagement... est-ce qu'il se passait quelque chose ? Est-ce qu'elle montait en douce chez lui les soirs où je n'étais pas là ? Est-ce que John et Melanie, le couple du rez-de-chaussée, savent quelque chose ? Je passe un bon bout de temps à chercher la carte de changement d'adresse qu'il nous a donnée, mais elle a disparu, mauvais signe, très mauvais — à moins que je l'aie jetée, et alors pas de signe. (Et qu'est-ce que je ferais si je la trouvais ? J'irais chez lui voir s'il est seul ?)

Je commence à me rappeler des trucs, maintenant : sa salopette, ses disques (des machins africains, sud-américains, bulgares, toute la world music de merde à la mode ce mois-ci) ; son rire hystérique exaspérant ; les odeurs de cuisine épouvantables qui polluaient la cage d'escalier ; ses amis qui restaient trop tard, buvaient trop et partaient trop bruyamment. Je cherche, mais je n'ai aucun bon souvenir de lui.

Je me débrouille pour refouler le pire souvenir, le plus douloureux, le plus traumatisant jusqu'au moment de me coucher, mais j'entends alors la voisine du dessus qui martèle le sol et fait claquer des portes de placard. Ça, c'est la pire des choses, la chose qui donnerait à n'importe qui dans ma situation (n'importe quel homme ?) des sueurs froides atroces : *on l'entendait faire l'amour.* On entendait ses bruits à lui ; on entendait ses bruits à elle (et il eut deux ou trois partenaires différentes pendant la période où nous étions, tous les trois — tous les quatre, en comptant celle qui couchait avec Ray —, séparés par quelques mètres carrés de parquet vermoulu et de plâtre lépreux).

« Il tient assez longtemps », ai-je dit un soir où nous étions tous les deux éveillés au lit, en levant les yeux au plafond. « Je n'ai pas cette chance », a répondu Laura. C'était une blague. On a ri. Ha ha ha. Je ne ris plus. Jamais une blague ne m'a rendu aussi malade, aussi parano, aussi triste, ne m'a fait douter, m'apitoyer sur moi-même et trembler à ce point.

Quand une femme quitte un homme, et que l'homme souffre (eh oui, finalement, après toute cette hébétude et cet optimisme idiot, tous ces haussements d'épaules, je souffre — même si j'ai toujours envie d'avoir mon nom quelque part sur la pochette d'un album de Marie)... est-ce que c'est de ça qu'il s'agit ? Parfois je pense que oui, parfois que non. Je suis passé par là, après l'histoire de Charlie et Marco : je les ai imaginés ensemble, *en train de le faire,* j'ai imaginé le visage de Charlie déformé par une passion que je n'avais jamais su inspirer.

Il faut que je dise, quoique je n'aie aucune envie de le dire (je préfère me dénigrer, me faire pitié, monter en épingle mes défauts — c'est ça qu'on fait dans ces moments-là), que les choses allaient plutôt bien dans ce domaine. Je crois. Mais dans mes rêveries terrifiantes Charlie s'abandonnait et criait comme une actrice de film porno. Elle était la chose de Marco, elle répondait à la moindre de ses caresses avec des gloussements orgastiques. Dans mon esprit, aucune femme depuis l'aube de l'humanité n'avait connu un plaisir plus grand que celui de Charlie avec Marco.

Et encore, ce n'était rien. Ça n'avait aucune base concrète. Pour ce que j'en sais, Charlie et Marco n'ont jamais consommé leur amour, et Charlie a passé la décennie suivante à essayer — en échouant lamentablement — de retrouver l'extase sereine et discrète de ses nuits avec moi. En revanche, je sais que Ian était une sorte de bête sexuelle ; et Laura le savait aussi. J'entendais tout ; Laura aussi. À vrai dire, ça m'insupportait ; je croyais que ça l'insupportait elle aussi. Maintenant j'ai des doutes. Est-ce pour ça qu'elle est partie ? Parce qu'elle voulait sa part de ce qui se passait au-dessus ?

Je ne sais pas, au fond, pourquoi ça compte autant. Ian pourrait être plus brillant causeur que moi, ou meilleur cuisinier, ou plus compétent dans son travail, dans sa façon de tenir sa maison, de mettre de l'argent de côté, d'en gagner, d'en dépenser, d'apprécier les livres ou les films ; il pourrait être plus gentil, plus joli garçon, plus intelligent, plus propre, plus drôle, plus prévenant, quelqu'un de mieux de tous les points de vue que vous voudrez... et ça me serait égal. Vraiment. Je sais bien qu'on ne peut pas être bon pour tout, quant à moi je suis d'une incompétence tragique dans bien des domaines, et je l'accepte. Mais le sexe, c'est autre chose ; savoir que son successeur est meilleur au lit, on ne peut pas le tolérer, et je ne sais pas pourquoi.

J'en sais assez pour savoir que c'est idiot. Je sais, par exemple, que le meilleur coup que j'aie connu était une fille nommée Rosie, avec qui je n'ai couché que quatre fois. Ça n'a pas suffi (le bon coup, je veux dire, pas les quatre fois, qui ont plus que suffi). Elle me tapait sur les nerfs, je lui tapais sur les nerfs, et la chance que nous avions de pouvoir jouir en même temps (et je crois bien que c'est ça qu'on veut dire quand on parle d'un bon coup, quoi que dise le docteur Ruth sur le partage, le respect, les confidences sur l'oreiller, la nouveauté, les positions ou les menottes) n'a compté pour rien.

Alors, qu'est-ce qui me rend tellement malade, dans l'histoire de « Ian » et Laura ? Qu'est-ce que ça peut me faire, de savoir combien de temps lui peut le faire et combien de temps moi je peux le faire, quels bruits elle faisait avec moi et quels bruits elle fait avec lui ? Eh bien, seulement ça, au bout du compte : j'entends encore Chris Thomson, l'homme de Neandertal, le mutant hormonal, l'adultère de collège, me traiter de minus et me dire qu'il s'est fait ma copine. Et cette voix me fait toujours du mal.

La nuit, je fais un de ces rêves qui ne sont pas des rêves du tout, juste des images de Laura baisant avec Ray, de Marco baisant avec Charlie, et je suis bien content de me réveiller au milieu de la nuit, parce que ça met fin aux rêves. Mais le plaisir est de courte durée, tout replonge : Laura est vraiment en train de baiser avec Ray quelque part (peut-être pas à une minute près, vu qu'il est 3 h 56, quoique, avec son énergie — sa *peine à jouir*, ha ha — on ne sait jamais), et moi je suis là, dans ce petit appart minable, tout seul, et j'ai trente-cinq ans, j'ai un commerce minuscule qui périclite, et mes amis ne semblent pas des amis du tout, seulement des gens dont je n'ai pas perdu le numéro de téléphone. Si je me rendormais quarante ans et que je me réveillais sans aucune dent au son de Radio Nostalgie dans une maison de retraite, ça ne m'ennuierait pas tant que ça, parce que le pire de la vie, autrement dit le reste, serait passé. Et comme ça je n'aurais pas besoin de me suicider.

Je commence seulement à me rendre compte que c'est important d'avoir un truc qui se passe quelque part, dans le travail ou à la maison, sans quoi on ne fait que s'accrocher. Si je vivais en Bosnie, ne pas avoir de copine ne me paraîtrait pas la chose la plus grave du monde, mais ici, à Crouch End, c'est le cas. Il faut un maximum de lest pour vous empêcher d'aller à la dérive ; il faut des gens autour de soi, des trucs qui se passent, sinon la vie est comme un film lâché par la production — plus de décors, plus de paysages, plus de seconds rôles, plus qu'un type tout seul qui fixe la caméra sans rien à faire et personne à qui parler — et qui croira en ce personnage ? Il faut que je ramène plus de choses, plus de bordel, plus de *détails* ici, parce que pour le moment je risque de dévaler la pente.

« Vous avez un peu de soul ? » me demande une femme l'après-midi suivant. Un peu de *soul*, un peu d'âme ? J'ai envie de lui répondre : Ça dépend ; certains jours oui, certains jours non. Il y a quelques jours, j'en manquais ; maintenant j'en ai des tonnes, plus que je ne peux en vendre. J'ai envie de lui dire que j'aimerais l'écouler de façon un peu plus régulière, mieux équilibrer mon stock, et que je ne trouve pas le truc. Mais je vois bien que mes problèmes de gestion intime ne l'intéressent pas, alors je me contente de lui indiquer le bac où je mets ma « soul », mon « âme » : tout près de la sortie, juste à côté du blues...

Six

Une semaine exactement après le départ de Laura je reçois un coup de fil d'une femme de Wood Green qui a des 45 tours à vendre. D'habitude je ne me dérange pas pour les ventes de particuliers, mais cette femme a l'air de s'y connaître : elle parle labels blancs, cahiers photos, etc., toutes choses qui suggèrent autre chose qu'une douzaine de disques de l'Electric Light Orchestra que son fils lui aurait laissés en quittant la famille.

Sa maison est immense, le genre de baraque qui a l'air d'avoir atterri à Wood Green après s'être envolée d'un autre quartier de Londres ; quant à elle, ce n'est pas une beauté. Elle a la quarantaine bien tassée, le bronzage presque orange, le visage bizarrement peu ridé ; elle porte un jean et un T-shirt, mais le jean porte un nom italien là où devrait se trouver le nom de monsieur Wrangler ou de monsieur Levi, et le T-shirt est incrusté d'un logo en verroterie.

Elle ne sourit pas, ne m'offre pas un café, ne me demande pas si j'ai trouvé facilement malgré la pluie battante glacée qui empêchait de voir à trois mètres. Elle me conduit seulement dans un bureau qui prolonge le hall, allume la lumière, indique les 45 tours sur l'étagère du haut — il y en a des centaines, dans des boîtes en bois faites main —, et me laisse me débrouiller.

Il n'y a pas de livres sur les étagères qui couvrent les murs, seulement des albums, des compacts, des cassettes et une chaîne hi-fi ; sur les cassettes il y a des étiquettes numérotées, un signe de sérieux qui ne trompe pas. Une ou deux guitares sont appuyées aux murs, et une espèce d'ordinateur qui a l'air capable de faire de la musique si vous êtes versé dans ce genre de choses.

Je monte sur une chaise et je me mets à sortir les boîtes de 45 tours. Il y en a sept ou huit en tout, j'essaie de ne pas regarder à l'intérieur en les posant par terre, mais j'aperçois le premier disque de la dernière boîte : c'est un 45 tours de James Brown pour King, de trente ans d'âge. Je me mets à trembler d'impatience.

Quand je commence à les passer en revue sérieusement, je vois très vite que c'est la mine que je rêvais de trouver un jour, depuis que j'ai commencé à collectionner les disques. Il y a les 45 tours que les Beatles enregistraient pour leur fan-club, la première demi-douzaine de 45 tours des Who, des originaux d'Elvis du début des années soixante, des tonnes de raretés de blues et de soul, et... *il y a un exemplaire de* God save the Queen *par les Sex Pistols pour A & M !* Je n'en ai jamais vu un seul de ma vie ! Je n'ai jamais rencontré quelqu'un qui l'avait vu ! Et... non, mon Dieu, non... *You left the water running* d'Otis Redding, sorti sept ans après sa mort, retiré de la vente immédiatement par sa veuve parce qu'elle...

« Qu'est-ce que vous en dites ? » Elle est appuyée contre l'encadrement de la porte, les bras croisés, souriant de la tête que je suis en train de faire.

« C'est la plus belle collection que j'aie jamais vue. » Je n'ai aucune idée de ce que je dois lui proposer. Le lot doit valoir au bas mot six ou sept mille livres, et elle le sait. Où est-ce que je vais trouver une somme pareille ?

« Donnez-moi cinquante livres et vous pouvez tout prendre tout de suite. »

Je la regarde. Nous venons d'entrer officiellement au pays des rêves, où des petites vieilles vous donnent de l'argent pour vous convaincre d'emporter les trésors de leurs greniers. Sauf que je n'ai pas affaire à une petite vieille, et qu'elle sait pertinemment que ce qu'elle a vaut plus de cinquante livres. Qu'est-ce qui se passe ?

« Ils sont volés ? »

Elle rit. « Ce ne serait pas une bonne affaire, hein, de bazarder tout ça par la fenêtre pour cinquante livres ? Non, ça appartient à mon mari.

— Et vous ne vous entendez pas très bien avec lui en ce moment, c'est ça ?

— Il est en Espagne avec une fille de vingt-trois ans. Une

amie de ma fille. Il a eu le culot de m'appeler pour me demander de l'argent, j'ai refusé, alors il m'a demandé de vendre sa collection de 45 tours et de lui envoyer un chèque correspondant à ce que j'aurai obtenu, moins dix pour cent de commission. À propos. Vous pourrez me donner un billet de cinq ? Je veux l'encadrer et le mettre au mur.

— Ç'a dû lui prendre pas mal de temps pour les rassembler.

— Des années. Cette collection, c'est pas loin d'être l'œuvre de sa vie.

— Il travaille ?

— Il prétend qu'il est musicien, mais... » Elle a une moue qui dit sa déception et son mépris. « Il se contente de me presser comme un citron et de rester assis sur son cul à contempler des marques de disques. »

Imaginez que vous rentrez à la maison et que vous voyez vos 45 tours d'Elvis, de James Brown et de Chuck Berry balancés pour rien, par pure vengeance. Vous feriez quoi ? Vous diriez quoi ?

« Écoutez, vous ne voulez pas que je vous paye correctement ? Vous n'êtes pas obligée de lui dire combien vous avez gagné. Vous pouvez lui envoyer les quarante-cinq livres quand même, et dépenser le reste. Ou faire un don à une œuvre de charité, je sais pas.

— C'est pas l'idée. Je veux être dégueulasse, mais juste.

— Je suis désolé, mais c'est trop... Je ne veux pas être mêlé à ça.

— Comme vous voudrez. Il y en a plein d'autres qui accepteront.

— Ouais, c'est sûr. C'est pour ça que j'essaie de trouver un compromis. Et si on disait quinze cents ? Ils doivent valoir quatre fois ce prix-là.

— Soixante.

— Treize cents.

— Soixante-quinze.

— Onze cents, c'est ma dernière offre.

— Et moi, j'accepterai quatre-vingt-dix livres, et pas un penny de plus. » On sourit tous les deux, maintenant. Difficile d'imaginer d'autres circonstances qui conduiraient à une négociation pareille. « Sinon, il aurait les moyens de rentrer, voyez, et je veux à tout prix éviter ça.

— Désolé, mais je crois qu'il va falloir vous adresser à quelqu'un d'autre. »

Quand je vais rentrer au magasin, je vais fondre en larmes et je vais sangloter pendant un mois comme un bébé, mais je n'arrive pas à m'y résoudre.

« Très bien. »

Je me lève pour partir, puis je me remets à genoux : je veux seulement y jeter un dernier coup d'œil déchirant.

« Je peux vous acheter ce 45 tours d'Otis Redding ?

— Pas de problème. Dix pennies.

— Oh, je vous en prie. Laissez-moi vous donner dix livres, et vous pouvez brader le reste, ça m'est égal.

— D'accord. Parce que vous vous êtes donné le mal de venir. Et parce que vous avez des principes. Mais c'est tout. Je ne vais pas vous les vendre un par un. »

Bon : je suis allé à Wood Green, j'en suis revenu avec *You left the water running* en parfaite condition, et je l'ai eu pour dix livres. C'est pas mal pour une matinée de travail. Ça va en boucher un coin à Barry et Dick. Mais s'ils entendent jamais parler des Elvis, James Brown et Jerry Lee Lewis, des Pistols, des Beatles et du reste des disques, ils vont être traumatisés à vie, avec des conséquences dramatiques pour leur santé, et il faudra que je m'occupe d'eux, et...

Comment je me suis retrouvé à défendre le méchant, le type qui a quitté sa femme et filé en Espagne avec une nymphette ? Pourquoi est-ce que je n'arrive pas à ressentir les mêmes choses que sa femme ? Peut-être que je devrais rentrer chez moi et offrir la sculpture de Laura à quelqu'un qui a envie de la briser en mille morceaux pour en faire du gravier ; peut-être que ça me ferait du bien. Mais je sais bien que non. Tout ce que je vois, c'est la tête de ce type quand il recevra son chèque ridicule par la poste, et je ne peux pas m'empêcher d'avoir désespérément, douloureusement pitié de lui.

J'aimerais pouvoir dire que la vie est pleine d'incidents pittoresques comme celui-là, mais ce n'est pas le cas. Dick m'enregistre le premier album des Liquorice Comfits, comme promis ; Jimmy et Jackie Corkhill cessent de s'engueuler provisoirement ; la maman de Laura n'appelle plus, la mienne si. Elle pense que Laura s'intéresserait plus à moi si je prenais des cours du soir. Nous tombons d'accord pour nous disputer, en tout cas je lui raccroche au nez. Et puis Dick, Barry et moi prenons un taxi pour aller voir Marie au *White Lion*, et nos noms sont effectivement sur la liste des invités. La course nous coûte exactement quinze livres, mais sans compter le pourboire, et la bière est à deux livres la pinte. Le *White Lion* est plus petit que le *Lauder*, il est donc à moitié rempli plutôt qu'aux deux tiers vide, l'endroit est beaucoup plus agréable, il y a même une première partie, un épouvantable auteur-compositeur du coin pour qui le monde s'est arrêté après *Tea for the Tillerman* de Cat Stevens — et pas dans une déflagration, plutôt dans un soupir.

Bonnes nouvelles : 1) Je ne pleure pas pendant *Baby, I love your way,* quoique j'aie un peu la nausée. 2) Elle nous fait signe : « C'est pas Barry, Dick et Rob que je vois là-bas ? Contente de vous voir, les gars. » Et puis elle dit au public : « Vous êtes jamais allés dans leur magasin ? Championship Vinyl, au nord de Londres ? Vous devriez. » Et les gens se retournent vers nous, et on se regarde bêtement tous les trois, et Barry est sur le point de glousser tellement ça l'excite, le con. 3) Je rêve toujours d'être quelque part sur une pochette d'album, même si j'avais une gueule de bois affreuse ce matin en arrivant au travail parce que j'avais passé la moitié de la nuit debout à fumer des cigarettes roulées à partir de mégots, à boire de la liqueur de banane et à penser à Laura. (C'est une bonne nouvelle, ça ? Ou au contraire la preuve irréfutable, définitive que je suis fou ? Mais que j'aie encore un semblant d'ambition, une autre perspective d'avenir que Radio Nostalgie, ça c'est plutôt une bonne nouvelle.)

Mauvaises nouvelles : 1) Marie fait monter quelqu'un sur scène pour son rappel. Un mec. Ils partagent le même micro dans une espèce d'intimité que je n'aime pas du tout, il fait le contre-chant sur *Love hurts* et la regarde en même temps, d'une manière qui suggère qu'il a une longueur d'avance sur moi pour le dos de l'album. Marie ressemble toujours à Susan Dey, et ce mec — qu'elle présente comme « T-Bone Taylor, le secret le mieux gardé du Texas » — a l'air d'une version améliorée de Daryl Hall, du feuilleton *Hall & Oates,* si vous pouvez imaginer une créature pareille. Il a de longs cheveux blonds, des pommettes saillantes, et il mesure au moins deux mètres cinquante de haut ; mais il a aussi des muscles (il porte un blouson de jean sans chemise dessous), et une voix telle que Stallone, à côté, a l'air d'un castrat — une voix si profonde qu'elle paraît atterrir avec un bruit sourd sur la scène et rouler vers nous comme un boulet de canon.

Je sais bien que mon assurance en matière sexuelle n'est pas au plus haut en ce moment, et je sais bien que les femmes ne s'intéressent pas toujours aux longs cheveux blonds, aux pommettes saillantes et à la hauteur ; parfois elles cherchent des cheveux sombres plutôt courts, pas de pommettes et de la largeur... Bon. Mais quand même ! Regardez-les ! Susan Dey et Daryl Hall ! En train d'entrelacer les lignes mélodiques de *Love hurts* ! Mêlant leurs salives, pratiquement ! Heureusement que j'avais mis ma plus belle chemise, l'autre jour, quand elle est venue au magasin ; sinon, j'avais aucune chance.

Pas d'autres mauvaises nouvelles. Celle-là suffit.

À la fin du concert, je ramasse ma veste par terre et je me mets en route.

« Il est juste dix heures et demie, dit Barry. Prenons encore une bière.

— Reste si tu veux. Moi je rentre. » Je n'ai pas envie de prendre un verre avec un type qui s'appelle T-Bone, mais j'ai dans l'idée que c'est justement l'ambition de Barry. J'ai l'impression que prendre un verre avec un type qui s'appelle T-Bone serait le grand moment de la décennie, dans la vie de Barry. « Je veux pas te gâcher ta soirée. Mais j'ai pas envie de rester.

— Même pas une demi-heure ?

— Pas vraiment.

— Attends une minute, alors. Faut que j'aille pisser.

— Moi aussi », dit Dick.

Dès qu'ils ont franchi la porte, je sors en vitesse et je hèle un taxi. C'est génial, d'être déprimé ; on peut mal se conduire autant qu'on veut.

Est-ce que c'est mal, d'avoir envie d'être chez soi auprès de sa collection de disques ? Attention, collectionner les disques, ce n'est pas comme collectionner les timbres, les dessous de bière ou les dés anciens. Il y a tout un monde, là-dedans, plus doux, plus sale, plus violent, plus paisible, plus coloré, plus sexy, plus cruel, plus aimant que le monde où je vis ; il y a de l'histoire, de la géographie, de la poésie, et mille autres choses que j'aurais dû apprendre à l'école — même de la musique.

Quand j'arrive chez moi (vingt livres, de Putney à Crouch End, et pas de pourboire) je me fais une tasse de thé, je branche le casque, et je me passe toutes les chansons hargneuses sur les femmes de Bob Dylan et d'Elvis Costello ; quand je les ai épuisées je passe à un album *live* de Neil Young jusqu'à ce que mes oreilles saturent et larsènent ; quand j'ai épuisé Neil Young je me mets au lit et je fixe le plafond, et ce n'est plus la contemplation rêveuse, neutre de jadis. Quelle blague, non, ce truc avec Marie ? Je me racontais des histoires ; comme s'il y avait quelque chose de possible, une transition facile et sans accroc. J'y vois clair, maintenant. J'y vois toujours clair une fois que c'est fini — je suis imbattable pour le passé. Il n'y a guère que le présent qui m'échappe.

J'arrive en retard au boulot ; Dick a déjà pris un message pour moi, de Liz. Il faut que je la rappelle à son bureau, d'urgence. Je n'ai aucune intention de l'appeler à son bureau. Elle veut annuler notre rendez-vous de ce soir ; je sais pourquoi ; je ne vais pas lui laisser faire ça. Il faudra qu'elle me pose un lapin.

Je demande à Dick de la rappeler, de lui dire qu'il avait oublié que je ne viendrais pas de la journée — je suis allé à une foire du disque à Cochester et je reviens spécialement pour un rendez-vous ce soir. Non, Dick n'a pas de numéro où me joindre. Non, Dick ne pense pas que je vais appeler la boutique. Je ne décroche pas le téléphone jusqu'au soir, au cas où elle essaierait de me surprendre.

On est convenu de se retrouver à Camden, dans un pub tranquille sur Parkway. Je suis en avance, mais j'ai acheté *Time Out,* donc je m'installe dans un coin avec ma bière et des noix de cajou, et je regarde quels films je pourrais aller voir si j'avais quelqu'un à emmener au cinéma.

Le rendez-vous avec Liz ne dure guère. Je la vois s'avancer à grands pas vers ma table — elle est jolie, Liz, mais énorme, et quand elle est en colère, comme maintenant, elle fout la frousse ; j'essaie de sourire, mais je vois que ça ne va pas marcher, parce qu'elle est trop remontée pour se calmer comme ça.

« T'es un sacré connard, Rob », dit-elle, puis elle fait demi-tour, ressort, et les gens de la table voisine me regardent fixement. Je rougis, baisse les yeux vers *Time Out* et prends une bonne rasade de bière dans l'espoir que le verre va cacher mon visage cramoisi.

Elle a raison, bien sûr. Je suis un sacré connard.

Sept

Pendant un an ou deux, à la fin des années quatre-vingt, j'ai été DJ dans un club de Kentish Town, et c'est là que j'ai rencontré Laura. C'était pas grand-chose, comme club, juste une pièce au-dessus d'un pub, en fait ; mais pendant six mois ç'a été couru par une certaine catégorie de Londoniens — le petit peuple des quasi-branchés, front bas, 501 noir et Docs, qui se déplace par meutes du marché au *Town and Country*, à Dingwalls, à l'*Electric Ballroom*, à la place de Camden. J'étais plutôt bon, comme DJ, je crois. En tout cas, les gens avaient l'air contents ; ils dansaient, restaient tard, me demandaient où ils pouvaient acheter certains des disques que je passais, revenaient d'une semaine sur l'autre. On appelait ça le *Groucho Club*, à cause de la phrase de Groucho Marx qui disait ne pas vouloir s'inscrire dans un club qui l'accepterait comme membre ; plus tard, on a appris qu'il y avait un autre *Groucho Club* du côté de West End, mais personne ne nous confondait, apparemment. (Tant que j'y suis, le palmarès de la piste de danse, au *Groucho Club* : *It's a good feeling* de Smokey Robinson et les Miracles ; *No blow no show* de Bobby Bland ; *My big stuff* de Jean Knight ; *The love you save* des Jackson Five ; *The Ghetto* de Donny Hathaway.)

Et j'adorais, j'adorais faire ça. Baisser les yeux vers une salle pleine de têtes qui se balancent au rythme d'une musique que vous avez choisie, c'est une chose exaltante. Et pendant les six mois où le club fut à la mode, je fus le plus heureux des hommes. C'est la seule fois où j'ai eu une vraie sensation de puissance, même si je me suis rendu compte ensuite que c'était une fausse puissance, parce qu'elle ne tenait pas du tout à moi, mais à la musique : n'importe qui passant ses disques de danse préférés à très fort volume, dans un endroit noir de monde qui a payé pour les entendre, éprouverait la même chose. La musique de danse, après tout, est faite pour être puissante — j'ai juste pris une chose pour une autre.

Enfin bref, j'ai rencontré Laura au milieu de cette période, pendant l'été 87. Elle prétend qu'elle était venue au club trois ou quatre fois avant que je la remarque, et ça se pourrait bien — elle est petite, mince, jolie, dans le genre de Sheena Easton sans le vernis d'Hollywood (quoiqu'elle ait eu l'air plus dure que Sheena Easton, avec ses cheveux en brosse d'avocate gauchiste, ses bottes et ses yeux bleu pâle inquiétants), mais il y avait des filles plus jolies alentour, et quand on promène son regard nonchalamment comme ça, c'est les plus jolies qu'on regarde. Donc, ce troisième ou quatrième soir, elle est venue me parler dans ma petite cabine spatiale, et elle m'a tout de suite plu : elle m'a demandé de passer un disque que j'aime énormément (*Got to get you off my mind* de Solomon Burke, au cas où ça intéresserait quelqu'un), mais qui avait vidé la salle chaque fois que je l'essayais.

« Vous étiez là quand je l'ai passé ?

— Ouais !

— Alors vous avez vu : ils étaient tous prêts à rentrer se coucher. »

C'est un 45 tours de trois minutes, et j'avais dû le retirer après une minute et demie. Je l'ai remplacé par *Holiday* de Madonna ; je passais des trucs modernes de temps en temps, dans les moments de crise, un peu comme les gens qui croient à l'homéopathie ont recours à la médecine classique quelquefois, même s'ils la condamnent.

« Ils partiront pas, cette fois.

— Comment vous savez ça ?

— Parce que c'est moi qui ai amené la moitié des gens, et je vais les faire danser. »

Alors je l'ai passé, et certes Laura et ses copains envahirent la piste, mais ils dérivèrent un par un et la quittèrent en secouant la tête et en riant. C'est difficile de danser sur cette chanson ; un tempo médium de rhythm and blues, et l'intro s'arrête puis repart. Laura tint bon, et j'aurais bien aimé voir si elle se battrait jusqu'au bout, mais je me suis inquiété de voir les gens qui ne dansaient pas, alors je suis vite passé à *The love you save.*

Elle refusa de danser sur les Jackson Five et elle fonça sur ma cabine, mais avec un sourire désolé : elle dit qu'elle ne le redemanderait pas. Elle voulait seulement savoir si elle pouvait acheter le disque. Je lui répondis que si elle revenait la semaine suivante je lui aurais fait une cassette, et elle eut l'air ravie.

J'ai mis des heures à concevoir cette fameuse cassette. Pour moi, c'est un peu comme écrire une lettre — effacer beaucoup, repenser, recommencer —, et je voulais qu'elle soit vraiment bien, vu que... vu que, pour être franc, je n'avais rencontré personne d'aussi prometteur depuis que j'étais DJ, alors que rencontrer des femmes prometteuses était censé faire partie du job. Une compile réussie, comme une rupture, c'est délicat. Il faut frapper d'abord un grand coup, retenir l'attention (je commençai par *Got to get you off my mind*, puis je me rendis compte qu'elle pouvait très bien ne pas aller au-delà du premier titre de la face A si je lui donnais tout de suite ce qu'elle voulait, alors je l'ai enfoui au milieu de la face B), puis il faut la faire monter un chouïa, ou la faire baisser un chouïa, et impossible de mettre ensemble de la musique noire et de la musique blanche, sauf si la blanche sonne noire, et impossible de mettre deux titres du même artiste à la suite, sauf si l'ensemble fonctionne par paires, et puis... oh, il y a des tonnes de règles.

Bref, je me suis donné un mal fou pour cette cassette, et je dois encore avoir un ou deux brouillons quelque part, des prototypes qui ne m'ont plus convaincu quand je les ai réécoutés. Et le vendredi soir, au club, je l'ai sortie de ma veste quand elle est venue me voir, et on est parti de là. C'était un bon départ.

Laura était avocate, elle l'est toujours, mais à l'époque où nous nous sommes rencontrés, c'était un autre genre d'avocate (d'où, j'imagine, les sorties en boîtes et les blousons de moto en cuir). Aujourd'hui, elle travaille pour un cabinet juridique de la City (d'où, j'imagine, les restaurants, les vêtements chic, la disparition des cheveux en brosse et l'apparition d'une sorte d'ironie désabusée), non pas du tout par l'effet d'un revirement politique, mais parce qu'elle faisait double emploi et ne trouvait plus de travail comme assistante sociale juridique. Elle dut accepter un travail à quarante-cinq mille livres par an parce qu'elle n'en trouvait plus un au-dessous de vingt ; elle dit que cela résume parfaitement le thatchérisme, et elle n'a peut-être pas tort. Son nouveau travail l'a transformée. Elle avait toujours été tendue, mais auparavant sa tension la menait quelque part : elle s'angoissait à propos des droits des locataires, des propriétaires de taudis, des enfants vivant dans des endroits sans l'eau courante. Maintenant, elle ne s'angoisse que pour le *travail* — elle en a trop, les responsabilités qui pèsent sur elle, comment elle s'en sort, ce que ses collègues pensent d'elle, ce genre de truc. Et quand elle ne s'angoisse pas pour le travail, elle s'angoisse du fait qu'elle s'angoisse pour le travail, ou du moins pour ce genre de travail.

Parfois — pas souvent, ces derniers temps — j'arrivais à faire ou dire quelque chose qui lui faisait tout oublier, et c'est là que nous étions au meilleur de nous-mêmes. Elle se plaignait régulièrement de ma « trivialité fondamentale », mais elle a bien servi.

Je n'ai jamais eu de grand coup de foudre pour elle, et je m'en inquiétais quand je pensais à notre vie à longue échéance : j'avais tendance à me dire — et vu la fin qu'on a eue, je me le dis encore — que toute relation amoureuse a besoin de cette poussée violente que donne un coup de foudre, ne serait-ce que pour vous faire démarrer et vous faire franchir les premiers obstacles. Ensuite, quand l'énergie de cette poussée retombe et qu'on arrive à une espèce de halte, on jette un regard alentour et on voit ce qu'on a gagné. Quelque chose de complètement différent, ou d'à peu près pareil, mais en plus doux, en plus calme — ou encore rien du tout.

Avec Laura, j'ai d'abord cru qu'il s'agissait d'un tout autre processus. Il n'y avait ni nuits blanches, ni perte d'appétit, ni attentes atroces près du téléphone, et pas plus pour elle que pour moi. Mais on a continué coûte que coûte, simplement, et comme on n'avait rien à perdre, on n'a jamais eu à jeter ce regard alentour pour voir ce qu'on avait gagné, car ce qu'on avait gagné, c'était ce qu'on avait toujours eu. Elle ne m'a pas rendu malheureux, ni angoissé, ni mal à l'aise, et quand on se mettait au lit je ne paniquais pas, je ne flanchais pas, si vous voyez ce que je veux dire (et je crois que vous le voyez).

On sortait beaucoup, elle venait au club chaque semaine, et quand le bail de son appart d'Archway a expiré, elle est venue s'installer chez moi, et tout allait bien, et tout continua d'aller bien pendant des années. Si j'étais bête, je dirais que l'argent a tout pourri : quand elle a changé de boulot, elle en a eu soudain des tonnes, et moi, quand j'ai perdu mon travail au club et que la crise a rendu le magasin invisible pour les passants, je n'en avais plus du tout. Bien sûr, ce genre de chose complique la vie, il y a plein de réarrangements à faire, des batailles à mener, des limites à tracer. Mais en fait, ce n'était pas l'argent. C'était moi. Comme dit Liz, je suis un sale connard.

La veille de mon rendez-vous avec Liz à Camden, elle et Laura se sont retrouvées pour dîner ; Liz a attaqué Laura à propos de Ian, et Laura n'avait rien préparé pour sa défense, parce qu'il aurait fallu pour ça m'attaquer moi, or elle a un sens très développé, fût-ce à mauvais escient, de la loyauté. (Moi, par exemple, je n'aurais pas pu m'en empêcher.) Mais Liz est allée trop loin, Laura a craqué, et un torrent d'horreurs sur moi s'est déversé de sa bouche, elles se sont mises à pleurer toutes les deux, Liz s'est excusée entre cinquante et cent fois pour avoir parlé sans savoir. Donc le lendemain Liz a craqué, a essayé de me joindre, puis a déboulé dans le pub en m'insultant. Rien de tout ça n'est sûr, évidemment. Je n'ai eu aucun contact avec Laura, et seulement un bref et pénible rendez-vous avec Liz. N'empêche, il n'est pas nécessaire d'avoir sondé les reins et les cœurs de ces deux personnages pour deviner tout ça.

Je ne sais pas ce que Laura a dit exactement, mais il est vraisemblable qu'elle ait livré au moins deux, peut-être même l'ensemble, des informations suivantes :

1) Que j'ai couché avec une autre fille alors qu'elle était enceinte.
2) Que mon aventure a joué un rôle direct dans l'interruption de sa grossesse.
3) Qu'après l'avortement, je lui ai emprunté une grosse somme d'argent et que je ne lui en ai toujours pas remboursé un centime.
4) Que, peu avant son départ, je lui ai dit que j'étais malheureux avec elle, et que peut-être en un sens pour ainsi dire je cherchais vaguement quelqu'un d'autre...

Est-ce que j'ai vraiment fait et dit des choses pareilles ? Absolument. Y a-t-il des circonstances atténuantes ? Pas vraiment, à moins que toute circonstance (tout contexte) soit atténuante. Avant de me juger — mais c'est sûrement fait — sortez d'ici et notez les quatre pires choses que vous ayez faites à votre partenaire, même si — surtout si — votre partenaire n'est pas au courant. N'enrobez pas ces choses, n'essayez pas de les expliquer ; notez-les, c'est tout, faites-en la liste la plus sèche possible. Ça y est ? Alors, le sale connard, c'est qui ?

Huit

« Mais où t'étais fourré ? » J'engueule Barry quand il débarque au magasin samedi matin. Je ne l'ai pas vu depuis le concert de Marie au *White Lion* — pas de coup de fil, pas d'excuses, rien.

« Où j'étais fourré ? Où *moi* j'étais fourré ? Putain, t'es un vrai connard, répond Barry en guise d'explication. Désolé, Rob. Je sais que les choses sont pas super pour toi, que t'as des problèmes, tout ça. Mais quand même. On a passé des heures à te chercher, l'autre soir.

— Des heures ? Plus d'une heure ? Au moins deux ? Je suis parti à dix heures et demie, j'en déduis que vous avez abandonné les recherches à minuit et demi, c'est ça ? Vous avez dû marcher de Putney à Wapping, au moins.

— Arrête tes conneries. »

Un jour, peut-être pas dans les prochaines semaines, mais quelque part dans le futur, c'est sûr, quelqu'un va réussir à s'adresser à moi sans que le mot « con », sous une forme ou une autre, soit contenu dans la phrase.

« O.K., désolé. Mais je parie que vous avez cherché pendant dix minutes, et qu'ensuite vous avez pris un verre avec Marie et l'autre monstre... T-Bone. »

Je déteste devoir l'appeler T-Bone. Ça me fait grincer des dents, comme quand on est obligé de commander un Buffalo Bill Burger alors qu'on veut juste un steak haché, ou un Goûter-comme-chez-Mamie alors qu'on veut une tarte aux pommes.

« La question n'est pas là.

— C'était bien ?

— C'était super. T-Bone a joué sur deux albums de Guy Clark et sur un de Jimmie Dale Gilmore.

— Dément.

— Oh, lâche-moi. »

Je suis content qu'on soit samedi, parce qu'il y a un peu d'affluence et que du coup, Barry et moi, on n'est pas obligé de trop chercher des choses à se dire. Tandis que Dick fait du café et que je cherche un vieux 45 tours de Shirley Brown dans l'arrière-boutique, il me rappelle que T-Bone a joué sur deux albums de Guy Clark et sur un de Jimmie Dale Gilmore.

« Et tu sais quoi ? C'est un type super sympa », ajoute-t-il, stupéfait qu'un homme qui a atteint de tels sommets soit encore capable d'échanger quelques mots aimables dans un pub. Mais c'est à peu près tout pour la communication interne de l'entreprise. Il y a trop de gens à qui il faut déjà parler.

Il y a beaucoup de passage dans la boutique, mais un infime pourcentage des visiteurs achètent. Les meilleurs clients, ce sont ceux qui *doivent* acheter un disque le samedi, même s'il n'y a rien dont ils aient vraiment envie ; s'ils ne rentrent pas avec un sac plat et carré sous le bras, ils se sentent mal. On reconnaît les drogués du vinyle au fait qu'à un moment donné ils se lassent de farfouiller dans les bacs, vont d'un pas décidé vers un tout autre rayon du magasin, sortent une pochette d'une étagère et se dirigent vers la caisse ; c'est parce qu'ils ont fait dans leur tête une liste des achats possibles (« Si je trouve rien d'ici cinq minutes, il faudra que je me contente de cette compile de blues que j'ai vue il y a une demi-heure »), et que soudain ils en ont marre de perdre leur temps à chercher quelque chose dont ils n'ont pas vraiment envie. Je connais bien cette sensation (ce sont mes frères, je les comprends mieux qu'aucune autre personne au monde) : c'est une impression agaçante, moite, angoissante, et on sort de la boutique fiévreux. On marche beaucoup plus vite, ensuite, on essaie de rattraper cette part de la journée qui est partie en fumée, et souvent on éprouve le besoin de lire les pages diplomatiques d'un journal, ou d'aller voir un film de Peter Greenaway, d'absorber quelque chose de dense et riche qui recouvrira les bêtises vaines et sirupeuses dont votre crâne est encombré.

J'aime bien aussi les gens poussés par le désir de retrouver une chanson qui ne les lâche pas, les distrait, une chanson qu'ils entendent dans leur propre souffle quand ils courent après le bus, ou dans le rythme de leurs essuie-glaces quand ils rentrent du travail. Parfois, la coupable est une chansonnette banale et rebattue : ils l'ont entendue à la radio, ou dans une boîte. Mais quelquefois elle leur est parvenue comme par magie. Parce que le soleil s'est mis à briller, qu'ils ont vu une jolie fille, et que soudain ils se sont mis à fredonner un refrain qu'ils n'avaient pas entendu depuis quinze ou vingt ans ; un jour, un type est venu parce qu'il avait *rêvé* un disque, de A à Z, la mélodie, le titre, l'auteur. Quand je le lui ai trouvé (c'était un vieux truc reggae, *Happy go lucky girl* des Paragons), et qu'il a correspondu plus ou moins avec son rêve, l'expression de son visage m'a donné le sentiment de ne pas être un marchand de disques, mais une sage-femme, ou un peintre, quelqu'un dont la vie quotidienne se déroule dans le domaine du transcendant.

Le samedi, on voit vraiment à quoi servent Dick et Barry. Dick est aussi patient, aussi enthousiaste, aussi gentil qu'un instit : il vend aux gens des disques qu'ils voulaient sans le savoir, parce qu'il sait d'instinct ce qu'il leur faut. Il bavarde, il pose un disque sur le comptoir, et bientôt les clients tendent des billets de cinq sans même s'en rendre compte, comme s'ils étaient venus pour l'acheter dès le départ. Barry, de son côté, dompte les clients comme des bêtes sauvages. Il les méprise parce qu'ils ne possèdent pas le premier album des Jesus and Mary Chain, et ils l'achètent, puis il rit d'eux parce qu'ils n'ont pas *Blonde on Blonde*, et ils l'achètent aussi, enfin il n'en croit pas ses oreilles quand ils lui disent qu'ils ne connaissent pas Ann Peebles, et ils achètent un de ses disques aussi. En général, vers quatre heures de l'après-midi, au moment où je fais du thé, j'ai un petit moment de bonheur, peut-être parce que c'est mon boulot, après tout, et que ça marche pas si mal, peut-être parce que je suis fier de nous, fier de notre façon d'user au mieux de nos talents, qui sont pourtant minces et bizarroïdes.

Et donc, lorsque je ferme le magasin et que nous nous apprêtons à sortir prendre un verre comme tous les samedis, de nouveau nous sommes heureux ensemble ; nous avons de la bonne volonté à revendre, que nous dépenserons au cours des jours vides qui suivront, et que nous aurons totalement épuisée vers la mi-journée de vendredi.

Nous sommes si heureux, pour tout dire, qu'entre le moment de mettre les clients dehors et celui de partir, nous établissons notre palmarès des chansons d'Elvis Costello (moi, c'est *Alison, Little Triggers, Man out of time, King Horse,* et une version pirate genre Merseybeat d'*Everyday I write the Book* dont j'ai une cassette quelque part, l'obscurité de ce dernier titre compensant élégamment la banalité du premier, pensai-je, pour me défendre d'avance contre les sarcasmes de Barry). Et après les bouderies et fâcheries de la semaine, c'est bon de voir à nouveau la vie sous cet angle.

Mais quand nous sortons de la boutique, Laura est là qui m'attend, appuyée contre le pan de mur qui nous sépare du magasin de chaussures d'à côté, et je me rappelle soudain qu'en ce moment je ne suis pas censé rigoler.

Neuf

Pour l'argent, je peux m'expliquer facilement : elle en avait, je n'en avais pas, elle voulait m'en donner. Elle occupait depuis quelques mois son nouveau poste et ses salaires commençaient à s'accumuler à la banque. Elle m'a prêté cinq mille livres ; si elle ne l'avait pas fait, j'aurais plongé. Je ne l'ai jamais remboursée parce que je n'ai jamais pu, et le fait qu'elle soit partie pour quelqu'un d'autre ne me rend pas plus riche de cinq mille livres. L'autre jour au téléphone, quand je lui ai fait une scène et lui ai dit qu'elle avait foutu ma vie en l'air, elle a fait allusion à l'argent, elle m'a demandé si j'allais commencer à lui payer des traites, j'ai répondu que je lui rembourserais une livre par semaine pendant les cent prochaines années. C'est là qu'elle a raccroché.

Voilà pour l'argent. Pour ce que je lui ai dit, sur le fait que j'étais malheureux avec elle, que je cherchais à moitié quelqu'un d'autre : c'est elle qui m'a poussé à le dire. Elle m'a *piégé* pour que je le dise. Ça a l'air d'une mauvaise excuse, mais c'est vrai. On était au milieu d'une conversation fondamentale, et elle a dit, sur un ton anodin, qu'on était dans une phase plutôt malheureuse, et j'ai approuvé ; elle m'a demandé si je ne pensais jamais à rencontrer quelqu'un d'autre, j'ai nié, elle a ri, elle a ajouté que les gens dans notre situation pensaient toujours à rencontrer quelqu'un d'autre. Alors je lui ai demandé si elle y pensait, elle a dit : « Bien sûr », alors j'ai avoué que moi aussi je faisais des rêveries de ce genre de temps en temps. Sur le moment, je pensais que c'était une discussion du type

« soyons-adultes-voyons-en-face-l'imperfection-fatale-de-l'existence », une analyse abstraite, froide ; maintenant je comprends qu'en fait on parlait d'elle et Ian, et qu'elle m'a extorqué une absolution. C'était une ruse d'avocate tordue, et j'ai donné dans le panneau parce qu'elle est plus intelligente que moi.

Je ne savais pas qu'elle était enceinte — bien sûr que non. (Elle ne me l'avait pas dit parce qu'elle savait que je voyais quelqu'un d'autre, et elle le savait parce que je le lui avais dit. On pensait qu'on était des grandes personnes, mais on était naïf, puéril même, de croire que l'un de nous pouvait déconner et faire amende honorable sans mettre tout en danger.) Je ne l'ai su que beaucoup plus tard : on traversait une bonne période, j'ai parlé en plaisantant d'avoir des enfants, elle a éclaté en sanglots. Alors je lui ai demandé de quoi il s'agissait, et elle me l'a dit, après quoi j'ai fait une tirade brève et mal venue sur mes droits (le truc habituel — mon enfant aussi, comment a-t-elle pu, bla bla bla), puis son air méprisant et outré m'a fait taire.

« Tu avais pas l'air d'un homme sur qui on parie à long terme, à l'époque, a-t-elle dit. Je t'aimais pas beaucoup, en plus. Je voulais pas avoir un enfant de toi. J'avais pas envie d'envisager une relation atroce *ad vitam,* avec droit de visite et cetera. Et je voulais pas être une fille-mère. C'était pas une décision très difficile à prendre. Ça aurait servi à rien de te consulter. »

C'étaient tous de bons arguments. Pour dire la vérité, si j'étais tombé enceint de moi-même à cette époque, je me serais fait avorter pour les mêmes raisons. Je ne trouvais rien à répliquer.

Plus tard ce soir-là, après avoir repensé à toute cette affaire de grossesse en tenant compte des dernières informations, je lui ai demandé pourquoi elle était restée avec moi.

Elle a réfléchi un long moment.

« Parce que je m'étais jamais accrochée à rien avant, et je m'étais promis, quand on avait commencé à se voir, que je passerais au moins par-dessus un gros obstacle, juste pour voir ce qui arriverait. C'est ce que j'ai fait. Et tu te sentais tellement coupable, pour cette gourde de Rosie, c'en était pathétique... » — Rosie, l'orgasme simultané, cinq sur l'échelle de Richter, l'emmerdeuse, la fille que je voyais quand Laura était enceinte — « tellement que tu as été très gentil avec moi un bon moment, et c'était juste ce dont j'avais besoin. C'est assez profond, entre nous, Rob, ne serait-ce que parce qu'on est ensemble depuis assez longtemps. Et je voulais pas tout laisser tomber et repartir à zéro si ça n'était pas absolument nécessaire. Voilà. »

Et pourquoi moi j'étais resté ? Pas pour des raisons aussi nobles et adultes. (Quoi de plus adulte que de maintenir une relation qui part en eau de boudin, dans l'espoir de la sauver ? Je n'ai jamais fait ça de ma vie.) Je suis resté parce que, soudain, à la fin du truc avec Rosie, je me suis senti de nouveau très attiré par Laura ; comme si j'avais eu besoin de Rosie pour épicer un peu Laura. Et puis, je pensais que j'avais tout foutu en l'air (j'ignorais alors qu'elle s'essayait au stoïcisme). Je voyais bien qu'elle ne s'intéressait plus à moi, alors je me suis démené comme un malade pour l'intéresser de nouveau, et quand j'ai réussi, j'ai de nouveau cessé de m'intéresser à elle. Ce genre de truc m'arrive souvent, je trouve. Je ne sais pas comment l'éviter. Et cela suffit à expliquer pourquoi nous en sommes là. Quand tout le récit de l'affaire sort comme ça d'une traite, même le crétin le plus borné, même le plus complaisant, le plus aveuglé, le plus furieux des amoureux peut voir qu'il y a une relation de cause à effet, que l'avortement, Rosie, Ian et l'argent sont faits pour se rencontrer, qu'ils se sont *mérités*.

Dick et Barry nous demandent si on veut les accompagner au pub pour un verre, mais j'ai du mal à nous imaginer tous les quatre en train de rire du client qui confondait Albert King et Albert Collins (« Il a même pas cillé quand il vérifiait que le disque était pas rayé et qu'il a vu le label Stax ! » nous a raconté Barry en secouant la tête devant la profondeur insondable de l'ignorance humaine) : je décline l'invitation poliment. Je suppose qu'on rentre à l'appart, alors je me dirige vers l'arrêt de bus, mais Laura me tire par le bras et tourne la tête, à la recherche d'un taxi.

« Je paye. Ce serait pas très drôle, dans le 29, si ? »

Bien vu. La discussion nécessaire se conduira mieux sans conducteur — et sans chien, sans enfants, sans obèse traînant d'énormes sacs plastique.

On est assez silencieux dans le taxi. C'est une course de dix minutes seulement entre Seven Sisters Road et Crouch

End, mais le voyage est si gênant, tendu, pénible que je crois que je m'en souviendrai toute ma vie. Il pleut, les lumières fluorescentes font des dessins sur nos visages ; le chauffeur de taxi nous demande si nous avons passé une bonne journée, nous grommelons quelque chose, il claque la fenêtre de Plexiglas qui le sépare de nous. Laura fixe la rue par la vitre, je la regarde du coin de l'œil en essayant de voir si la semaine passée s'est peinte sur son visage. Elle s'est fait couper les cheveux, comme d'habitude, très court, années soixante, comme Twiggy ou Mia Farrow, sauf — et je n'en rajoute pas bêtement — que cette coupe lui va mieux qu'à l'une et l'autre. Ses cheveux sont si sombres, presque noirs, que, quand ils sont courts, ses yeux ont l'air d'occuper presque tout son visage. Elle n'est pas du tout maquillée, et je pense que ça m'est destiné. C'est une manière facile de me montrer qu'elle est anxieuse, distraite, trop triste pour les futilités. Il y a là une douce symétrie : quand je lui ai offert cette cassette avec la chanson de Solomon Burke, il y a tant d'années, elle était couverte de maquillage, elle en avait beaucoup plus qu'à son habitude, beaucoup plus que la semaine précédente, et je savais, ou espérais, que ça m'était, là aussi, destiné. Donc, c'est des tonnes au début, pour montrer que tout est bon, positif, excitant, et pas du tout à la fin, pour montrer que tout est sans espoir. Chouette, non ?

(Mais peu après, quand le taxi tourne dans ma rue, tandis que je commence à paniquer à l'idée de la discussion qui va suivre, si pénible et difficile *a priori*, je vois une femme seule, sur son trente et un pour la sortie du samedi soir, qui va à la rencontre de quelqu'un quelque part, un ami, un amant. Et quand je vivais avec Laura, j'ai raté... quoi ? J'ai peut-être raté une femme dans le bus, dans le métro, en taxi, *qui faisait un détour* pour me rencontrer, peut-être un peu trop habillée, peut-être un peu plus maquillée que d'habitude, peut-être même un peu nerveuse ; quand j'étais plus jeune, l'idée que j'étais responsable d'une chose de ce genre, ne serait-ce que dans le bus, m'inspirait une gratitude infinie. Quand on vit avec quelqu'un, c'est une chose qu'on n'a plus ; si Laura avait envie de me voir, il lui suffisait de tourner la tête ou de passer de la salle de bains à la chambre, et elle n'a jamais pris la peine de mettre une belle robe pour ça. Quand elle rentrait le soir, elle rentrait parce qu'elle vivait dans mon appart, pas parce qu'on était amants, et quand on sortait, parfois elle s'habillait, parfois non, selon l'endroit où nous allions, mais là encore ça n'avait rien à voir avec moi. Bref, tout ça pour dire que la femme que j'ai vue par la fenêtre du taxi fut une inspiration et une consolation momentanées : peut-être que je ne suis pas trop vieux pour qu'on traverse Londres pour moi, et si un jour je sors encore avec quelqu'un, que je lui donne rendez-vous, disons, à Islington, et qu'elle doit venir de Stoke Newington, un voyage de cinq ou six kilomètres, eh bien je la remercierai du fond de mon pauvre vieux cœur de trente-cinq ans.)

Laura paye le taxi et j'ouvre la porte d'entrée, mets la minuterie en marche et lui cède le passage. Elle s'arrête pour parcourir le courrier sur le rebord de la fenêtre ; l'habitude, je suppose, mais bien sûr elle se met en difficulté tout de suite : en passant les enveloppes en revue, elle tombe sur un rappel de cotisation d'assurance pour Ian, elle hésite, une seconde seulement, mais qui suffit à dissiper le petit doute qui me restait, et j'ai envie de vomir.

« Tu peux la prendre, si tu veux », dis-je, mais sans parvenir à la regarder, et elle détourne aussi la tête. « Ça m'évitera d'avoir à la réexpédier. » Elle la remet sur la pile, puis remet la pile avec les prospectus de fast-foods à domicile et de taxis, et se met à monter l'escalier.

Quand on arrive dans l'appartement, ça fait un drôle d'effet de l'y voir. Mais ce qui est vraiment troublant, c'est la façon dont elle évite de faire ce qu'elle fait d'habitude — on voit qu'elle se refrène. Elle enlève son manteau ; elle avait l'habitude de le jeter sur l'un des fauteuils, or elle ne veut pas le faire, ce soir. Elle reste immobile, son manteau à la main ; je le lui prends et je le jette sur l'un des fauteuils. Elle s'avance vers la cuisine, soit pour mettre de l'eau à bouillir, soit pour se verser un verre de vin, alors je lui demande poliment si elle veut une tasse de thé, elle me demande poliment s'il n'y aurait pas quelque chose de plus fort, et quand j'ai constaté qu'il y avait une demi-bouteille de vin dans le frigo, elle s'abstient de remarquer qu'elle était pleine quand elle est partie, et que c'est elle qui l'a achetée. De toute façon, ce n'est plus le sien, ou plus la même bouteille, ou un truc comme ça. Et quand elle s'assied, elle choisit le fauteuil près de la chaîne — mon fauteuil, plutôt que celui près de la télé — son fauteuil.

« Tu l'as déjà fait ? demande-t-elle en indiquant du menton les étagères pleines d'albums.

— Quoi ? » Je sais très bien de quoi elle parle, bien sûr.

« La Grande Réorganisation. » J'entends les majuscules.

« Ah. Oui. L'autre soir. » Je ne veux pas lui dire que je l'ai fait le jour où elle est partie, mais elle me lance quand même un petit sourire agaçant, qui dit « voyez-vous ça ».

« Quoi ? demandai-je. On peut savoir pourquoi tu souris comme ça ?

— Rien. Juste comme ça. T'as pas beaucoup attendu.

— Tu crois pas qu'on doit parler de choses plus importantes que ma collection de disques ?

— Si Rob. Je le crois même depuis longtemps. »

Je suis censé être dans le bon camp, moralement (c'est elle qui couche avec le voisin, après tout), pourtant je n'arrive pas à lever le petit doigt pour me défendre.

« Tu étais où, toute la semaine ?

— Je crois que tu le sais, dit-elle calmement.

— J'ai quand même dû me débrouiller pour le découvrir tout seul, non ? »

Je me sens malade, de nouveau, vraiment malade. Je ne sais pas si ça se voit sur mon visage, mais soudain Laura perd un peu de son assurance : elle a l'air fatiguée, triste, et elle fixe un point devant elle pour s'empêcher de pleurer.

« Je suis désolée. J'ai pris des décisions atroces. Je n'ai pas été très juste avec toi. C'est pour ça que je suis venue au magasin ce soir, parce que je me suis dit qu'il était temps d'être courageuse.

— Tu as peur, maintenant ?

— Oui, bien sûr. Je me sens très mal. C'est très dur, tu sais.

— Tant mieux. »

Silence. Je ne sais pas quoi dire. Il y a des tonnes de questions que j'ai envie de poser, mais je n'ai pas très envie d'entendre les réponses : quand est-ce que tu as commencé à voir Ian, est-ce que c'était à cause du bruit par le plafond de tu sais quoi, est-ce que c'est mieux (Quoi ? demanderait-elle ; Tout, répondrais-je), est-ce que c'est fini pour toujours ou est-ce que c'est une sorte d'épreuve, est-ce que — j'en suis à ce point de faiblesse — je t'ai manqué ne serait-ce qu'un peu, est-ce que tu m'aimes, est-ce que tu l'aimes, est-ce que tu veux avoir des enfants avec lui, et surtout est-ce que c'est mieux, *est-ce que c'est mieux,* EST-CE QUE C'EST MIEUX ?

« C'est à cause de mon travail ? » D'où est-ce que ça m'est venu ? Comment ça pourrait venir de mon putain de travail ? Pourquoi j'ai dit ça ?

« Voyons, Rob, bien sûr que non. »

Voilà pourquoi je lui ai demandé ça. Parce que je m'apitoyais sur moi-même, et je voulais être consolé à peu de frais ; je voulais entendre « Bien sûr que non » prononcé avec une évidence attendrie, alors que si j'avais posé La Grande Question, je n'aurais eu en retour qu'un déni embarrassé, ou un silence embarrassé, ou un aveu embarrassé, et je ne voulais rien de tout cela.

« C'est ça que que tu penses ? Que je t'ai quitté parce que tu n'es pas assez haut placé pour moi ? Tu me prends pour qui ? » Mais de nouveau, elle dit cela gentiment, sur un ton très ancien, que je reconnais.

« Je sais pas. C'est l'une des choses que j'ai pensées.

— Quoi d'autre ?

— Oh, les trucs les plus évidents.

— C'est quoi, les trucs les plus évidents ?

— Je sais pas.

— Alors c'est pas si évident que ça.

— Non. »

Nouveau silence.

« Ça marche, avec Ian ?

— Je t'en prie, Rob. Sois pas puéril.

— Qu'est-ce que ça a de puéril ? Tu vis avec ce type. Je voulais juste savoir comment ça allait.

— Je ne vis pas avec lui. J'habite chez lui quelques jours avant d'avoir décidé ce que je fais. Écoute, tout ça n'a rien à voir avec quelqu'un d'autre. Tu as compris ça, non ? »

Elles disent toujours ça. Elles disent toujours que ça n'a rien à voir avec un autre homme. Je vous parie tout ce que vous voulez que si Celia Johnson était partie avec Trevor Howard à la fin de *Brève Rencontre* elle aurait dit à son mari que ça n'avait rien à voir avec un autre. C'est le premier principe du traumatisme sentimental. Je fais un bruit de nez involontairement comique et plutôt dégoûtant pour dire que je n'en crois rien, Laura rit presque mais se ravise.

« Je suis partie parce qu'on faisait plus grand-chose ensemble, on se parlait même plus... parce que j'arrive à un âge où je veux me tirer d'affaire et que je voyais pas ça venir avec toi, sans doute parce que tu as l'air déjà incapable de te tirer d'affaire toi-même. Et je m'intéressais plus ou moins à quelqu'un d'autre, et c'est allé plus loin que ça aurait dû, alors c'était peut-être le moment de partir. Mais j'ai aucune idée de ce qui va se passer avec Ian à long terme. Probablement rien du tout. Peut-être que tu vas devenir un peu adulte et qu'on va recoller les morceaux. Peut-être que je reverrai jamais aucun de vous deux. J'en sais rien. Tout ce que je sais, c'est que pour moi c'est pas une bonne période pour vivre ici. »

Silence encore. Pourquoi les gens — parlons net : les femmes — sont comme ça ? Ça sert à quoi de raisonner comme ça, avec toute cette confusion, cette grisaille, ces lignes brouillées au lieu d'une image claire et nette ? J'en conviens, on doit rencontrer quelqu'un de nouveau pour se débarrasser de l'ancien — il faudrait être incroyablement courageux et adulte pour en finir avec quelque chose seulement parce que ça ne marche pas bien. Mais on ne peut pas faire ça à contrecœur, comme Laura aujourd'hui. Quand je me suis mis à voir Rosie, la femme de l'orgasme simultané, ce n'était pas ça ; pour moi, elle était une candidate sérieuse, la femme qui allait me faire sortir sans douleur d'une relation pour me faire entrer dans une autre, et le fait que ça n'ait pas fonctionné, qu'elle ait été pour moi une vraie calamité, c'était la faute à pas-de-chance.

« Mais tu ne t'es pas complètement décidée à me larguer ? Y a encore une chance qu'on se retrouve ensemble ?

— Je sais pas.

— Mais si tu sais pas, ça doit vouloir dire qu'il y a une chance.

— Je sais pas s'il y a une chance. »

Nom de Dieu.

« C'est ça que je dis. Si tu sais pas s'il y a une chance, c'est qu'il y a une chance, non ? C'est comme quand quelqu'un est à l'hôpital, gravement malade, et le médecin dit : Je ne sais pas s'il a une chance de s'en sortir, ça ne veut pas dire que le patient va fatalement y passer, pas vrai ? Ça veut dire qu'il pourrait survivre. Même si c'est juste une vague possibilité.

— J'imagine.

— Donc on a une chance de se retrouver ensemble.

— Oh, Rob, tais-toi.

— Je veux juste savoir où j'en suis. Quelle chance il me reste.

— Mais merde, j'en sais rien, quelle chance il te reste ! J'essaie de te dire que je me sens paumée, que j'ai pas été heureuse depuis des siècles, qu'on s'est mis dans une situation atroce, que je vois quelqu'un d'autre. C'est des choses importantes, tout ça.

— Sans doute. Mais si tu pouvais me dire en gros, ça m'aiderait.

— D'accord, d'accord. On a neuf pour cent de chances de se retrouver ensemble. Ça clarifie la situation, pour toi ? » Elle en a tellement marre, elle est si près d'exploser que ses yeux sont plissés, presque fermés, et qu'elle parle dans un murmure sifflant, empoisonné.

« Tu n'es pas raisonnable. »

Je sais, au fond, que c'est moi qui ne suis pas raisonnable. Je comprends, d'un côté, qu'elle ne sache pas, que tout soit suspendu en l'air pour elle. Mais ça ne me sert à rien. Vous savez ce qui est le pire, quand on est rejeté ? La perte de contrôle. Si je pouvais seulement contrôler l'heure et la manière de me faire larguer par quelqu'un, ce serait moins dur. Mais alors, évidemment, ce ne serait plus un abandon, n'est-ce pas ? Ce serait le consentement mutuel. Ce serait un différend musical. Je partirais pour entamer une carrière solo. Je sais que c'est incroyablement, ridiculement puéril d'insister comme ça pour obtenir un degré de probabilité, mais c'est la seule chose que je puisse faire pour lui arracher une part du contrôle que j'ai perdu.

Quand j'ai vu Laura devant le magasin, j'ai su *absolument,* sans le moindre doute, que je voulais qu'elle revienne. Mais c'est sûrement parce que c'est elle qui m'a rejeté. Si je réussis à lui faire admettre qu'il y a une chance de tout rattraper, ça me facilitera les choses : si je ne suis plus obligé de me traîner en me sentant blessé, impuissant, malheureux, je pourrai l'affronter. Autrement dit, je suis malheureux parce qu'elle ne veut pas de moi ; si je peux me persuader qu'elle veut un tout petit peu de moi, alors tout ira bien, parce que je ne voudrai pas d'elle et je pourrai continuer à chercher quelqu'un d'autre.

Laura arbore une expression qui m'est devenue familière ces derniers mois, à la fois de patience infinie et de frustration sans espoir. Ça n'est pas très agréable de songer qu'elle a inventé cette mimique juste pour moi. Auparavant, elle n'en avait jamais l'usage. Elle soupire, appuie la tête sur sa main, fixe le mur.

« D'accord, il se pourrait qu'on répare les choses. Il y a une chance que ça arrive. Je dirais pas une grande chance, mais une chance quand même.

— Génial.

— Non, Rob, c'est pas génial. Rien n'est génial. Tout est nul.

— Mais ça va changer, tu verras. »

Elle secoue la tête, apparemment de scepticisme. « Je suis trop fatiguée pour ça, maintenant. Je sais que c'est beaucoup demander, mais tu veux bien retourner au pub et prendre un verre avec les autres pendant que je trie des affaires ? Il faut que je puisse réfléchir en même temps, et je peux pas réfléchir tant que tu es là.

— Pas de problème. Si je peux te poser une question.

— O.K. Une seule.

— Ça a l'air idiot.

— Vas-y.

— Ça va te déplaire.

— Écoute... pose-la, d'accord ?

— C'est mieux ?

— Qu'est-ce qui est mieux ? Mieux que quoi ?

— Eh bien. Le sexe, quoi. Est-ce que c'est mieux avec lui ?

— Bon Dieu, Rob. C'est vraiment ça qui te tracasse ?

— Évidemment.

— Tu crois vraiment que c'est ça qui compte, dans un sens ou dans l'autre ?

— J'en sais rien. » Et c'est vrai, j'en sais rien.

« Eh bien, la réponse, c'est que j'en sais rien non plus. On l'a pas encore fait. »

Gagné !

« Jamais ?

— Non. J'en ai pas eu envie.

— Même pas avant, quand il vivait au-dessus ?

— Pour qui tu me prends ? Non. Je vivais avec toi, je te signale. »

Je me sens un peu honteux, je ne dis rien.

« On a dormi ensemble, mais on n'a pas fait l'amour. Pas encore. Mais je vais te dire un truc. Pour ce qui est de dormir ensemble, c'est mieux. »

Gagné ! Gagné ! C'est des nouvelles formidables ! Monsieur Soixante Minutes Chrono ne s'est pas encore mis en marche ! Je l'embrasse sur la joue et je vais au pub retrouver Dick et Barry. Je me sens un autre homme, mais pas tout à fait un autre. Je me sens si bien, pour tout dire, que je vais directement coucher avec Marie.

Dix

VRAI : plus de trois millions d'hommes dans ce pays ont couché avec dix femmes au moins. Et est-ce qu'ils ressemblent tous à Richard Gere ? Est-ce qu'ils sont tous riches comme Crésus, charmants comme Clark Gable, bien montés comme Errol Flynn, spirituels comme Clive James ? Pas du tout. Ça n'a rien à voir. Peut-être qu'une demi-douzaine de ces trois millions possèdent l'un de ces attributs, ce qui nous laisse... trois millions, une demi-douzaine en plus ou en moins. C'est juste des types ordinaires. *On* est juste des types ordinaires, parce que moi-même, même moi, je suis membre de ce club très sélect des trois millions. Dix, c'est pas tant que ça si vous êtes célibataire et que vous avez la trentaine bien tassée. Dix partenaires pour deux décennies d'activité sexuelle, c'est même pas grand-chose, quand on y songe : une partenaire tous les deux ans, et si certaines étaient des coups d'une nuit, et que ce coup est arrivé au milieu d'une pénurie de deux ans, alors vous n'êtes pas à plaindre tout à fait, mais on ne peut pas dire que vous soyez le tombeur de ces dames numéro un de votre circonscription. Dix, c'est peu pour un vieux garçon de trente-cinq ans. Vingt, c'est pas énorme non plus, vu sous cet angle. À partir de trente, j'imagine, vous avez le droit de participer à un débat télévisé sur la séduction.

Marie est ma dix-septième maîtresse. « Comment il fait ? vous demandez-vous. Il porte des pulls moches, il traite mal sa petite amie, il est grincheux, il est fauché, il traîne avec les Rockers Jumeaux Imbéciles, et il arrive quand même à coucher avec une chanteuse américaine qui ressemble à Susan Dey. Où est l'embrouille ? »

Bon, d'abord ne nous emportons pas. Certes, c'est une chanteuse, mais sa maison de disques porte le nom ironique de Disques d'Or de Blackpool ; c'est le genre de contrat qui prévoit que vous vendez vos propres cassettes pendant la pause à vos concerts dans la prestigieuse salle londonienne le *Harry Lauder.* Et si je ne me trompe pas sur Susan Dey — et j'ai le sentiment, après vingt ans de fréquentation, de bien la connaître — je crois qu'elle serait la première à reconnaître que ressembler à Susan Dey dans *La Loi de Los Angeles,* ce n'est pas comme ressembler, disons, à Vivien Leigh dans *Autant en emporte le vent.*

Mais c'est vrai, même avec ces nuances, la nuit avec Marie est mon plus grand triomphe sexuel, mon *penis mirabilis.* Et vous savez comment je m'y prends ? Je pose des questions. C'est tout. C'est mon secret. Si quelqu'un voulait savoir comment emballer dix-sept femmes, ou plus, ou moins, c'est ce que je lui dirais : pose des questions. Ça marche justement parce qu'on n'est pas censé s'y prendre comme ça, selon la sagesse populaire des mâles. Il y a encore assez d'égocentriques sûrs d'eux et frimeurs à l'ancienne mode pour faire apparaître un type dans mon genre comme une exception rafraîchissante ; Marie m'a même dit un truc comme ça, pendant cette soirée...

J'étais loin de me douter que Marie et T-Bone seraient au pub avec Dick et Barry, qui leur avaient promis, apparemment, une vraie fièvre du samedi soir à l'anglaise — pub, curry, bus de nuit et tout le tremblement. Mais je suis content de les voir, tous les deux ; je suis vraiment remonté après ma victoire sur Laura, et vu que Marie ne m'a connu que grincheux et quasi muet, elle doit se demander ce qui m'arrive. Qu'elle se le demande. Je n'ai pas si souvent l'occasion d'avoir l'air mystérieux et intéressant.

Ils sont assis autour d'une table et boivent des bières. Marie se pousse un peu pour me faire une place, et à l'instant où elle fait ça, je suis perdu, parti, aux anges. Elle est la femme du rendez-vous de samedi soir que j'ai vue par la fenêtre du taxi, et qui m'attend, j'en suis sûr. Je vois le petit déplacement latéral de Marie comme un geste d'amour miniature mais plein de sens : eh, elle fait ça pour moi ! C'est grotesque, je le sais bien, mais je me mets tout de suite à avoir peur que Barry ou Dick — Barry, soyons franc — lui ait dit où j'étais et ce que je faisais. Parce que si elle est au courant pour Laura et la rupture, si elle sait que je vais mal, elle ne va plus s'intéresser à moi, et comme elle ne s'intéressait pas à moi au départ, je partirais avec un sérieux handicap. Je serais dans le rouge, question séduction.

Barry et Dick posent à T-Bone des questions sur Guy Clark ; Marie écoute, mais bientôt elle se tourne vers moi et me demande, en aparté, si tout s'est bien passé. Sale pipelette de Barry.

Je hausse les épaules.

« Elle voulait juste récupérer des affaires. Pas grand-chose.

— Oh là là, je déteste ce moment-là. J'ai vécu ça juste avant de venir ici. Tu te souviens de cette chanson que je chante, *Patsy Cline times two* ["Patsy Cline divisé par deux"] ? Ça parle du partage de la collection de disques entre mon ex et moi.

— C'est une super chanson.

— Merci.

— Et tu l'as écrite juste avant de venir t'installer ici ?

— Je l'ai écrite en route. Enfin, les paroles. J'avais la mélodie depuis un moment, mais je savais pas quoi en faire, jusqu'à ce que j'aie l'idée du titre. »

Je commence à me rendre compte que T-Bone, si je puis télescoper ainsi les ingrédients, est un dindon farci.

« C'est pour ça que tu es venue à Londres, en fait ? À cause de... enfin, du partage de ta collection de disques et tout ?

— Eh oui. » Elle hausse les épaules, réfléchit, puis elle rit, parce que sa réponse est le fin mot de l'histoire, et qu'il n'y a rien d'autre à dire, mais elle essaie quand même.

« Eh oui, il m'a brisé le cœur, et tout d'un coup j'avais plus envie d'être à Austin, alors j'ai appelé T-Bone, il m'a trouvé quelques concerts, un appart, et me voilà.

— Tu partages un appart avec T-Bone ? »

Elle pouffe dans son verre de bière. « T'es fou ! T-Bone voudrait jamais partager un appart avec moi. Son style en prendrait un coup. Et moi je voudrais jamais entendre tout ce qui se passe de l'autre côté de la cloison. Je suis beaucoup trop fragile pour ça. »

Elle est seule. Je suis seul. Je suis un homme libre parlant avec une séduisante femme libre qui vient peut-être — ou peut-être pas — de m'avouer qu'elle est en manque de sexe. Nom d'un chien.

Il y a quelque temps, quand Dick et Barry se sont accordés à dire que l'important n'est pas ce qu'on est mais ce qu'on aime, Barry a proposé de concevoir un questionnaire pour les partenaires potentiels, deux ou trois pages de questions à réponses multiples qui couvriraient les films, disques, émissions de télé et livres de base. Il avait pour but a) d'éliminer les conversations gênantes, b) d'éviter à un type de sauter dans le lit d'une fille qui se révélerait, au rendez-vous suivant, une inconditionnelle de Julio Iglesias. Ça nous a amusés, sur le moment ; malheureusement, Barry, fidèle à lui-même, a poussé le jeu plus loin : il a tapé le questionnaire, a voulu y soumettre une pauvre fille à qui il s'intéressait, et elle le lui a renvoyé chiffonné à la figure. N'empêche qu'il y avait une vérité profonde et fondamentale dans cette idée ; en fait, ces choses-là comptent, inutile de se voiler la face et de croire qu'un amour peut durer si vos collections de disques sont en profond désaccord, ou si vos films préférés refuseraient de s'adresser la parole en public.

Si j'avais montré le questionnaire à Marie, elle ne me l'aurait pas renvoyé à la figure. Elle aurait compris le bien-fondé de la démarche. Pendant notre conversation, tout fait mouche, s'emboîte, s'épouse, s'enlace ; même nos silences, même nos signes de ponctuation ont l'air de s'approuver mutuellement. Nancy Griffith et Kurt Vonnegut, les Cowboy Junkies et le hip-hop, *Ma vie de chien* et *Un poisson nommé Wanda,* Pee-Wee Herman et *Wayne's World,* le sport et la bouffe mexicaine (oui, oui, oui, non, oui, non, non, oui, non, oui)... Vous vous souvenez de ce jeu d'enfant, la Souricière ? Cette machine à la Tinguely qu'il fallait construire, où des billes d'acier tombaient en cascade, des nains gravissaient des échelles, une chose en heurtait une autre pour en déplacer une troisième, jusqu'à ce qu'enfin la cage tombe sur la souris et l'enferme ? Eh bien, toute la soirée se déroule avec cette précision comique et épuisante : vous entrevoyez ce qui doit se passer ensuite, mais vous n'arrivez pas à croire qu'on parviendra jusque-là, même si après coup ça paraît inévitable.

Quand je commence à me dire qu'on s'amuse, je lui laisse des voies de sortie : pendant un silence, je me mets à écouter T-Bone raconter à Dick et Barry comment Guy Clark se comporte dans la vie réelle, mais chaque fois Marie nous aiguille de nouveau sur une voie privée. Et quand nous passons du pub au restau indien, je ralentis pour qu'elle puisse me laisser en arrière si elle veut, mais elle ralentit avec moi. Et au restau je m'assois le premier pour qu'elle puisse choisir sa place, et elle se met à côté de moi. C'est seulement à la fin du dîner que je fais quelque chose qu'on peut interpréter comme un premier pas : je dis à Marie que c'est plus simple que nous prenions un taxi ensemble. C'est plus ou moins vrai, d'ailleurs, puisque T-Bone vit à Camden, Dick et Barry tous les deux dans l'East End, donc on ne peut pas m'accuser de redessiner le plan de Londres pour servir mes intérêts. Et ce n'est pas non plus comme si je lui avais dit : « C'est plus simple que je passe la nuit chez toi » — si elle ne veut plus de ma compagnie, tout ce qu'elle a à faire, c'est sortir du taxi, essayer de me donner un billet de cinq et agiter la main sur le trottoir. Mais quand on arrive devant chez elle, elle me demande si je veux visiter son arrière-boutique. Et tout bien réfléchi, je veux bien. Bon.

Bon. Son appart ressemble pas mal au mien, un rez-de-chaussée étriqué dans un immeuble à deux étages du nord de Londres. Pour tout dire, ils se ressemblent tellement que c'en est déprimant. C'est donc si facile que ça d'égaler ma vie ? Un petit coup de fil à un copain, et le tour est joué ? Ça m'a pris des décennies, moi, pour me constituer ces petites racines. Cela dit, l'acoustique est nulle : il n'y a pas de livres, pas de mur couvert de disques et presque pas de meubles — un canapé et un fauteuil. Il n'y a pas de chaîne, juste un petit radiocassette et quelques bandes, dont certaines viennent de chez nous. Et — quelle émotion — il y a deux guitares appuyées contre un mur.

Elle se dirige vers la cuisine — qui en réalité fait partie du salon et s'en distingue par la fin de la moquette et le début du lino ; elle en ramène deux verres avec de la glace (elle ne me demande pas si je veux de la glace, mais c'est son premier impair de la soirée, donc je renonce à me plaindre) ; elle s'assied à côté de moi sur le canapé. Je lui pose des questions sur Austin, sur les clubs et les gens de là-bas ; je lui pose aussi des dizaines de questions sur son ex, et je trouve qu'elle en parle *bien.* Elle décrit le piège et le retour de bâton avec sagesse et lucidité, avec aussi une ironie désabusée à son propre égard, et je comprends pourquoi ses chansons sont si bonnes. Moi je ne parle pas bien de Laura, en tout cas pas avec la même profondeur : j'arrondis les angles, je taille les haies, j'élargis la marge, je souligne des mots pour feindre de donner plus de détails que je n'en donne vraiment, de sorte qu'elle a droit à un peu de Ian (mais pas aux bruits que j'entendais), à un peu du boulot de Laura, mais pas à l'avortement, à l'argent, ni à l'emmerdeuse des orgasmes simultanés. Ça donne l'impression — même à moi — que je fais des confidences : je parle doucement, lentement, scrupuleusement, je dis mes regrets, je fais des compliments sur Laura, je suggère la présence d'un océan de mélancolie juste sous la surface. En fait, ça n'est que du boniment, une caricature de mec sensible, décent, qui fait illusion parce que je suis en mesure d'inventer mon histoire, et parce que — je crois — Marie a déjà décidé que je lui plais.

J'ai complètement oublié comment on fait pour passer à l'étape suivante, et en plus je ne suis jamais sûr qu'il va y avoir une étape suivante. Je me souviens du truc ado : allonger le bras sur le canapé pour le laisser tomber sur son épaule, ou presser la jambe contre celle de la fille ; je me souviens du truc faussement adulte dont je me servais à vingt ans et quelques : regarder la fille dans les yeux et lui demander si elle veut passer la nuit avec moi. Aucun de ces trucs ne convient plus, aujourd'hui. Qu'est-ce qu'on fait quand on est censé être au-dessus de tout ça ? Finalement — si on avait parié, ce coup-là aurait fait du dix contre un — c'est une collision involontaire au milieu du salon. Je me lève pour aller aux toilettes, elle dit qu'elle va me montrer, on se cogne, je l'enlace, on s'embrasse, et me voilà de retour au pays des névroses sexuelles.

Pourquoi est-ce que la première chose à quoi je pense, dans ce genre de situation, c'est le fiasco ? Pourquoi je ne peux pas m'amuser, tout simplement ? Mais si la question se pose, c'est que vous êtes déjà fichu : le pire ennemi de l'homme, c'est la conscience de soi. Je me demande déjà si elle sent mon érection comme je la sens, et si oui, ce qu'elle en pense ; mais je ne peux même pas maintenir cette inquiétude, ni aucune sensation d'ailleurs, parce que plein d'autres inquiétudes la chassent, et que l'étape suivante paraît d'une difficulté insurmontable, incroyablement terrifiante, et pour tout dire absolument impossible.

Considérez tout ce qui peut mal tourner, pour les hommes. Parmi les problèmes classiques, il y a le rien-ne-se-passe-du-tout, le tout-se-passe-trop-vite, le fléchissement-lamentable-après-début-trop-prometteur ; il y a la-taille-n'a-aucune-importance-sauf-dans-mon-cas, l'incapacité-d'assurer-la-livraison... et les femmes, de quoi elles doivent se soucier ? D'un petit peu de cellulite ? Bienvenue au club. Du je-me-demande-si-je-suis-mieux-ou-moins-bien-que-les-autres ? La belle affaire.

Je suis content d'être un mec, je crois, mais il m'arrive de ne pas être content d'être un mec de la fin du vingtième siècle. Parfois je préférerais être mon père. Il n'a jamais eu à s'inquiéter de la livraison, parce qu'il ne savait pas qu'il y avait quelque chose à livrer ; il n'a jamais eu à s'inquiéter de son rang dans le palmarès de ma mère, parce qu'il était le premier et le dernier de la liste. Ce ne serait pas génial de pouvoir parler de ces trucs-là avec son père ?

Un jour, peut-être, j'essaierai. « Papa, t'as jamais eu à te soucier de l'orgasme féminin sous sa forme clitoridienne ou (si elle existe) vaginale ? Est-ce que tu sais, au fait, ce qu'est l'orgasme féminin ? Et le point G, tu connais ? "Bon au lit", ça signifiait quoi en 1955, si ç'avait un sens ? À quand remonte l'importation des caresses buccales au Royaume-Uni ? Tu m'envies ma vie sexuelle, ou tu trouves que c'est un travail de chien ? Tu t'es déjà inquiété de savoir combien de temps tu pouvais tenir, ou la question ne se posait même pas ? Tu es pas content d'avoir jamais eu à acheter des livres de cuisine végétarienne pour faire le premier pas vers le lit d'une fille ? Tu es pas content d'avoir évité les conversations du genre : "T'es peut-être un mec super, mais est-ce que tu récures les toilettes ?" Tu es pas content d'avoir évité le péril de la grossesse, que tout homme moderne se doit d'affronter ? » (Et il répondrait quoi, je me le demande, s'il n'était pas bâillonné par sa classe sociale, son sexe et sa pudeur ? Sans doute quelque chose comme : « Cesse de geindre, mon garçon. Les bons coups n'étaient même pas encore *inventés* à mon époque, et même si tu dois nettoyer trois cents toilettes et lire dix mille recettes végétariennes, tu prendras plus de plaisir qu'on eut jamais le droit d'en prendre. » Et il aurait raison, en plus.)

Voilà le genre d'éducation sexuelle qui m'a cruellement manqué — les points G et compagnie. Personne ne m'a jamais rien dit sur les choses importantes : comment enlever son caleçon sans perdre sa dignité, que dire à une fille quand on n'a pas d'érection, ce que « bon au lit » voulait dire en 1975 ou en 1985, tant pis pour 1955. Écoutez ça : personne ne m'a jamais parlé du *sperme,* seulement des spermatozoïdes, et il y a une différence notable. Pour ce que j'en savais, ces minuscules têtards sautaient sans qu'on les voie du bout de votre petit robinet — et donc, le jour de ma première... enfin, passons. Mais cette compréhension lamentablement lacunaire de l'anatomie sexuelle masculine fut une cause d'angoisse, de gêne, de honte constantes jusqu'à cet après-midi dans un Wimpy Bar où un copain d'école, de but en blanc, dit à propos de la salive qu'il avait laissée dans son verre de Wimpy Cola : « On dirait du sperme. » Cette remarque énigmatique me plongea dans une perplexité fiévreuse qui dura tout le week-end, bien que, sur le moment, j'aie évidemment acquiescé d'un air entendu. Il est assez difficile de fixer des yeux un dépôt flottant dans un verre de Coca et, sur la base de cette seule information, de percer le mystère de la vie. C'était ce qui me restait à faire. Et je l'ai fait.

Bref. On est debout, on s'embrasse, puis on s'assied, on s'embrasse, et une partie de moi me dit de ne pas m'en faire tandis que l'autre se félicite de moi, et ces parties s'unissent pour ne plus laisser aucune place à l'ici et au maintenant, au plaisir, au désir, alors je me mets à me demander si j'ai *jamais* aimé ça, la sensation physique et pas seulement le fait de le faire, ou si je me sens simplement obligé, et quand cette rêverie s'achève je découvre qu'on ne s'embrasse plus mais qu'on s'enlace, et je fixe des yeux l'arrière du canapé. Marie m'éloigne pour pouvoir me regarder ; au lieu de me laisser voir regardant dans le vide comme un idiot, je plisse les yeux, je les ferme, ce qui me tire d'affaire pour le moment mais constitue sans doute une erreur à longue échéance, parce que ça me donne l'air d'avoir attendu ce moment-là toute ma vie, ce qui va lui faire peur et la refroidir, ou bien lui faire imaginer des choses fausses.

« Ça va ? » me demande-t-elle.

Je hoche la tête. « Et toi ?

— Pour l'instant. Mais parce que j'espère que la soirée n'est pas finie. »

Quand j'avais dix-sept ans, je rêvais éveillé, étendu sur mon lit, que des femmes me disent des choses comme ça ; maintenant, ça fait juste revenir la panique.

« Je suis sûr que non.

— Bon. Alors je vais nous servir autre chose à boire. Tu continues au whisky, ou tu veux un café ? »

Je continue au whisky, comme ça j'aurai une excuse si

rien ne se passe, ou si tout se passe trop vite, ou si... et cetera.

« Tu sais, je croyais vraiment que tu ne m'aimais pas, dit-elle. Tu m'avais adressé trois phrases avant ce soir, et c'étaient pas des phrases aimables.

— C'est pour ça que tu t'es intéressée à moi ?

— Peut-être bien, oui.

— Mauvaise réponse !

— Je sais, mais... si un mec est bizarre avec moi, j'ai envie de savoir ce qui se passe, tu vois ?

— Et maintenant, tu sais ?

— Non. Et toi ? »

Oui.

« Non. »

On rit de bon cœur ; peut-être que si je continue à rire je vais arriver à repousser le moment fatal. Elle me dit qu'elle me trouve « mignon », mot que personne n'a jamais employé auparavant à mon sujet, et « intériorisé », ce qui signifie, j'imagine, que je ne dis pas grand-chose et que j'ai toujours l'air de mauvais poil. Je lui dis que je la trouve belle, ce qui n'est pas faux, et talentueuse, ce qui est vrai. On parle comme ça un petit moment, pour se féliciter chacun de sa bonne fortune et féliciter l'autre de son bon goût, ce qui est le cours normal des conversations d'après-baiser et d'avant-sexe, selon mon expérience ; et je bénis chacun des mots prononcés, parce qu'il me fait gagner du temps.

Les sueurs froides d'avant l'amour n'ont jamais atteint ce degré. D'habitude, j'étais nerveux, bien sûr, mais je n'allais jamais jusqu'à douter de mon désir de le faire ; maintenant, ça me semble largement suffisant de savoir que je peux si je veux, et s'il y avait un moyen de tricher, de sauter l'étape suivante — faire signer à Marie un certificat assurant que j'ai passé la nuit avec elle, par exemple —, je n'hésiterais pas. Difficile de croire, en fait, que l'excitation de le faire sera plus grande que l'excitation d'être *en position* de le faire, mais peut-être que le sexe a toujours été ça, pour moi. Peut-être que je n'ai jamais vraiment aimé la partie nue du sexe, seulement la partie dîner, verre et ça-alors-c'est-aussi-mon-film-d'Hitchcock-préféré, pourvu que ce soient des préliminaires et pas du pur bavardage, et puis...

Tu parles. J'essaie de me réconforter, c'est tout. J'adorais le sexe, tout le sexe, la part nue comme la part vêtue, et dans mes bons jours, avec le bon vent, quand je n'avais pas trop bu, n'étais pas trop crevé et me trouvais dans la bonne phase de ma liaison (pas trop tôt, à cause des frayeurs de première nuit, mais pas trop tard, à cause du blues du même-numéro-qui-recommence), je n'étais pas mauvais. (Ce qui veut dire, exactement ? Sais pas. Pas de plaintes, quoi, mais il n'y en a jamais entre gens bien élevés. Alors ?) Le problème, c'est que ça fait *des années* que je n'ai pas fait un truc comme ça. Et si elle rigole ? Et si mon pull se coince sur ma tête ? Ça arrive, avec ce pull. Je ne sais pas pourquoi, le col a rétréci et pas le reste — à moins que ma tête n'ait grossi plus vite que le reste de mon corps — et si j'avais su ce matin que... bon.

« Il faut que je rentre », dis-je. J'avais aucune idée que j'allais dire ça, mais en m'entendant ça tombe sous le sens. Bon sang, mais c'est bien sûr ! Rentrer à la maison, tout simplement ! Pas obligé de faire l'amour si on veut pas ! Quel *adulte* je fais.

Marie me regarde. « Quand j'ai dit tout à l'heure que j'espérais que la soirée n'était pas finie, je parlais... tu vois, du petit déjeuner et tout. Je pensais pas à un autre verre et dix minutes de flirt. J'aimerais bien que tu passes la nuit ici.

— Ah, dis-je mollement. Ah oui.

— Bon Dieu, je laisse tomber les manières. La prochaine fois que je demanderai à un mec de passer la nuit avec moi dans ce pays, je le ferai à l'américaine. Moi qui croyais que les Anglais étaient les maîtres de la litote, des allusions...

— On s'en sert, mais quand les autres le font, on les comprend pas.

— Et maintenant, tu me comprends ? Je préfère m'arrêter là, plutôt que de dire un truc vraiment osé.

— Oui oui, parfait. Je croyais qu'il valait mieux, tu vois, tirer les choses au clair.

— Alors c'est clair ?

— Oui oui.

— Et tu restes ?

— Oui oui.

— Bon. »

Il faut du génie pour faire ce que je viens de faire. J'avais une occasion de partir, et je l'ai manquée ; au passage, je me suis montré incapable de faire la cour à une femme avec un minimum de raffinement. Elle trouve une phrase troublante pour me proposer de passer la nuit avec elle, et je lui laisse entendre qu'elle m'est passée au-dessus de la tête, ce qui me transforme en un type avec qui elle n'aurait même pas envie de coucher. Génial.

Pourtant, miracle, il n'y a plus d'impairs. On joue le petit sketch du préservatif. Moi : « Oh, j'en ai pas sur moi ! » Elle : « Ha ha, mais je serais outrée que tu en aies apporté, d'ailleurs j'ai quelque chose dans mon sac. » On sait l'un et l'autre de quoi on parle et pourquoi, mais on ne s'appesantit pas. (À quoi bon ? Si vous demandez à quelqu'un un rouleau de PQ, vous ne vous étendez pas sur l'usage que vous allez en faire.) Puis elle ramasse son verre, me prend par la tête et m'emmène dans sa chambre.

Pas de chance : il y a un entracte salle de bains. Je hais les entractes salle de bains, les « tu peux te servir de la brosse à dents verte et de la serviette rose ». Comprenez-moi bien : l'hygiène intime est de la plus haute importance, les gens qui ne se lavent pas les dents ont tort, et je ne laisserais pas un de mes enfants, et cetera. Mais enfin, quoi, on n'a pas le droit de passer son tour, de temps en temps ? On est censé être en proie à une passion qu'aucun de nous deux ne contrôle — comment elle trouve le temps de penser à Estée Lauder, à la crème hydratante à base de carottes, au coton hydrophile ? Tout bien considéré, je préfère les femmes prêtes à briser une coutume d'un demi-siècle en votre honneur ; et puis les entractes salle de bains ne sont pas bons pour les nerfs d'un homme, ni pour son enthousiasme, vous me suivez ? Je suis profondément déçu d'apprendre que Marie est une entracteuse, parce que je pensais qu'elle serait un peu plus bohème, rapport à la musique et tout ; je pensais que l'amour physique serait un peu plus sale, avec elle, au sens propre et au sens figuré. Une fois dans la chambre, elle disparaît tout de suite, et je reste à piaffer, à me demander si je suis censé me déshabiller ou pas.

Voyez, si je me déshabille et qu'elle me propose la brosse à dents verte, je suis cuit : ça suppose de parcourir tout nu le long chemin de la salle de bains, et je n'y suis pas prêt. Et si j'y vais tout habillé, je risque de me coincer ensuite la tête dans mon pull. (*Refuser* la brosse à dents est, pour des raisons évidentes, hors de question.) Pour elle, ça baigne, bien sûr ; elle peut éviter tout ça. Elle peut ressortir avec un T-shirt de Sting extra-large qu'elle enlèvera quand je serai dans la salle de bains ; elle ne m'a rien cédé et je me sens humilié. Mais tout à coup je me rappelle que je porte un boxer raisonnablement chic (cadeau de Laura) et un maillot de corps blanc plutôt propre, donc je peux la jouer sous-vêtements-au-lit, un digne compromis. Quand Marie sort de la salle de bains, je feuillette son roman de John Irving avec autant de flegme que je peux en simuler.

Puis je vais dans la salle de bains et me brosse les dents ; puis je reviens ; puis on fait l'amour ; puis on parle un peu ; puis on éteint la lumière, et c'est tout. Je ne vais pas m'étendre sur le reste, qui-a-fait-quoi-à-qui. Vous connaissez *Behind closed doors* [« Derrière des portes closes »] de Charlie Richie ? C'est l'une de mes chansons préférées.

Vous avez quand même le droit de savoir certaines choses. Vous avez le droit de savoir que je n'ai pas flanché, qu'aucun des principaux problèmes ne s'est posé, que je n'ai pas assuré la livraison mais que Marie a dit que c'était bien quand même, et je l'ai crue ; et vous avez le droit de savoir que c'était bien pour moi aussi, et qu'à un moment donné, je ne sais plus lequel, je me suis rappelé ce que j'aimais dans le sexe : ce que j'aime dans le sexe, c'est que je peux m'y perdre complètement. Le sexe, pour tout dire, est l'activité la plus absorbante que j'aie découverte à l'âge adulte. Quand j'étais petit je sentais la même chose avec toutes sortes d'autres trucs — le Meccano, *Le Livre de la jungle,* Tom Tit, Tintin... je pouvais oublier où j'étais, l'heure, mes camarades de jeu. Le sexe est la seule chose comme ça que j'aie trouvée en tant qu'adulte, aussi bizarre que ça paraisse : les livres ne font plus cet effet après vingt ans, et mon travail est loin de me faire cet effet. Je me vide de toute l'angoisse préalable, j'oublie où je suis, l'heure de la journée... et oui, j'oublie même avec qui je suis, provisoirement. Le sexe est à peu près le seul truc d'adulte que je sache faire ; bizarre, donc, que ce soit aussi le seul truc qui me donne l'impression d'être un gosse de dix ans.

Je me réveille à l'aube, et avec le même sentiment que l'autre soir, le soir où j'ai gambergé sur Laura et Ray : d'être sans lest, sans appui, de dériver tant que je ne m'accroche à rien. J'aime beaucoup Marie, elle est drôle, jolie, talentueuse, mais qui diable est-elle ? Je ne veux pas dire d'un point de vue métaphysique. Je veux juste dire que je ne la connais ni d'Ève ni d'Adam : qu'est-ce que je fabrique donc dans son lit ? Il y a quand même des endroits plus indiqués, plus sûrs pour moi en ce moment, non ? Mais je sais bien qu'il n'y en a pas, justement, et j'en ai froid dans le dos.

Je me lève, je retrouve mon boxer chic et mon blouson, je passe dans le salon, je fouille mes poches pour trouver une clope et je m'assieds dans le noir. Un peu plus tard Marie se lève aussi, vient s'asseoir près de moi.

« Tu dors pas parce que tu te poses des questions ?

— Non. C'est juste que... enfin.

— Parce que c'est pour ça que je dors pas, au cas où ça peut te réconforter.

— Je croyais que je t'avais réveillée.

— J'ai pas dormi une seconde.

— Alors tu as plus réfléchi que moi à la question. Conclusion ?

— Pas évidente. J'ai réalisé que j'étais vraiment seule, et que j'ai sauté au lit avec le premier qui voulait bien de moi. Et j'ai aussi réalisé que j'ai eu de la chance de tomber sur toi, plutôt que sur quelqu'un de méchant, d'ennuyeux, ou de dingue.

— Je suis pas méchant, en tout cas. Et tu aurais pas couché avec un type dans ce genre.

— Ça, j'en suis pas si sûre. J'ai passé une mauvaise semaine.

— Qu'est-ce qui t'est arrivé ?

— Rien du tout. Ç'a été une mauvaise semaine dans ma tête, c'est tout. »

Avant qu'on couche ensemble, on faisait au moins semblant de le vouloir tous les deux, de croire que c'était le début sain et solide d'une nouvelle liaison excitante. Maintenant, toute cette comédie a pris fin, on dirait, et on doit bien admettre qu'on est assis là tous les deux parce qu'on ne connaît personne d'autre auprès de qui s'asseoir.

« Ça me gêne pas que t'aies le cafard, dit Marie. Pas de problème. Et j'étais pas dupe quand tu as fait le fier au sujet de... comment elle s'appelle ?

— Laura.

— Ah oui, Laura. Mais on a le droit d'avoir un coup de chaud et un coup de blues en même temps. Faut pas que tu te sentes coupable. Je me sens pas coupable. C'est pas parce qu'on a foutu en l'air une relation qu'on a perdu l'un des droits de l'homme fondamentaux ! »

Cette conversation, soudain, m'embarrasse plus que tout ce qu'on a fait auparavant. « Un coup de chaud ? » Elles emploient donc réellement cette expression ? Nom d'un chien. Toute ma vie j'ai eu envie de coucher avec une Américaine ; maintenant que c'est fait, je commence à comprendre pourquoi les gens ne le font pas plus souvent.

« Tu penses que le sexe est l'un des droits de l'homme fondamentaux ?

— Je veux. Et je vais pas laisser ce trouduc s'interposer entre moi et un bon coup. »

J'essaie de me représenter le schéma anatomique bizarre qu'elle vient de dessiner. Et je renonce à remarquer que, même si le sexe est l'un des droits de l'homme, il est difficile de le revendiquer quand on n'arrête pas de rompre avec les gens qu'on désirait.

« Quel euh... trou du cul ? »

Elle crache le nom d'un auteur-compositeur américain assez connu, un nom que vous avez peut-être entendu.

« C'est avec lui que tu as dû partager les disques de Patsy Cline ? »

Elle hoche la tête, et je ne peux pas réprimer mon excitation.

« Incroyable !

— Quoi ? Que t'aies couché avec une fille qui a couché avec... » (Ici, elle répète le nom de l'auteur-compositeur américain assez connu, que j'appellerai désormais Steve.)

Elle a raison ! C'est ça ! C'est ça ! J'ai couché avec une fille qui a couché avec... Steve ! (Cette phrase paraît idiote, sans le vrai nom. Genre : j'ai dansé avec un type qui a dansé avec une fille qui a dansé avec... Bob. Mais imaginez, imaginez un nom, pas *vraiment* célèbre, mais assez connu — Lyle Lovett, par exemple, mais je précise, pour des raisons légales, que ce n'est pas lui — et vous aurez une idée de ce que je ressens.)

« Tu déconnes, Marie. Je suis pas si superficiel. Je voulais juste dire, tu vois, c'est pas croyable qu'un type qui a écrit... » (et là je cite le plus gros hit de Steve, une ballade larmoyante et dégoulinante) « soit un tel salaud ». Je suis très fier d'avoir si bien justifié ma surprise. Non seulement je me suis tiré d'un mauvais pas, mais j'ai inventé une explication subtile et pertinente.

« C'est une chanson sur son ex, tu sais, celle avant moi. Ça me faisait chaud au cœur, je peux te dire, de l'entendre la chanter tous les soirs. »

C'est super. J'imaginais que ce serait comme ça, exactement, de coucher avec quelqu'un qui a un contrat d'enregistrement.

« Ensuite, j'ai écrit *Patsy Cline times two,* et il est sûrement en train d'écrire un truc sur moi en train d'écrire une chanson là-dessus, et elle écrit sûrement une chanson sur le fait qu'on a écrit une chanson sur elle, et...

— C'est comme ça. On fait tous ça.

— Vous écrivez tous des chansons les uns sur les autres ?

— Non, mais... »

Ce serait trop long d'expliquer comment Marco et Charlie, en un sens, ont écrit Sarah, parce que sans Marco et Charlie il n'y aurait pas eu de Sarah, et comment Sarah et son ex, celui qui voulait devenir quelqu'un à la BBC, m'ont écrit moi, et comment Rosie l'emmerdeuse de l'orgasme simultané et moi nous avons écrit Ian. C'est juste qu'aucun de nous n'avait l'esprit ou le talent d'en faire des chansons. On les a faites en chair et en os, ce qui est beaucoup moins élégant, beaucoup plus fastidieux, et ne donne rien à fredonner à personne.

Marie se lève. « Je vais faire un truc affreux, m'en veux pas. » Elle va jusqu'au radiocassette, éjecte une bande, fouille derrière, en met une autre, et tous les deux on écoute dans le noir les chansons de Marie LaSalle. Je crois comprendre pourquoi : je pense que si j'avais le mal du pays, si je me sentais perdu, si je ne savais plus à quoi je jouais, je ferais comme elle. Le travail bien fait est une chose très gratifiante, dans ces moments-là. Et moi, qu'est-ce que je suis censé faire, alors ? Aller ouvrir le magasin et marcher autour ?

« C'est nul, de faire ça, hein ? dit-elle au bout d'un moment. C'est un peu comme de se masturber, non, s'écouter soi-même pour le plaisir ? Qu'est-ce que ça te fait, Rob ? Trois heures après qu'on a fait l'amour, je suis déjà en train de me branler. »

J'eusse préféré qu'elle n'eût pas dit ça. Je ne sais pas pourquoi, cela m'a un peu gâché ce moment.

On finit par se recoucher ; on se réveille tard ; j'ai l'air et peut-être même je sens un peu moins frais qu'elle l'aurait rêvé, dans un monde idéal ; elle est aimable mais distante ; j'ai la nette impression que la soirée d'hier a peu de chances de se répéter. On va prendre un petit déjeuner dans un endroit plein de jeunes couples qui ont passé la nuit ensemble, et même si on ne semble pas déplacés, je sais qu'on l'est : tout le monde a l'air heureux, à l'aise, installé dans la vie, et pas nerveux, paumé, triste. Marie et moi lisons les journaux avec une concentration destinée à prévenir tout retour d'intimité. Mais ce n'est qu'ensuite que nous nous distinguons vraiment du reste : un rapide et désolant baiser sur la joue, et je prends mon dimanche, que j'en veuille ou non.

Qu'est-ce qui a foiré ? Rien, et tout. Rien : on a passé une bonne soirée, on a fait l'amour d'une façon qui n'a humilié ni l'un ni l'autre, on a même eu une discussion aurorale dont je me souviendrai — elle aussi, peut-être — des années. Et tout : ce gâchis stupide quand j'ai hésité à rentrer, lui donnant l'impression que j'étais un peu débile ; notre démarrage brillant, et puis très vite plus rien à se dire ; la façon dont nous nous sommes séparés ; le fait que je ne suis pas plus près d'apparaître dans les notes d'une pochette de disque qu'avant de la rencontrer. Ce n'est pas comme l'histoire du verre à moitié plein ou à moitié vide. C'est plutôt qu'on a versé une demi-pinte dans un verre d'une pinte vide. Mais il fallait que je voie combien il y en avait. Maintenant, j'ai vu.

Onze

Toute ma vie j'ai détesté les dimanches, pour des raisons anglaises évidentes (les cantiques, les magasins fermés, le jus de viande gélatineux qu'on ne veut voir ni de près ni de loin, mais sur quoi on vous met le nez) et aussi pour des raisons internationales ; mais ce dimanche-là est particulièrement gratiné. Je pourrais faire une tonne de choses ; j'ai des cassettes à enregistrer, des vidéos à voir, des coups de fil à passer. Mais je n'ai envie de rien. Je rentre à l'appart à une heure ; à deux heures, les choses vont si mal que je décide de rentrer chez moi — chez moi *chez moi,* chez papa-maman, avec le jus de viande gélatineux et les cantiques. Vous voyez l'ampleur des dégâts ? C'est de m'être réveillé au milieu de la nuit et de me demander ce que je foutais là, d'où j'étais : je ne suis pas de chez moi, et je ne *veux* pas être de chez moi ; mais au moins, chez moi, je connais.

Chez moi, c'est près de Watford, au bout d'une ligne de bus. Un endroit affreux pour un gosse, j'imagine, mais ça ne m'a vraiment pas gêné. Jusqu'à treize ans, à peu près, c'était juste une piste de vélo, pour moi ; entre treize et seize ans, une réserve de filles. Et j'ai déménagé à dix-huit ans, donc j'ai vu pendant un an au plus l'endroit tel qu'il est : une banlieue pourrie, un trou. Et je l'ai détesté. Mes parents ont changé de maison il y a une dizaine d'années, quand ma mère a enfin admis à contrecœur que j'étais parti pour de bon, mais ils sont allés au coin de la rue, dans un deux-pièces, en gardant leur numéro de téléphone, leurs amis, leur vie.

Dans les chansons de Bruce Springsteen, soit on reste et

on pourrit sur pied, soit on s'échappe et on se consume. Pourquoi pas ? C'est un chanteur, après tout, et ses paroles ont besoin d'alternatives simples de ce genre. Mais personne n'écrit jamais de chansons sur la possibilité de s'échapper et de pourrir — comment l'évasion peut tourner court, comment on peut quitter la banlieue pour la ville et finir par vivre une petite vie de banlieusard quand même. C'est ce qui m'est arrivé ; c'est ce qui arrive à la plupart des gens.

Mes parents ne sont pas trop mal, si vous aimez ce genre (ce qui n'est pas mon cas). Mon père est un monsieur je-sais-tout un peu simplet, c'est une combinaison redoutable ; à sa barbe coquette et bébête on voit qu'il est du genre à ne pas dire grand-chose de sensé, mais à ne jamais entendre raison. Ma mère est juste une maman, définition impardonnable en toute autre circonstance. Elle s'inquiète, me fait des scènes à cause du magasin, me fait des scènes parce que je n'ai pas d'enfants. J'aimerais avoir plus envie de les voir, mais non ; et quand il n'y a rien de mieux pour me sentir coupable, je me sens coupable de ça. Ils seront contents de ma visite cet après-midi, même si j'ai la nausée en lisant dans le journal que cette putain de *Geneviève* — et je me demande si ces deux mots, « putain » et « Geneviève », se sont jamais rencontrés avant ; j'aime à croire que c'est une première — passe à la télé cet après-midi. (Les cinq films préférés de mon père : *Geneviève**, *The Cruel Sea***, *Zoulou***, *Oh ! Mister Porter**, qu'il trouve à mourir de rire, et *Les Canons de Navarone***. Le palmarès de ma mère : *Geneviève, Autant en emporte le vent, Nos plus belles années, Funny Girl****, *Les Sept Femmes de Barbe-Rousse****). Vous voyez le tableau, en tout cas, et vous le verrez encore mieux quand je vous dirai qu'aller au cinéma, pour eux, c'est jeter de l'argent par les fenêtres, puisqu'un jour ou l'autre les films passent à la télévision.

Quand j'arrive, c'est moi qui suis ridicule : ils ne sont pas là. J'ai fait un million de stations de métro un dimanche après-midi, j'ai attendu le bus huit ans, cette putain de *Geneviève* passe à la télé, et ils ne sont pas là. Ils n'ont même

---

* Comédie anglaise mièvre. *(N.d.T.)*

** Fiction documentaire sur l'armée britannique en guerre. *(N.d.T.)*

*** Comédie musicale. *(N.d.T.)*

pas appelé pour me faire savoir qu'ils sortaient — non que j'aie appelé pour les prévenir de ma visite, mais enfin bon. Si j'avais le moindre penchant à m'apitoyer sur moi-même, je trouverais la potion amère : ne pas dénicher ses parents le jour où, finalement, on a besoin d'eux.

Mais juste au moment où je vais reprendre le chemin de l'arrêt de bus, ma mère ouvre la fenêtre de la maison d'en face et crie :

« Rob ! Robert ! Entre ! »

Je n'ai jamais rencontré les gens d'en face, mais je suis manifestement l'exception : la maison est pleine à craquer.

« Qu'est-ce qu'on fête ?

— C'est une dégustation de vin.

— Pas celui que papa fait lui-même ?

— Non. Du vrai vin. Cet après-midi, il vient d'Australie. On goûte tous, et un monsieur nous explique tout.

— Je savais pas que tu t'intéressais au vin.

— Oh mais si. Et papa adore ça. »

Tu parles qu'il adore. Ça doit être affreux de travailler avec lui le lendemain d'une dégustation : pas à cause de l'haleine de gnôle pourrie, ni des yeux injectés de sang, ni de l'humeur grincheuse, mais de toutes les informations qu'il a ingurgitées. Il doit passer la moitié de la journée à apprendre aux gens des choses qu'ils ne veulent pas savoir. Il est au bout de la pièce, il parle avec un homme en costume — l'expert de passage, j'imagine — qui a une expression de désespoir. Papa me voit, feint la surprise, mais n'interrompt pas sa conversation pour autant.

La pièce est pleine de gens que je ne reconnais pas. J'ai loupé le moment où le type fait un discours en faisant goûter ; je suis arrivé quand la dégustation se transforme en biture. Certes, je vois de temps en temps quelqu'un gonfler la joue et se gargariser en parlant robe et bouquet, mais la plupart se contentent de se rincer le gosier aussi vite que possible. Si je m'attendais à ça ! Je suis venu passer un après-midi de malheur silencieux, pas de fête déchaînée. L'unique chose que j'attendais de cet après-midi, c'était la preuve que ma vie pouvait être sinistre et vide, mais pas aussi sinistre et vide que la vie à Watford. Raté, une fois de plus. Décidément, rien ne marche, comme disait Catweazle. La vie à Watford est sinistre, c'est sûr ; mais sinistre et pleine. De quel droit les parents vont-ils à des fêtes le dimanche après-midi sans raison valable ?

« *Geneviève* passe à la télé cet après-m', maman.
— Je sais. On l'enregistre.
— Depuis quand vous avez un magnétoscope ?
— Depuis des mois.
— Tu me l'as jamais dit.
— Tu me l'as jamais demandé.
— C'est ça que je suis censé faire chaque semaine ? Te demander si tu as acheté de l'électroménager ? »
Une dame énorme, portant ce qui a l'air d'être un caftan jaune, glisse vers nous.
« Vous devez être Robert.
— Rob, ouais. Salut.
— Je suis Yvonne. Votre hôte. Je veux dire votre hôtesse. » Elle rit comme une démente, sans raison apparente. Je préférerais voir Kenneth More. « Vous êtes celui qui travaille dans le milieu de la musique, je me trompe ? »
Je regarde ma mère, qui détourne la tête. « Pas vraiment, non. J'ai un magasin de disques.
— Ah, oui, enfin, c'est la même chose, plus ou moins. » Elle rit de nouveau. Il serait consolant de penser qu'elle est soûle ; hélas, je crains que ce ne soit même pas le cas.
« Tout à fait. Comme la femme qui développe vos photos chez Boots est dans le milieu du cinéma.
— Tu veux mes clés, Rob ? Tu peux aller à la maison et mettre de l'eau à bouillir pour le thé.
— Ben voyons. Pourquoi je resterais ici à m'amuser comme un petit fou ? »
Yvonne marmonne quelque chose et s'éloigne en glissant. Ma mère est trop contente de me voir pour me faire une scène, mais je me sens quand même un peu honteux.
« Peut-être qu'il est temps que je prenne une tasse de thé, de toute façon. » Elle va remercier Yvonne, qui me regarde, penche la tête de côté et prend un air contrit ; à l'évidence, ma mère lui parle de Laura pour expliquer mes mauvaises manières. Je m'en fiche. Peut-être qu'Yvonne m'invitera à la prochaine séance.
On rentre et on regarde la fin de *Geneviève.*
Mon père doit arriver une heure plus tard. Il est soûl.
« On va tous au cinéma », dit-il.
Là, c'est trop.
« Tu es contre le cinéma, papa.
— Je suis contre les bêtises que tu vas voir. Je suis pour les bons films bien faits. Les films anglais.

— Qu'est-ce qui passe ? demande ma mère.

— *Retour à Howards End.* C'est la suite d'*Une chambre avec vue.*

— Oh, parfait, dit ma mère. Il n'y a personne de la fête qui vienne ?

— Juste Yvonne et Brian. Mais dépêchez-vous. Ça commence dans une demi-heure.

— Il faut que je rentre », dis-je. J'ai à peine échangé trois mots avec eux depuis le début de l'après-midi.

« Tu ne vas nulle part, dit mon père. Tu viens avec nous. Je t'invite.

— C'est pas à cause de l'argent, papa. » C'est à cause de ces raseurs de Merchant et Ivory. « C'est à cause de l'heure. Je travaille demain.

— Sois pas si timoré, mon garçon. Tu seras au lit à onze heures. Ça va te faire du bien. Ça va te remonter. Te changer les idées. » C'est la première allusion à des idées qu'il faudrait changer.

Et de toute façon il a tort. Je découvre qu'aller au cinéma à trente-cinq ans avec papa-maman et leurs amis toqués ne vous change pas les idées. Ça vous remet plutôt les idées en place. Tandis qu'on attend Yvonne et Brian pour dévaliser le comptoir de pop-corn et de glaces, je fais une expérience atroce, terrifiante, traumatisante : l'homme-le-plus-pitoyable-du-monde m'adresse un sourire complice. L'Homme le Plus Pitoyable du Monde porte d'énormes lunettes genre Dennis Taylor, et ses dents sont pourries ; il a un vieil anorak crasseux et un pantalon en velours côtelé marron lustré aux genoux ; lui aussi, ses parents l'emmènent voir *Retour à Howards End,* malgré ses trente ans passés. Et il m'adresse cet affreux petit sourire *parce qu'il a reconnu un de ses pairs.* Ça me bouleverse tellement que je n'arrive pas à me concentrer sur Emma Thompson, Vanessa Redgrave et tout le reste, et quand je prends le train en marche c'est trop tard, l'histoire a trop avancé pour que je suive. Je peux vous dire qu'à la fin, une armoire tombe sur la tête de quelqu'un.

J'irais jusqu'à dire que ce sourire de l'H.L.P.P.D.M. entre dans mon palmarès des cinq plus mauvais moments de ma vie — les quatre autres m'échappent pour le moment. Je sais que je ne suis pas aussi pitoyable que l'homme le plus pitoyable du monde (est-ce qu'il a passé la nuit dernière dans le lit d'une chanteuse américaine ? J'en doute fort), mais le problème, c'est que la différence entre nous ne lui apparaît pas évidente tout de suite, et je comprends pourquoi. Voilà vraiment le fin mot de l'histoire, l'attrait principal du sexe opposé pour nous tous, vieux et jeunes, hommes et femmes : nous avons besoin de quelqu'un pour nous faire échapper aux sourires compatissants dans la queue du cinéma le dimanche soir, de quelqu'un qui nous empêche de tomber dans le puits où l'éternel célibataire vit avec papa-maman. Je ne retournerai jamais là-dedans ; je préfère rester chez moi le reste de ma vie plutôt que d'attirer ce genre de regard.

Douze

Pendant la semaine, je pense à Marie, je pense à l'Homme le Plus Pitoyable du Monde, et je pense, à la demande de Barry, à mon palmarès de mes cinq épisodes préférés de *Cheers* : 1) Celui où Cliff trouve une pomme de terre qui ressemble à Richard Nixon. 2) Celui où John Cleese organise une consultation pour Sam et Diane. 3) Celui où ils croient que le chef d'état-major de l'armée américaine — joué par l'amiral en personne — a volé les boucles d'oreilles de Rebecca. 4) Celui où Sam se fait engager comme présentateur de sport à la télé. 5) Celui où Woody chante sa chanson idiote sur Kelly. (Barry dit que j'avais presque tout faux, que je n'avais aucun sens de l'humour, et qu'il allait demander à Channel 4 de se crypter pour moi entre neuf heures et demie et dix heures tous les vendredis parce que j'étais un téléspectateur indigne et ingrat.) Mais je ne pense à rien de ce que m'a dit Laura avant mercredi, quand je trouve un message d'elle en rentrant. Ce n'est pas grand-chose, elle me demande la photocopie d'une facture qui est dans un dossier, mais le son de sa voix me rappelle soudain que nous nous sommes dit des choses qui auraient dû me perturber, et bizarrement il n'en est rien.

Pour commencer — en fait, pour commencer et pour finir — cette histoire de Ian avec qui elle ne couche pas. Comment être sûr qu'elle dit la vérité ? Elle peut très bien coucher avec lui depuis des semaines, *des mois* — qu'est-ce que j'en sais, moi ? Et de toute façon elle a seulement dit qu'elle n'avait pas *encore* couché avec lui, et c'était samedi, il y a cinq jours. Cinq jours ! Elle a pu coucher avec lui cinq fois, depuis ! (Elle a pu coucher avec lui vingt fois, depuis, mais vous voyez ce que je veux dire.) Et même si elle ne l'a pas fait, elle menace de le faire, c'est clair. « Encore », ça veut dire quoi, sinon ? « J'ai pas encore vu *Reservoir Dogs.* » Ça veut dire quoi ? Ça veut dire qu'on va y aller, non ?

« Barry, si je te disais que j'ai pas encore vu *Reservoir Dogs,* qu'est-ce que ça voudrait dire ? »

Barry me regarde.

« Écoute... allez, quoi, qu'est-ce que ça voudrait dire, pour toi ? Cette phrase. "J'ai pas encore vu *Reservoir Dogs*" ?

— Pour moi, ça voudrait dire que t'es un menteur. Ou que t'as disjoncté. Tu l'as vu deux fois. Une fois avec Laura, une fois avec Dick et moi. On s'est même disputé sur qui avait tué monsieur Rose, là, ou je sais plus quelle couleur c'était.

— Oui oui, je sais. Mais imagine que je l'aie pas vu et que je te dise "J'ai pas encore vu *Reservoir Dogs*", tu penserais quoi ?

— Je penserais que t'es un malade. Et tu me ferais pitié.

— Non, mais est-ce que tu penserais, d'après cette phrase, que je vais aller le voir ?

— Je compterais là-dessus, ouais, sinon je te dirais que t'es plus mon ami.

— Non, mais...

— Désolé, Rob, mais je rame. Je comprends pas un mot de cette discussion. Tu me demandes ce que je penserais si tu me disais que t'as pas vu un film que t'as vu. Qu'est-ce que tu veux que je te dise ?

— Écoute-moi attentivement. Si je te disais...

— "J'ai pas encore vu *Reservoir Dogs*", O.K., O.K., j'ai pigé...

— Est-ce que tu... *est-ce que tu aurais l'impression que j'ai envie de le voir ?*

— Ben, t'en aurais pas une envie folle, sinon tu l'aurais déjà fait.

— Bien vu. On y est allé le premier soir, pas vrai ?

— Mais le mot "encore"... Ouais, j'aurais l'impression que t'as envie de le voir. Sinon, t'aurais dit que ça te disait rien.

— Mais, à ton avis, j'irais à coup sûr ?

— Comment veux-tu que je sache ? Tu pourrais te faire écraser par un bus, devenir aveugle, je sais pas. Tu pourrais changer d'avis. Tu pourrais être fauché. Tu pourrais en avoir marre que les gens te disent qu'il faut absolument y aller. »

Cette phrase me donne froid dans le dos. « C'est pas leur affaire.

— Mais c'est un film génial ! Il est drôle, violent, y a Harvey Keitel et Tim Roth dedans, et tout. Et la bande-son est craquante. »

Peut-être qu'il n'y a aucun rapport entre *Reservoir Dogs* et les ébats de Ian et Laura, après tout. Ian n'a pas Harvey Keitel et Tim Roth dedans. Et Ian n'est pas drôle. Ni violent. Et il a une bande-son ringarde, si j'en juge d'après ce qu'on entendait à travers le plafond. Je crois que j'ai atteint le bout de ce parallèle.

Mais ça ne m'empêche pas de m'inquiéter de cet « encore ».

J'appelle Laura à son bureau.

« Tiens, salut, Rob », dit-elle comme si j'étais un ami dont elle était contente d'avoir des nouvelles. (1. Je ne suis pas un ami. 2. Elle n'est pas contente que je l'appelle. À part ça...) « Et comment ça va ?

— Mal, merci. » Je ne vais pas la laisser continuer sur le thème « on-sortait-ensemble-mais-maintenant-tout-va-bien ».

Elle soupire.

« On peut se voir ? Je voudrais qu'on parle de certains trucs que tu as dits l'autre soir.

— Je veux pas... je suis pas encore prête à reparler de tout ça.

— Et je suis censé faire quoi, en attendant ? » Je sais quelle impression je donne : plaintif, grincheux, amer, mais je ne peux pas m'en empêcher.

« Eh bien, vis ta vie, c'est tout. Tu vas pas tourner en rond à attendre que je te dise pourquoi je ne veux plus te voir.

— Et la possibilité qu'on se retrouve ensemble, alors, qu'est-ce qu'il en reste ?

— J'en sais rien.

— Parce que l'autre soir tu as dit que ça pouvait arriver. » Je vais dans le mur, là, et maintenant elle n'est pas dans le bon état d'esprit pour faire des concessions, mais j'insiste quand même.

« Je n'ai rien dit de tel.

— Tu l'as dit ! Tu l'as dit ! Tu as dit qu'il y avait une

chance ! C'est la même chose que “possibilité” ! » Mon Dieu. C'est vraiment pitoyable.

« Rob, je suis au bureau. On parlera quand...

— Si tu veux pas que je t'appelle au bureau, tu devrais peut-être me donner ton autre numéro. Je m'excuse, Laura, mais je vais pas raccrocher avant que tu m'aies donné rendez-vous pour prendre un verre. Je ne vois pas pourquoi tu devrais décider de tout, tout le temps. »

Elle a un rire bref et amer. « D'accord, d'accord. Demain soir ? Passe me prendre au bureau. » Elle semble défaite, vaincue.

« Demain soir ? Vendredi ? Tu es libre ? Parfait. Génial. Ça me fera plaisir de te voir. » Mais je doute qu'elle entende cette petite coda positive, conciliante et sincère. Elle a déjà raccroché.

Treize

On vaque tous les trois dans le magasin, on se prépare à rentrer en se lançant des vannes sur nos palmarès respectifs des cinq meilleures faces A de tous les temps. (Le mien : *Janis Jones* des Clash, sur *The Clash* ; *Thunder Road* de Bruce Springsteen, sur *Born to run* ; *Smells like teen spirit* de Nirvana, sur *Nevermind* ; *Let's get it on* de Marvin Gaye, sur *Let's get it on* ; *Return of the grievous angel* de Gram Parsons, sur *Grievous Angel.* Barry : « Tu pourrais pas être un peu plus simple ? Et les Beatles, alors ? Et les Rolling Stones ? Et Beethoven, merde ! La face A de la Cinquième Symphonie ? Tu mérites pas de posséder un magasin de disques. » Ensuite, on se dispute pour savoir si c'est lui qui est un snob obscurantiste — est-ce que les Fire Engines, qui figurent sur sa liste, sont vraiment meilleurs que Marvin Gaye, qui n'y figure pas ? — ou moi qui suis un vieux con modéré conformiste.) Alors Dick déclare, pour la première fois depuis le début de sa carrière à Championship Vinyl, sauf peut-être quand il est parti à des dizaines de kilomètres pour entendre un groupe ridicule : « Ce soir, je peux pas venir au pub, les gars. »

Silence de stupéfaction feinte.

« Fais pas de bêtises, Dick », commente Barry un peu plus tard.

Dick sourit à moitié, gêné. « Non, vraiment, je peux pas venir.

— Je te préviens, dit Barry. Si t'as pas une excuse valable, je vais te décerner le Prix du Chaud Lapin de la Semaine. »

Dick ne dit rien.

« Allez. Tu vois qui ? »

Il ne dit toujours rien.

« Dick, t'as levé une fille ? »

Silence.

« C'est pas croyable, dit Barry. Y a pas de justice ! C'est trop injuste, merde ! Dick a un rendez-vous galant, Rob s'envoie Marie LaSalle, et le plus beau garçon des trois, le plus intelligent, a rien à se mettre sous la dent. »

C'est plus qu'un coup d'essai. Il ne me lance même pas de regard en coin pour vérifier qu'il a mis dans le mille, il n'hésite pas pour voir si je proteste ; il sait, et je me sens à la fois humilié et fiérot.

« Comment tu sais ça ?

— Oh, je t'en prie, Rob. Tu nous prends pour quoi ? Je m'inquiète plus pour le rendez-vous de Dick. Comment c'est arrivé, Dick ? Quelle explication rationnelle peut-il y avoir ? Voyons, voyons. Dimanche soir tu étais chez toi, puisque tu m'as fait une cassette des faces B de Creation. J'étais avec toi lundi soir et hier soir, ce qui laisse... mardi ! »

Dick ne répond pas.

« T'étais où, mardi ?

— Juste à un concert avec des copains. »

C'était donc si évident que ça ? Je suppose que oui, samedi soir, mais Barry n'avait aucun moyen de savoir s'il s'était vraiment passé quelque chose ensuite.

« Eh bien, continue, quel genre de concert c'était pour que tu rencontres tout de suite quelqu'un comme ça ?

— Je l'ai pas rencontrée comme ça. Elle était avec les amis que j'ai retrouvés là-bas.

— Et tu vas la revoir ce soir ?

— Oui.

— Elle s'appelle ?

— Anna.

— Elle a juste un demi-nom ? Hein ? Anna qui ? Anna Purna ? Anna Bolisant ? Anna Conda ? Allez !

— Anna Moss.

— Anna Moss. Mousse. La Mousseuse. »

Je l'ai déjà entendu faire ça avec les femmes, et — je ne sais pas pourquoi — je n'aime pas du tout ça. J'en ai parlé à Laura un jour, parce qu'il avait essayé avec elle ; Lydon = « lit doux », un jeu de mots idiot sur son nom de famille, je ne sais plus exactement. Et j'ai détesté qu'il fasse ça. Je voulais que ce soit *Laura,* qu'elle ait un joli, un charmant prénom de fille dont je pouvais rêver quand j'étais d'humeur rêveuse. Je ne voulais pas qu'il la transforme en individu ordinaire. Laura, bien entendu, trouva que j'étais trop susceptible, me reprocha de vouloir que les filles restent mièvres, floues, naïves ; elle a dit que je ne voulais pas penser à elles comme je pensais à mes copains. Elle avait raison, bien sûr — je ne veux pas. Mais la question n'est pas là. Barry ne pratique pas ça pour faire avancer la cause des femmes : il le fait parce qu'il est méprisant, parce qu'il veut miner tout sentiment de bien-être amoureux que Laura, Anna ou une autre a pu nous procurer. Il est malin, Barry. Malin et méchant. Il comprend le pouvoir des prénoms de femmes, il ne l'aime pas.

« Elle est toute verte et velue ? »

Ça a commencé comme une blague — Barry en procureur démoniaque, Dick en avocat — mais à présent les rôles se sont durcis. Dick a l'air coupable comme un fou, alors qu'il a seulement un rendez-vous.

« Laisse béton, Barry, lui dis-je.

— Ouais, bien sûr, tu le défends. Tous les deux, vous avez intérêt à vous serrer les coudes, pas vrai ? Les Tombeurs Associés, hein ? »

J'essaie de rester patient. « Tu viens au pub, oui ou non ?

— Non. Allez vous faire voir.

— Pas de problème. »

Barry s'en va ; maintenant, Dick se sent coupable, pas parce qu'il a un rendez-vous, mais parce que je suis tout seul pour aller prendre un verre.

« Je pense que j'ai le temps de boire une bière en vitesse, tu sais.

— T'inquiète pas pour ça, Dick. C'est pas ta faute si Barry est un gland. Passe une bonne soirée. »

Il me lance un regard de gratitude à vous fendre le cœur.

J'ai l'impression d'avoir eu des discussions de ce genre toute ma vie. Aucun de nous n'est plus jeune, mais ce qui vient de se passer aurait très bien pu arriver quand j'avais seize ans, ou vingt, ou vingt-cinq. On est parvenu à l'adolescence, on s'est arrêté net ; on a tracé la carte à ce moment-là, et les frontières n'ont pas bougé d'un poil depuis. Pourquoi diable Barry est-il furieux que Dick voie une fille ? Parce qu'il veut éviter le sourire d'un homme aux dents pourries, en anorak, dans la queue du cinéma — voilà pourquoi. Il s'inquiète du tour que prend sa vie, il se sent seul, et les gens seuls sont plus amers que tous les autres.

Quatorze

Depuis que j'ai ouvert le magasin, j'essaie en vain de fourguer le disque d'un groupe baptisé The Sid James Experience. D'habitude, les trucs invendables, on s'en débarrasse — on les met à dix *pence,* ou on les jette — mais Barry adore cet album (il en a deux exemplaires à lui, au cas où on lui en emprunterait un et on oublierait de le lui rendre), il prétend même qu'il est rare et qu'un jour nous allons faire un heureux. C'est devenu presque une blague. Les habitués prennent des nouvelles de sa santé, lui donnent une petite tape amicale quand ils tombent sur lui, quelquefois ils ramènent la pochette à la caisse comme s'ils allaient l'acheter, puis ils disent : « C'était pour rire ! » et la remettent à sa place.

Enfin bref, vendredi matin, un type que je n'ai jamais vu se met à passer en revue la « pop anglaise S-Z », pousse un soupir de surprise et se précipite vers la caisse en serrant la pochette contre sa poitrine de peur qu'on ne veuille la lui prendre. Je laisse Barry le servir — c'est son grand moment ; Dick et moi retenons notre souffle pour ne pas perdre un seul geste. C'est un peu comme si quelqu'un était entré, s'était aspergé d'essence et avait sorti de sa poche une boîte d'allumettes : on ne respire plus tant qu'il n'a pas gratté l'allumette. Quand il est parti, nous rions comme des dingues. Ça nous donne la pêche à tous les trois : si quelqu'un peut se pointer comme ça pour acheter le disque de The Sid James Experience, alors tous les espoirs sont permis.

Laura a changé, même depuis la dernière fois que je l'ai vue. C'est en partie dû au maquillage : elle en met pour aller travailler, ce qui lui donne un air moins stressé, moins fatigué, plus maître d'elle-même. Mais il y a autre chose. Quelque chose s'est passé, dans la réalité ou seulement dans sa tête. Quoi qu'il en soit, on voit bien qu'elle pense avoir entamé une nouvelle phase de sa vie. Elle se trompe. Je ne la laisserai pas faire.

On va dans un bar près de son bureau — pas un pub, un bar, avec des photos de joueurs de base-ball aux murs, un menu à la craie sur un tableau noir, une absence voulue de bière à la pression, des hommes en costumes trois pièces buvant des bières américaines en bouteille. Il n'y a pas trop de monde ; on s'assied dans un box au fond, isolé.

Elle me fait carrément le coup du « Comment va ? », comme si je n'étais pas grand-chose pour elle. Je marmonne quelque chose, et je sais tout de suite que je ne vais pas pouvoir me refréner, que je vais exploser trop vite : et voilà, bang, « Tu as couché avec lui ? », et c'est fichu.

« C'est pour ça que tu voulais me voir ?

— Possible.

— Oh, Rob. »

Tout ce que je veux, c'est reposer la question, sans détour ; je veux une réponse, je ne veux pas de "Oh, Rob" et de regard compatissant.

« Qu'est-ce que tu veux que je te dise ?

— Je veux que tu dises non, que tu l'as pas fait. Et je veux que ce soit la vérité.

— Impossible. » Et, en le disant, elle ne peut soutenir mon regard.

Elle entreprend de dire autre chose, mais je ne l'entends pas ; je suis déjà dehors, je me fraye un passage entre les costumes et les impers, furieux, malade, je vais chez moi rejoindre des disques plus forts, plus furieux, qui me réconforteront.

Le lendemain, le type qui a acheté le disque de The Sid James Experience le rapporte pour l'échanger. Il dit qu'il s'est trompé.

« Vous pensiez que c'était quoi ? lui demandé-je.

— Je sais pas, dit-il. Autre chose. » Il hausse les épaules et nous regarde tous les trois l'un après l'autre. On le fixe tous des yeux, effondrés, affligés ; il a l'air gêné.

« Vous l'avez écouté en entier ? demande Barry.

— J'ai arrêté au milieu de la face B. Ça me plaisait pas.

— Rentrez chez vous et essayez-le encore, dit Barry avec l'énergie du désespoir. Il va vous plaire petit à petit. Il gagne à être connu. »

Le type secoue la tête d'un air découragé. Il est décidé. Il choisit un CD de Madness, d'occasion, et je remets The Sid James Experience dans le bac.

Laura appelle dans l'après-midi.

« Tu savais bien que ça devait arriver, dit-elle. Tu devais bien t'y attendre un peu. Comme tu l'as dit, je vis avec ce type. C'était fatal qu'on en vienne là à un moment ou un autre. » Elle a un rire nerveux, et à mon humble avis totalement déplacé.

« De toute façon, comme j'essaie de te le faire comprendre, le problème n'est pas là, tu crois pas ? Le problème, c'est qu'on s'est mis dans un merdier affreux. »

J'ai envie de raccrocher, mais les gens ne raccrochent que pour qu'on les rappelle, et pourquoi Laura me rappellerait-elle ? Aucune raison.

« Tu es toujours là ? Qu'est-ce que tu penses ? »

Ce que je pense ? Que j'ai pris un bain avec cette femme (une seule fois, il y a des années, mais bon, un bain c'est un bain) et que j'ai déjà du mal à me souvenir de ce à quoi elle ressemble. Ce que je pense ? Que j'aimerais en avoir fini avec cette étape, passer à la suivante, celle où on voit que *Parfum de femme* passe à la télé et où on se dit : « Oh, j'ai vu ça avec Laura. » Ce que je pense ? Dois-je me battre, et avec quelles armes, et contre qui ?

« Rien.

— On peut reprendre un verre ensemble, si tu veux. Pour que je t'explique mieux. Je te dois bien ça. »

Bien ça.

« Et un peu plus, ça serait trop ?

— Quoi ?

— Rien. Écoute, il faut que je te laisse. Je travaille aussi, tu sais.

— Tu m'appelleras ?

— J'ai pas ton numéro.

— Tu sais bien que tu peux m'appeler au bureau. Et on s'arrangera pour se voir et parler vraiment.

— D'accord.

— Promis ?

— Oui oui.

— Parce que je veux pas que ce soit notre dernière conversation. Je te connais. »

En fait, elle me connaît très mal : je l'appelle tout le temps. Je l'appelle plus tard dans l'après-midi, quand Barry est sorti manger quelque chose et que Dick trie les commandes dans l'arrière-boutique. Je l'appelle après six heures, quand Barry et Dick s'en vont. En rentrant chez moi, j'appelle les renseignements et j'obtiens le numéro de Ian, j'appelle six ou sept fois de suite, je raccroche chaque fois qu'il décroche ; Laura finit par deviner ce qui se passe et décroche elle-même. Je l'appelle le lendemain matin, deux fois dans l'après-midi, et, le soir, du pub. Et après le pub je vais rôder près de chez Ian juste pour voir à quoi ça ressemble de l'extérieur. (C'est encore un petit immeuble banal, à deux étages, du nord de Londres, mais je n'ai aucune idée de l'étage, d'ailleurs aucun n'est éclairé.) Je ne peux rien faire d'autre. En un mot, j'ai perdu la partie une fois de plus, comme il y a tant d'années déjà, avec Charlie.

Il y a des hommes qui appellent et des hommes qui n'appellent pas ; je préférerais nettement faire partie de la deuxième catégorie. Ce sont des gens *convenables,* le genre d'hommes que les femmes appellent de leurs vœux quand elles se plaignent de nous. C'est cet absurde cliché, solide et sûr de soi : l'homme qui semble s'en foutre, qui se fait plaquer et va au pub tout seul deux ou trois jours puis reprend du poil de la bête ; et même si la fois suivante il est encore plus méfiant, il ne s'est pas couvert de ridicule et il n'a menacé personne, alors qu'en une semaine j'ai réussi à faire les deux. Un jour Laura se sent coupable, désolée, le lendemain elle a peur, elle est colère, et je suis le seul responsable de cette métamorphose qui ne m'a profité en rien. J'arrêterais si je le pouvais, mais on dirait que je n'ai pas le choix : je ne pense qu'à ça tout le temps. « Je te connais », a dit Laura, et c'est vrai en un sens : elle sait que je ne me donne aucun mal, que je ne vois pas mes amis depuis des années, que je ne parle plus à aucune des filles avec qui j'ai couché. Mais ce qu'elle ignore, c'est le mal que je me suis donné pour en arriver là.

Je voudrais bien les voir, maintenant : Alison Ashworth qui m'a laissé tomber au bout de trois soirées minables dans le parc. Penny qui ne voulait pas que je la touche et qui est allée se jeter dans les bras de cette crapule de Chris Thomson pour coucher avec lui. Jackie, séduisante seulement tant qu'elle sortait avec un de mes meilleurs amis. Sarah, avec qui j'ai scellé un pacte contre tous les plaqueurs du monde et qui m'a plaqué tout de même. Et Charlie. Surtout Charlie, parce que c'est à elle que je dois dire merci pour tout : mon super boulot, ma sexualité sereine, mes sueurs froides. Je voudrais être un homme équilibré, débarrassé de tous ces caillots de haine, de culpabilité et de dégoût de soi. Qu'est-ce que je ferais, si je les revoyais ? J'en sais rien. On parlerait, c'est tout. Je leur demanderais comment elles vont, si elles m'ont pardonné de les avoir bousillées, alors que c'est elles qui m'ont bousillé. Ça serait pas génial ? Si je les voyais toutes à tour de rôle et qu'il n'y avait plus de rancune, plus rien de dur, juste des sentiments doux, étouffés, du brie plutôt que du vieux parmesan, je me sentirais propre, calme, prêt à redémarrer.

Bruce Springsteen fait ça sans arrêt dans ses disques. Enfin, peut-être pas sans arrêt, mais ça lui est arrivé. Vous connaissez *Bobby Jean,* sur *Born in the USA* ? Bref, il appelle une fille, mais elle a quitté la ville depuis des années et il est furieux de ne pas l'avoir su parce qu'il voulait lui dire au revoir, lui dire qu'elle lui manquait, lui souhaiter bonne chance. Alors, il y a un de ces solos de sax, et ça donne la chair de poule, si on aime les solos de sax. Et si on aime Bruce Springsteen. Eh bien, je voudrais que ma vie soit comme une chanson de Bruce Springsteen. Ne serait-ce qu'une fois. Je sais bien que je ne suis pas « né pour fuir* », que Seven Sisters Road n'a rien a voir avec « Thunder Road** », mais les sentiments, eux, ne peuvent pas être aussi différents. Je voudrais appeler toutes ces femmes et leur souhaiter bonne chance, leur dire au revoir, et si elles vont bien j'irai bien. Et on irait tous bien. Et ce serait... comment dire ?... bien.

---

* *Born to run,* titre de Springsteen. *(N.d.T.)*
** Chanson de Springsteen. *(N.d.T.)*

Quinze

On me présente Anna. Dick l'emmène au pub un soir où Barry n'est pas dans les parages. Elle est petite, discrète, polie, excessivement aimable, et à l'évidence Dick l'adore. Il attend mon approbation, et je la lui donne sans difficulté, sans réserve. Pourquoi voudrais-je que Dick soit malheureux ? Non. Je veux qu'il soit aussi heureux qu'on peut l'être. Je veux qu'il nous démontre à tous qu'on peut préserver en même temps une relation et une collection de disques.

Je demande à Dick : « Est-ce qu'elle a une frite pour moi ? »

En principe je ne parlerais pas d'Anna à la troisième personne en sa présence, mais j'ai une excuse : ma question est à la fois une bénédiction et une allusion savante. Dick sourit de contentement en comprenant.

« Richard Thompson, explique-t-il à Anna. C'est une chanson d'un album de Richard Thompson. *I want to see the bright light tonight* ["Je veux voir les belles lumières ce soir"], n'est-ce pas, Rob ?

— Richard Thompson », reprend Anna sur un ton qui suggère que ces derniers jours elle a eu à assimiler très vite une très grande quantité d'informations. « Bon, c'est lequel, déjà ? Dick essaye de faire mon éducation.

— Je crois pas qu'on soit encore arrivé jusqu'à lui, dit Dick. C'est un chanteur de folk rock, et le meilleur guitariste d'Angleterre. T'es pas d'accord, Rob ? » Il me pose la question nerveusement ; si Barry était là, il se ferait un plaisir de descendre Dick là-dessus.

« Tout à fait, Dick », dis-je pour le rassurer. Dick acquiesce avec soulagement et satisfaction.

« Anna est une fan des Simple Minds », avoue-t-il, encouragé par sa bonne réponse sur Richard Thompson.

« Ah oui ? » Je ne sais pas trop quoi dire. Ça, dans notre univers, c'est une révélation bouleversante. Nous haïssons les Simple Minds. Ils étaient numéro un de notre palmarès des cinq Groupes-ou-musiciens-à-passer-par-les-armes-quand-sonnera-l'heure-de-la-Révolution-Musicale. (Les suivaient Michael Bolton, U2, Bryan Adams, et, oh surprise, Genesis. Barry voulait exécuter les Beatles, mais je lui ai fait remarquer que quelqu'un s'en était chargé.) J'ai autant de mal à comprendre comment Dick se retrouve avec une fan des Simple Minds que s'il s'était acoquiné avec un membre de la famille royale ou du KGB. Je ne suis pas surpris qu'ils se plaisent, mais je me demande comment diable ils ont bien pu se rencontrer.

« Mais je crois qu'elle commence à comprendre pourquoi elle a tort. N'est-ce pas ?

— Peut-être. Un peu. » Ils se sourient. Et c'est navrant, si on y pense.

C'est Liz qui me persuade de ne plus appeler Laura tout le temps. Elle m'emmène au *Ship* et me fait la morale.

« Elle le prend vraiment mal, dit-elle. Et lui aussi.

— Ha ha, comme si je lui voulais du bien, à lui.

— Tu devrais.

— Et pourquoi ?

— Parce que... parce que tout ce que tu obtiens, c'est une petite unité bien soudée, eux contre toi. Avant que tu t'y mettes, il n'y avait pas d'unité. Seulement deux personnes à côté de leurs pompes. Maintenant, ils ont quelque chose à partager, et tu as pas intérêt à ce que ça empire.

— Et en quoi ça te gêne, toi ? Je croyais que j'étais un connard ?

— Ouais, bon, mais lui aussi. C'est même un plus gros connard que toi, et il a encore rien fait.

— Pourquoi c'est un connard ?

— Tu sais très bien pourquoi c'est un connard.

— Et comment tu sais que je sais pourquoi c'est un connard ?

— Parce que Laura me l'a dit.

— Tu as parlé avec elle du mal que je pensais de son

nouveau mec ? Et comment vous en êtes arrivées là, si c'est pas indiscret ?

— On a fait le grand tour.

— Alors, prends un raccourci, tu veux bien ?

— Ça va pas te plaire.

— Allez, Liz.

— D'accord. Elle m'a dit que quand tu t'énervais contre Ian, quand vous viviez dans cet appart... que c'est là qu'elle a décidé de partir.

— Il faut bien s'énerver contre un type pareil, non ? Cette coupe de cheveux à la Leo Sayer, cette salopette, ce rire idiot, ces idées politiques craignos, ces... »

Liz rit. « Laura n'exagérait pas. Il te plaît pas, hein ?

— Je peux pas voir ce mec.

— Moi non plus. Pour exactement les mêmes raisons.

— Alors, où elle veut en venir avec ça ?

— Elle dit que tes petites crises contre Ian lui ont montré comme tu étais devenu... "amer", c'est le mot qu'elle a employé. Elle a dit qu'elle t'aimait pour ton enthousiasme et ta chaleur, et qu'ils tarissaient. Que tu la faisais plus rire et même que tu la déprimais carrément. Et maintenant, en plus, tu lui fais peur. Elle pourrait appeler la police, tu sais. »

La police. Bon Dieu. Un jour, vous dansez dans la cuisine en écoutant Bob Wills et les Texas Playboys (eh ! je la faisais rire à l'époque, et c'était seulement il y a quelques mois !), et le lendemain elle veut vous faire enfermer. Je reste silencieux une éternité. Je ne trouve rien à dire qui ne paraisse pas amer. Je voudrais lui demander : « Qu'est-ce qui pourrait me réconforter ? » « L'enthousiasme, d'où il pourrait venir ? Comment faire rire quelqu'un qui veut vous envoyer la police ? »

« Mais pourquoi tu l'appelles tout le temps comme ça ? Pourquoi tu veux tellement qu'elle revienne ?

— D'après toi ?

— Je sais pas. Laura non plus.

— Eh bien, si elle sait pas, à quoi ça sert de l'expliquer ?

— Ça sert toujours à quelque chose. Ne serait-ce qu'à éviter ce genre de gâchis la prochaine fois.

— La prochaine fois. Tu crois qu'il y aura une prochaine fois ?

— Allez, Rob. Sois pas si pathétique. Et puis, tu viens de poser trois questions de suite pour éviter de répondre à la mienne.

— C'était quoi, déjà ?

— Très drôle. J'ai vu des types comme toi dans les films de Doris Day, mais je pensais pas qu'ils existaient en vrai. » Elle imite une voix sourde, profonde, américaine. « Les hommes qui ne peuvent s'engager, qui ne peuvent dire "Je t'aime" même quand ils le voudraient, qui se mettent à tousser, à bredouiller, et changent de sujet. Mais te voilà. Un spécimen réel, vivant. Incroyable. »

Je connais ces films, ils sont idiots. De tels hommes n'existent pas. Dire « Je t'aime », c'est aussi facile que de pisser, et pratiquement tous les hommes que je connais le font sans arrêt. Il m'est arrivé de *faire semblant* de ne pas pouvoir le faire, une fois ou deux, et je ne sais même pas pourquoi. Peut-être parce que je voulais donner à ce moment un petit côté Doris Day, romantique, le rendre plus mémorable. Voyez, vous êtes avec une fille, vous commencez à dire un truc, puis vous vous arrêtez, elle dit : « Quoi ? » vous répondez : « Rien », elle dit : « S'il te plaît, dis-le-moi », vous dites : « Non, tu vas trouver ça idiot », puis elle vous le fait cracher alors que vous aviez bien l'intention de le dire depuis le début, et elle croit que ça a plus de prix parce qu'il a fallu l'arracher. Peut-être qu'elle savait bien que vous faisiez du cinéma, mais ça lui est égal. C'est comme une citation : aucun d'entre nous ne peut s'approcher davantage du vrai cinéma, pendant ces quelques jours où on décide qu'on est assez séduit par quelqu'un pour lui dire qu'on l'aime, et qu'on ne veut pas gâcher ça en y mettant une sincérité bébête, absurde et de mauvais goût.

Mais je ne vais pas tout dire à Liz bêtement. Je ne vais pas lui dire que tout cela est un moyen de reprendre le contrôle, que je ne sais pas si j'aime Laura, mais que je me demanderai toujours pourquoi elle vit avec un autre ; je préfère encore que Liz me prenne pour un de ces clichés d'homme coincé, dévoué, bâillonné, qui un jour verront la lumière. Ça ne peut pas me faire de mal, à terme.

Seize

Je commence par le commencement : Alison. Je demande à ma mère de chercher ses parents dans le bottin local, et je pars de là.

« C'est bien madame Ashworth ?

— Elle-même. » Mme Ashworth et moi n'avons pas été présentés. Nous ne sommes pas arrivés au stade de la rencontre des parents, pendant notre liaison de six heures.

« Je suis un vieil ami d'Alison, et je voudrais reprendre contact avec elle.

— Vous voulez son adresse en Australie ?

— Euh... Si c'est là qu'elle vit, oui. » Je ne vais pas pardonner Alison à la va-vite. En vérité, ça va me prendre des semaines : des semaines pour écrire une lettre, des semaines pour avoir une réponse.

Elle me donne l'adresse de sa fille, et je lui demande ce qu'Alison fait aux antipodes ; il s'avère qu'elle a épousé un entrepreneur de travaux publics, qu'elle est infirmière, qu'ils ont deux enfants, deux filles, et cetera, et cetera. J'arrive à m'empêcher de lui demander si elle mentionne quelquefois mon nom. C'est la limite de ma pudeur. Puis je demande ce que devient David : il vit à Londres où il travaille pour un cabinet de comptables, il est marié, il a aussi deux petites filles — et personne ne peut donc produire des fils dans cette famille ? Même le cousin d'Alison vient d'avoir une fille ! Je fais entendre ma surprise chaque fois qu'il le faut.

« Comment connaissiez-vous Alison ?

— J'ai été son premier petit ami. »

Il y a un silence, et pendant un moment je crains d'avoir

été tenu responsable pendant plus de vingt ans d'une espèce de crime sexuel dont je suis innocent.

« Son premier petit ami, elle l'a épousé. Kevin. Elle s'appelle Alison Bannister. »

Elle a épousé Kevin Bannister. J'ai été vaincu par des forces qui me dépassaient. C'est fantastique. Quelle chance avais-je contre le coup de foudre ? Pas la moindre. Ça n'avait rien à voir avec moi, rien à voir avec mes défauts ou mes manquements éventuels, et je sens que la cicatrice d'Alison Ashworth s'efface à mesure que nous parlons.

« Si c'est ce qu'elle prétend, c'est une menteuse. » J'ai dit ça pour être drôle, mais c'est raté.

« Je vous demande pardon ?

— Non, sérieusement, blague à part, ha ha, je suis sorti avec elle avant Kevin. Juste pendant une semaine, en fait » — il faut que j'en rajoute un peu, parce que si je lui disais la vérité, elle penserait que je suis fou. « Mais ça compte toujours, non ? Un flirt est un flirt, après tout, ha ha. » Je ne vais pas me laisser gommer de l'histoire officielle comme ça. J'ai joué mon rôle. J'ai fait mon boulot.

« Comment vous vous appelez, déjà ?

— Rob. Bobby. Bob. Robert. Robert Zimmerman. » Et merde.

« Eh bien, Robert, je vais lui dire que vous avez appelé, quand je l'aurai au téléphone. Mais je ne suis pas sûre qu'elle se souvienne de vous. »

Elle a raison, évidemment. Elle se souviendra du soir où elle est sortie avec Kevin, mais pas du soir précédent. Il n'y a probablement que moi au monde qui me souvienne du soir précédent. D'ailleurs, j'aurais dû l'oublier il y a des lustres, mais l'oubli n'est pas mon fort.

Un type entre dans le magasin pour acheter la musique de *Fireball XL5* qu'il veut offrir à sa femme pour son anniversaire (et je l'ai, en édition originale, pour dix petites livres). Il a peut-être deux ou trois ans de moins que moi, mais il est bien élevé, il porte un costume, il joue avec ses clés de voiture, et ces trois choses ensemble, je ne sais pas pourquoi, me donnent l'impression d'avoir vingt ans de moins que lui : une vingtaine d'années, et lui une quarantaine. Et j'ai tout à coup un désir irrésistible de savoir ce qu'il pense de moi. Je n'y cède pas, bien sûr. (« Voici votre monnaie, voici votre disque, et maintenant, soyez honnête, dites-moi que vous me considérez comme un raté »), mais je continue d'y penser des heures, ensuite : comment il doit me voir.

Bon, il est marié, ce qui fait déjà peur, et il a des clés avec lesquelles on peut jouer sereinement, donc il doit bien avoir une BMW, une Batmobile ou un truc qui en jette, il a un travail qui exige le costume, et à mes yeux de néophyte c'est un costume cher. Je suis un peu plus élégant que d'habitude, ce matin — j'ai mon jean noir presque neuf, à ne pas confondre avec mon jean bleu sans âge, et je porte une espèce de polo à manches longues que je me suis même donné la peine de repasser —, mais il n'empêche que je ne suis manifestement pas un adulte faisant un métier d'adulte. Est-ce que je voudrais lui ressembler ? Pas vraiment, non. Mais je me retrouve à me tourmenter de nouveau à propos de la pop music — est-ce que j'aime ça parce que je suis malheureux, ou est-ce que je suis malheureux parce que j'aime ça ? Ça m'aiderait de savoir si ce type a jamais pris la musique au sérieux, s'il a jamais été entouré par des milliers et des milliers de chansons sur... sur... (allez, vieux, dis-le)... eh bien, sur l'amour. Je dirais plutôt que ça ne lui est pas arrivé. Je dirais la même chose de Douglas Hurd, et du type de la Banque d'Angleterre ; pareil pour David Owen, Nicholas Witchell, Kate Adie et des tonnes de gens célèbres que je pourrais nommer, sans doute, mais qui m'échappent parce qu'ils n'ont jamais joué pour Booker T et les MGs. Ils ont l'air de gens qui n'auraient pas le temps d'écouter la face A des *Plus Grands Hits d'Al Green,* sans parler de ses autres chansons (dix albums rien que sur le label Hi, quoique neuf d'entre eux seulement soient produits par Willie Mitchell) ; ils sont trop occupés à faire baisser les taux d'intérêt et à ramener la paix dans l'ex-Yougoslavie pour écouter *Sha La La* (*Make me happy* [« Fais mon bonheur »]).

Donc ils ont des chances de me distancer dès qu'il s'agit des choses dites sérieuses (quoique, tout le monde sait ça, *Al Green explores your mind* [« Al Green explore votre esprit »] soit aussi sérieux que peut l'être la vie), mais je dois l'emporter dès qu'il s'agit des choses du cœur. « Kate, pourrais-je dire, c'est très bien de foncer dans les pays en guerre. Mais qu'est-ce que tu vas faire pour les choses qui comptent vraiment ? Tu *sais* de quoi je veux parler, mon chou. » Et je pourrais alors lui donner tous les conseils sentimentaux que j'ai rassemblés pendant mes études à l'université des Sciences musicales. Ce n'est pas si simple, hélas. Je ne sais rien de la vie amoureuse de Kate Adie, mais elle peut difficilement être pire que la mienne, non ? J'ai passé presque trente ans à écouter des gens parler de leur cœur brisé, et en quoi ça m'a aidé ? J'en sais foutre rien.

Peut-être donc que ce que j'ai dit, sur le fait qu'à force d'écouter trop de disques on fout sa vie en l'air... peut-être qu'il y a quelque chose de vrai là-dedans, finalement. David Owen, il est marié, non ? Il a fait tout ce qu'il fallait, et maintenant c'est un grand diplomate. Le type qui est venu au magasin avec son costume et ses clés de voiture, il est marié aussi, et maintenant, il est, je sais pas, *homme d'affaires*. Moi, je ne suis pas marié — et même, en ce moment, aussi peu marié qu'on peut l'être — et je suis l'heureux propriétaire d'un magasin de disques en faillite. Il me semble que si on place la musique (comme les livres, probablement, les films, les pièces de théâtre, et tout ce qui vous fait *ressentir*) au centre de l'existence, alors on n'a pas les moyens de réussir sa vie amoureuse, de la voir comme un produit fini. Il faut y picorer, la maintenir en vie, l'agiter, il faut y picorer, la dérouler jusqu'à ce qu'elle parte en lambeaux et que vous deviez tout recommencer. Peut-être que nous vivons tous de façon trop aiguë, nous qui absorbons des choses affectives tous les jours, et qu'en conséquence nous ne pouvons jamais nous sentir simplement satisfaits : il nous faut être soit malheureux, soit violemment, extatiquement heureux, et de tels états sont difficiles à obtenir au sein d'une relation stable, solide. Peut-être qu'Al Green est directement responsable de beaucoup plus que je ne pensais.

Vous voyez, les disques m'ont aidé à tomber amoureux, pas de doute là-dessus. J'entends un truc nouveau, avec une modulation qui me tord les tripes, et avant de dire ouf je cherche quelqu'un, et avant de dire ouf je l'ai trouvée. Je suis tombé amoureux de Rosie-la-femme-de-l'orgasme-simultané juste après être tombé amoureux d'une chanson des Cowboys Junkies : je la passais, la repassais, la repassais, elle me rendait rêveur, j'avais donc besoin de rêver de quelqu'un, et puis je l'ai trouvée, et puis... les ennuis ont commencé.

Dix-sept

Penny est facile. Je ne veux pas dire *facile* (si je voulais dire ça, je n'aurais pas à prendre rendez-vous avec elle pour lui parler de « forçage » et de Chris Thomson, parce que je l'aurais « forcée » moi-même le premier, et il n'aurait pas pu parader ce matin-là en salle de classe) ; je veux dire qu'elle est facile à retrouver. Ma mère voit sa mère assez souvent ; il y a quelque temps elle m'a donné son numéro et m'a dit que je devrais l'appeler, la mère de Penny lui a donné le mien, aucun de nous deux n'a bougé, mais j'ai quand même gardé le numéro. Elle est surprise de m'entendre — il y a un long silence d'ordinateur activant sa mémoire pendant qu'elle essaie d'identifier mon nom, suivi d'un petit rire quand elle y parvient —, mais pas désagréablement, je crois ; nous convenons d'aller voir un film ensemble, un truc chinois qu'elle doit voir pour son travail, et de dîner ensuite.

Le film n'est pas aussi affreux que je le craignais — une femme qu'on envoie vivre avec un Chinois (vous vous doutiez sans doute qu'il était chinois), et il a déjà plein de femmes, alors ça raconte comment elle s'entend avec ses rivales, et ça se passe très mal. Évidemment. Mais Penny a un de ces stylos spéciaux pour critique de cinéma, avec une petite lumière au bout (bien qu'elle ne soit pas critique de cinéma, seulement journaliste radio à la BBC) ; les gens la regardent en se donnant des coups de coude et je me sens un peu crétin assis à côté d'elle. (Je me dois de dire, même si c'est peu galant, qu'elle a déjà l'air drôle, indépendamment de son stylo de critique : elle a toujours été pour les vêtements sages, mais ce qu'elle porte ce soir — grande robe à fleurs, imperméable beige — pousse la sagesse jusqu'à la démence. « Que fait ce type si cool en veste de cuir avec la sœur aînée de Virginia Bottomley ? » se demande l'assistance. C'est sûr.)

On va dans un resto italien qu'elle connaît, et manifestement ils la connaissent aussi, parce qu'ils font des gestes vulgaires avec le poivrier, qui semblent l'amuser. C'est souvent comme ça : les gens qui prennent leur travail au sérieux rient de blagues stupides ; comme s'ils manquaient d'humour et, en conséquence, souffraient d'éjaculation de rire précoce. Mais en fait, elle est sympa. C'est une chic fille, une fille bien, et je n'ai pas de mal à lui parler de Chris Thomson et de « forçage ». Je me jette à l'eau, sans véritable explication.

J'essaie de raconter l'histoire sur un ton léger, ironique à mon propre égard (il s'agit de moi, pas d'elle et lui). Mais elle est horrifiée, vraiment dégoûtée : elle pose sa fourchette et son couteau, détourne les yeux, et je vois qu'elle a les larmes aux yeux.

« Salaud, dit-elle. Tu aurais pas dû me dire ça.

— Désolé. Mais je pensais, tu vois, c'est de l'histoire ancienne et tout.

— Manifestement pas si ancienne pour toi. »

Bien vu.

« Non. Mais je pensais que j'étais bizarre, justement.

— Pourquoi ce besoin soudain de m'en parler, d'ailleurs ? »

Je hausse les épaules. « J'sais pas. Euh... »

Puis je lui montre que je le sais très bien, au contraire : je lui parle de Laura et de Ian (mais en évitant Marie, l'argent, l'avortement et Rosie l'emmerdeuse), de Charlie, peut-être que je m'étends un peu trop longuement sur Charlie ; j'essaie de lui expliquer que je me vois comme l'Homme Rejeté, que Charlie voulait coucher avec Marco et pas avec moi, Laura avec Ian et pas avec moi, et qu'Alison Ashworth, il y a tant d'années, voulait déjà flirter avec Kevin Bannister et pas avec moi (je partage quand même avec elle ma découverte récente du coup de foudre invincible) ; et puisqu'elle, Penny, a voulu coucher avec Chris Thomson et pas avec moi, je lui dis qu'elle pourra peut-être m'aider à comprendre pourquoi ça s'est si souvent reproduit, pourquoi mon destin est de me faire plaquer.

Alors elle me raconte, avec une grande force, à vrai dire

avec *fiel,* ce dont elle se souvient : elle était folle de moi, elle voulait coucher avec moi un jour mais pas à seize ans, et quand je l'ai laissée tomber — « *Quand tu m'as laissée tomber,* répète-t-elle avec fureur, sous prétexte que j'étais, pour reprendre ta charmante expression, "fermée", j'ai pleuré comme une folle, et je t'ai haï. Ensuite, cette petite ordure m'a fait des avances, j'étais trop fatiguée pour le repousser, et c'était pas un viol, parce que j'ai dit d'accord, mais c'était pas loin. Et j'ai couché avec personne avant la fin de mes études tellement j'avais détesté ça. Et maintenant tu veux qu'on parle de ton sentiment d'abandon ? Va te faire foutre, Rob. »

Bon, encore une que je peux m'ôter de la tête. Pourquoi je n'ai pas fait ça plus tôt ?

Dix-huit

Scotchée sous Cellophane à l'intérieur de la porte du magasin, une annonce à la main, jaunie et pâlie par le temps, dit ceci :

RECHERCHE PETITES FRAPPES DANS LE COUP (BASSE, BATTERIE, GUITARE) POUR FORMER NOUVEAU GROUPE. DE PRÉFÉRENCE BRANCHÉS REM, PRIMAL SCREAM, FANCLUB, ETC. CONTACTEZ BARRY DANS LE MAGASIN.

Le texte d'origine se terminait pas un post-scriptum menaçant : « GLANDEURS S'ABSTENIR », mais après une réponse décevante pendant les deux premières années de recrutement, Barry décida que finalement les glandeurs étaient admis, sans que cette concession fût suivie d'effet ; peut-être qu'ils n'arrivaient pas à franchir à pied la distance séparant la porte du comptoir. Il y a quelque temps, un type trimbalant des baguettes s'est renseigné ; le duo minimaliste voix/ batterie a répété trois ou quatre fois (aucune cassette n'a survécu, hélas), mais Barry a fini par déclarer sagement qu'il avait besoin d'un « son plus plein ».

Mais depuis, rien... jusqu'à aujourd'hui. C'est Dick qui le voit le premier — il me donne un coup de coude, et on regarde fascinés ce type qui fixe l'annonce, mais dès qu'il se retourne pour voir lequel d'entre nous est Barry, on se remet à vaquer comme si de rien n'était. Il n'est ni jeune ni branché — il ressemble plus à un roadie des Status Quo qu'à un jeune espoir en couverture de *Smash Hits.* Il a des cheveux longs, noirs et filandreux attachés en queue de cheval, et son ventre est passé par-dessus sa ceinture pour prendre ses aises. Bientôt il s'approche du comptoir en indiquant l'annonce du doigt.

« Ce mec, Barry, il est dans le coin ?

— Je vais vous le chercher. »

Je passe dans l'arrière-boutique, où Barry fait une petite sieste.

« Hé, Barry. Y a quelqu'un qui veut te voir pour l'annonce.

— Quelle annonce ?

— Pour le groupe. »

Il ouvre les yeux et me regarde. « Dégage.

— Je plaisante pas. Il veut te parler. »

Il se lève et entre dans le magasin.

« Oui ?

— C'est toi qu'as mis cette annonce ?

— Ouep.

— Tu joues de quoi ?

— De rien. » Son ardent désir de se produire un jour au Madison Square Garden ne l'a jamais poussé à faire une chose aussi futile que d'apprendre la musique.

« Mais tu sais chanter, c'est ça ?

— Ouep.

— On cherche un chanteur.

— Quel genre de truc vous faites ?

— Ben, le genre de truc que tu dis dans l'annonce, quoi. Mais on veut être plus expérimental que ça. On veut garder nos sensibilités pop, mais, genre, les élargir un peu, tu vois. »

Au secours.

« Ça a l'air super.

— On a pas de contrat ni rien, encore. On vient juste de former le groupe. Pour se marrer, quoi. Mais on sait jamais, pas vrai ?

— Génial. »

Le roadie des Status Quo gribouille une adresse, serre la main de Barry et s'en va. Dick et moi on le regarde s'éloigner bouche bée, au cas où il s'autodétruirait, partirait en fumée ou déploierait des ailes d'ange ; Barry se contente de fourrer l'adresse dans sa poche de jean et cherche un disque à passer, comme si ce qui venait d'arriver — un mystérieux inconnu qui déboule et réalise l'un de ses vœux les plus chers — n'était pas l'un de ces petits miracles que la plupart d'entre nous passons notre vie à attendre.

« Quoi ? dit-il. Qu'est-ce qui vous prend ? C'est juste un petit groupe garage de merde. Rien de spécial. »

Jackie vit à Pinner, pas loin de l'endroit où nous avons grandi ensemble, et bien sûr avec mon copain Phil. Quand je l'appelle, elle m'identifie tout de suite, sans doute parce que je suis le seul Autre Homme de sa vie, et elle semble d'abord sur ses gardes, inquiète, comme si je voulais tout recommencer. Je lui dis que mes parents vont bien, que j'ai un magasin à moi, que je ne suis pas marié et n'ai pas d'enfants — là, la méfiance fait place à la compassion, peut-être même à un peu de culpabilité (on l'entend presque penser : Est-ce que c'est ma faute ? Est-ce que sa vie amoureuse s'est arrêtée net en 1975, quand je suis revenue avec Phil ?) ; elle me dit qu'ils ont deux enfants et une petite maison, qu'ils travaillent tous les deux, qu'elle n'a jamais fait d'études, comme elle le craignait. Pour interrompre un bref silence qui suit ce résumé, elle m'invite à dîner chez eux, et dans le bref silence qui suit l'invitation, j'accepte.

Jackie a quelques mèches grises, mais à part ça elle est toujours jolie, chaleureuse, maligne et tout ce qu'elle était jadis ; je l'embrasse et tend la main à Phil. Phil est un homme, maintenant, avec moustache et boutons de manchette, début de calvitie et cravate dénouée, mais il fait son petit numéro, hésitant avant de me tendre sa main en retour — il veut que je comprenne bien qu'il s'agit d'un moment symbolique, qu'il me pardonne ma mauvaise conduite d'il y a tant d'années. Bon Dieu, pensé-je, c'est les éléphants qui sont censés ne jamais oublier, pas les employés du service après-vente des télécom. Mais, d'un autre côté, qu'est-ce que je fiche ici, sinon remuer des choses que la plupart des gens auraient oubliées il y a des siècles.

Jackie et Phil sont les personnes les plus ennuyeuses du sud-est de l'Angleterre, peut-être parce qu'ils sont mariés depuis trop longtemps et n'ont donc plus rien à se dire, sinon qu'ils sont mariés depuis longtemps. Finalement, j'en suis réduit à leur demander sur le ton de la plaisanterie le secret de leur réussite ; c'était juste pour gagner du temps, car je crois qu'ils me l'auraient dit de toute façon.

« Quand on a trouvé la personne idéale, quel que soit l'âge, on a trouvé la personne idéale. » (Phil)

« Une relation, ça se construit. On ne peut pas laisser

tomber à chaque fois que quelque chose ne va pas. » (Jackie)

« Ça, c'est bien vrai. C'est facile de tout plaquer et de tout recommencer avec quelqu'un d'autre qui vous a tapé dans l'œil, mais on finira toujours par arriver à une étape où il faudra construire cette nouvelle relation. » (Phil)

« On fait pas beaucoup de dîners aux chandelles et de secondes lunes de miel, c'est sûr. On a dépassé ce stade. On est de bons amis plus qu'autre chose. » (Jackie)

« On va pas sauter dans le lit de la première personne qui vous plaît tout en espérant que le mariage n'en souffrira pas, quoi qu'on dise. » (Phil)

« Le problème des jeunes d'aujourd'hui, c'est... » Non. Là, je plaisante. Mais ils sont... les *avocats* de leur propre vie, comme si j'étais venu du nord de Londres les arrêter pour monogamie. Ce n'est pas le cas, mais ils ont raison de penser que c'est un crime, là d'où je viens : c'est contre la loi, parce nous sommes tous cyniques ou romantiques, quelquefois les deux en même temps, et que nous sommes allergiques au mariage, à ses clichés, à sa lumière stable de faible voltage, comme les vampires sont allergiques à l'ail.

Je suis chez moi, en train d'enregistrer des vieux 45 tours, quand le téléphone sonne.

« Salut. C'est bien Rob ? »

Je reconnais la voix de quelqu'un que je n'aime pas, mais pas plus.

« C'est Ian. Ray. »

Je ne dis rien.

« J'ai pensé qu'on devrait bavarder un peu ? Régler ensemble deux trois trucs ? »

Ça, c'est une sacrée... *dérive*. La dérive de quoi ? Vous savez, quand on utilise cette expression pour exprimer le fait qu'une chose normale échappe soudain à tout contrôle. « C'est une dérive de la démocratie. » Eh bien, je voudrais me servir de cette expression, mais je ne sais pas à quoi l'appliquer. Au nord de Londres ? À la vie en général ? Aux années quatre-vingt-dix ? J'en sais rien. Tout ce que je sais, c'est que dans une société saine et décente, Ian ne me passerait pas un coup de fil pour régler deux trois trucs. Pas plus que moi je ne lui passerais un coup de fil pour régler deux trois trucs. C'est son compte que je réglerais, et s'il veut finir par bouffer sa salopette, il a adopté la bonne stratégie.

« Régler quels trucs ? » Je suis si furieux que ma voix tremble, comme quand j'allais me bagarrer à l'école, de sorte que je ne parais pas du tout furieux : je parais terrifié.

« Allons, Rob. Ma liaison avec Laura t'a manifestement beaucoup perturbé.

— Aussi bizarre que ça puisse paraître, ça ne m'a pas enchanté, non. » Clair et net.

« Il ne s'agit plus de faire de l'ironie, Rob. Il s'agit de persécution. Dix appels en une nuit, rôder autour de chez moi... »

Enfer. Comment a-t-il vu ça ?

« Ouais ouais, eh bien j'ai arrêté, maintenant. » Plus de clair et net ; maintenant je bredouille comme un coupable psychotique.

« On a remarqué, et on est soulagé. Mais enfin, bon... comment on va faire la paix, maintenant ? On voudrait te faciliter les choses. Qu'est-ce qu'on peut faire ? Forcément, je sais que Laura n'est pas n'importe qui, et je sais que ça peut pas aller bien pour toi en ce moment. Je deviendrais fou, moi aussi, si je la perdais. Mais j'espère que si elle décidait de ne plus me voir, je respecterais cette décision. Tu me suis ?

— Ouais.

— Bon. Alors comment on va s'en sortir ?

— J'sais pas. » Puis je raccroche — pas sur une réplique cinglante, ou après un déluge d'injures, mais sur un « j'sais pas ». Voilà une bonne leçon, qu'il n'oubliera pas de sitôt.

LUI : Bon. Alors comment on va s'en sortir ?

MOI : J'en suis déjà sorti, pauvre minable. Décidément, Liz a bien raison, à ton sujet. [*Raccroche violemment.*]

LUI : Bon. Alors comment on va s'en sortir ?

MOI : On va pas s'en sortir, Ian. Pas toi, en tout cas. Je changerais de numéro de téléphone, si j'étais toi. Je changerais d'adresse. Bientôt, une visite à ta maison et dix coups de fil par nuit, ça te paraîtra le paradis. Fais attention à toi, mon petit gars. [*Raccroche violemment.*]

LUI : Mais j'espère que si elle décidait de ne plus me voir, je respecterais cette décision.

MOI : Si elle décidait de ne plus te voir, je respecterais cette décision aussi. Je la respecterais elle. Ses amis la respecteraient. Tout le monde se réjouirait. Le monde s'en porterait mieux. [*Raccroche violemment.*]

LUI : C'est Ian. Ray.

MOI : Dégage. [*Raccroche violemment.*]

Enfin.

Enfin, rien. J'aurais dû répondre l'une de ces choses. J'aurais dû dire au moins une obscénité. J'aurais dû au moins le menacer physiquement. Je n'aurais pas dû raccrocher sur un « j'sais pas ». Tout ça va me ronger, me ronger, et je vais mourir d'un cancer ou d'une maladie de cœur. Et je tremble comme une feuille, et je récris le script dans ma tête jusqu'à ce qu'il soit désinfecté à 100 %, mais rien n'y fait.

Dix-neuf

Sarah continue de m'envoyer des cartes de vœux avec son adresse et son numéro de téléphone. (Elle ne les écrit pas elle-même : elle colle une ces étiquettes craignos.) Elles ne disent jamais rien, à part « Joyeux Noël ! Amitiés, Sarah », dans sa grosse écriture ronde d'institutrice. Je lui en renvoie de tout aussi neutres. J'ai remarqué, il y a un an ou deux, que l'adresse avait changé ; j'ai aussi noté qu'elle était passée de Nombre entier, rue Quelque chose à un nombre suivi d'une lettre, et même pas un « b » qui peut encore désigner une maison, mais un « c » ou un « d », qui ne peut désigner qu'un appartement. Je n'y ai pas beaucoup pensé à l'époque, mais maintenant ça me semble plein de sens. J'y lis ceci : le Nombre entier, rue Quelque chose, c'était chez Tom, et Tom a disparu de la circulation. Présomptueux ? Moi ?

Elle n'a pas changé — un peu plus mince peut-être (Penny était beaucoup plus grosse, au contraire, mais elle a deux fois l'âge que je lui connaissais ; Sarah n'a fait que passer de trente à trente-cinq ans, et ce n'est pas la période d'engraissement maximum, en général), mais elle vous regarde toujours par-dessous sa frange. On va manger une pizza, et c'est déprimant de voir à quel point ça compte pour elle : non pas le fait de manger une pizza, mais le côté rendez-vous de la chose. Tom est bien parti, et parti d'une façon plutôt spectaculaire. Écoutez ça : il lui a dit, non pas qu'il était malheureux avec elle, non pas qu'il avait rencontré quelqu'un qui lui plaisait, non pas qu'il voyait quelqu'un d'autre, mais qu'il *se mariait* avec une autre. Marrant, non ? On a envie de rire, en fait, mais je m'abstiens. C'est une de ces histoires lamentables qui bizarrement jettent une ombre sur la victime ; alors je me contente de secouer la tête devant les cruels mystères de la création.

Elle regarde son verre de vin. « Je comprends pas que je t'aie quitté pour lui, dit-elle. Fallait que je sois folle. »

Je n'ai pas envie d'entendre ça. Je ne veux pas qu'elle abandonne l'abandon que j'ai subi ; je veux qu'elle l'explique pour que je puisse l'absoudre.

Je hausse les épaules. « Ça devait sembler une bonne idée, à l'époque.

— Sans doute. Pourtant j'arrive pas à me rappeler pourquoi. »

Je pourrais finir par coucher avec elle, et cette idée ne me choque pas. Quel meilleur moyen d'exorciser les démons de l'abandon que de sauter celle qui vous a abandonné ? Mais ça ne se résumerait pas à coucher avec une personne ; ce serait coucher avec tout l'univers d'une personne malheureuse et seule. Si on allait chez elle, il y aurait un chat, et le chat sauterait sur le lit à l'instant critique, et il faudrait s'interrompre le temps qu'elle le repousse du pied et aille l'enfermer dans la cuisine. Et il faudrait sûrement écouter ses disques d'Eurythmics, et il n'y aurait rien à boire. Et ensuite, pas de « les-femmes-aussi-ont-des-coups-de-chaud » dans le style de Marie LaSalle, mais des coups de fil, de la gêne, des regrets. Donc je ne vais pas coucher avec Sarah, sauf si, au cours de cette soirée, il y a un moment où je me rends compte que ce sera elle ou personne pour le reste de ma vie, et j'ai du mal à m'imaginer en proie à de telles visions ce soir : c'est sur cette base qu'on avait commencé de sortir ensemble. La conclusion est peut-être sinistre et cruelle, mais on voit facilement comment elle en est arrivée là.

Oh, on sait bien, l'un comme l'autre, que ça n'a pas tant d'importance, que la vie ne se résume pas à l'accouplement, que c'est la faute aux médias, bla bla bla. Mais on a tendance à l'oublier les dimanches matin, quand on est encore à dix heures du premier verre au pub et de la première conversation de la journée.

Je n'ai pas le cœur d'entamer la conversation prévue sur l'abandon. Il n'y pas de rancune, entre nous, et je suis content qu'elle m'ait plaqué, plutôt que l'inverse. Je me sens assez coupable comme ça. On parle un peu de cinéma — elle a adoré *Danse avec les loups*, mais elle n'a pas aimé la bande-son de *Reservoir Dogs* — on parle un peu de travail, un peu de Tom encore, un peu de Laura (mais je me contente de lui dire que nous traversons une période difficile). Puis elle m'invite chez elle, mais je n'y vais pas, et nous convenons que nous avons passé une bonne soirée, que nous allons recommencer bientôt. Il ne reste plus que Charlie.

Vingt

« Et comment va l'expérimentation ? Toujours en train d'élargir vos sensibilités pop ? »

Barry me fait les gros yeux. Il déteste parler du groupe.

« Ouais, au fait ? Ils sont vraiment branchés par les mêmes trucs que toi, Barry ? demande Dick innocemment.

— On est pas "branchés par des trucs", Dick On écrit des chansons. Nos chansons.

— Oui, bien sûr, dit Dick. Pardon.

— Arrête tes conneries, Barry, dis-je. Elles ressemblent à quoi, vos chansons ? Aux Beatles ? À Nirvana ? À Papa Abraham and the Smurfs ?

— Tu reconnaîtrais probablement pas nos influences majeures, dit Barry.

— On parie ?

— Elles sont surtout allemandes.

— Quoi, Kraftwerk et tout ? »

Il me regarde avec condescendance.

« Pas vraiment, non.

— Alors, qui ?

— T'en as jamais entendu parler, Rob, alors lâche-moi.

— Cites-en un.

— C'est non.

— Dis-nous par quelle lettre ça commence, alors.

— Non.

— T'as rien à répondre, hein ? Avoue. »

Il sort du magasin à grandes enjambées.

Je sais que c'est une tarte à la crème, et j'en suis désolé, mais s'il y a quelqu'un de mal baisé, c'est bien Barry.

Elle vit à Londres. Je trouve son numéro et son adresse grâce aux renseignements téléphoniques — elle habite Ladbroke Grove, évidemment. Je compose le numéro, mais je tiens le combiné à trois centimètres du socle pour pouvoir raccrocher tout de suite si quelqu'un répond. Quelqu'un répond. Je raccroche. J'essaie de nouveau cinq minutes plus tard, en tenant le combiné un peu plus près de mon oreille, et j'entends que c'est une machine et pas une personne qui répond. Mais je raccroche tout de même. Je ne suis pas encore prêt à entendre sa voix. La troisième fois, j'écoute le message ; la quatrième, j'en laisse un. C'est vraiment incroyable de penser qu'à n'importe quel moment, au cours de la décennie passée, j'aurais pu faire ça : elle a pris une telle importance que je l'imaginais installée sur Mars, de sorte que les tentatives de communication avec elle coûteraient des millions de livres et prendraient des années-lumière. C'était une extraterrestre, un fantôme, un mythe, pas une personne dotée d'un répondeur téléphonique, d'une poêle à frire rouillée et d'une carte orange.

Sa voix est moins jeune, je crois, et un peu plus snob — Londres l'a stérilisée, lui a enlevé son accent de Bristol —, mais c'est bien elle. Elle ne dit pas si elle vit avec quelqu'un — certes, je ne m'attendais pas à un message détaillant sa situation sentimentale, mais elle ne dit pas « Charlie et Marco sont absents » ou un truc comme ça. Juste : « Il n'y a personne, merci de laisser un message après le bip. » Je laisse mon nom, patronyme compris, mon numéro de téléphone, et une formule du genre : « Ça fait longtemps, etc. »

Elle ne me répond pas. Deux ou trois jours plus tard j'essaie encore, et je laisse le même message. Toujours rien. Là, on commence à brûler, question abandon : quelqu'un qui ne répond même pas à vos messages dix ans après vous avoir plaqué.

Marie vient nous voir au magasin.

« Salut les gars. »

Dick et Barry disparaissent de façon ostensible et gênante.

« Au revoir les gars », dit-elle après qu'ils sont partis, et elle hausse les épaules.

Elle me regarde en plissant les yeux. « Tu m'évites, mec ? demande-t-elle en feignant la colère.

— Non. »

Elle fait la grimace et incline sa tête de côté.

« Non, franchement. Comment je pourrais t'éviter, puisque je sais pas où t'étais ces derniers jours ?

— Bon, alors t'es gêné, c'est ça ?

— Oh là là, oui. »

Elle rit. « T'as pas à l'être. »

Voilà, semble-t-il, ce qu'on récolte quand on couche avec une Américaine : toute cette bonne volonté sans pudeur. On ne surprendrait jamais une Anglaise décente débarquant ici après un coup d'une nuit. Nous, nous savons que ces choses, en général, gagnent à être oubliées. Mais on dirait que Marie veut en parler, enquêter sur ce qui a mal tourné ; il doit y avoir un atelier de thérapie de groupe où elle voudra m'emmener, avec plein d'autres couples qui ont passé un samedi soir avorté ensemble. On va sans doute devoir se déshabiller et mimer ce qui s'est passé, et ma tête va se coincer dans mon pull.

« Je me demandais si t'avais envie de venir écouter T-Bone ce soir. »

Non, bien sûr. On ne peut plus se parler, comprends-tu, femme ? On a fait l'amour, et tout s'arrête là. C'est la loi, dans ce pays. Si ça te déplaît, retourne chez toi.

« Ouais, avec plaisir.

— Tu connais un endroit qui s'appelle Stoke Newington ? C'est là qu'il joue. Le *Weavers Arms* ?

— Je connais. » Je pourrais ne pas y aller, sans doute, mais je sais bien que j'y serai.

Et on passe une bonne soirée. Elle a raison de faire l'Américaine : c'est pas parce qu'on a couché ensemble qu'il faut se haïr. Le concert de T-Bone nous plaît, Marie chante avec lui pour son rappel (et quand elle monte sur scène, les gens regardent l'endroit d'où elle est venue, et ça me plaît bien). Puis, on se retrouve tous les trois chez elle pour boire un verre, on parle de Londres, d'Austin, de disques, mais pas de sexe en général ni de l'autre soir en particulier, on dirait que c'est juste un truc qu'on a fait ensemble, comme de dîner indien, et qui n'appelle aucune analyse, aucun commentaire. Puis je rentre chez moi, Marie me fait un gentil baiser, et sur le chemin je me dis qu'il y a une relation, une seule, qui est à peu près potable — une petite zone de douceur dont je peux être fier.

Charlie finit par appeler ; elle s'excuse de ne pas l'avoir fait plus tôt, mais elle était partie aux États-Unis pour son travail. J'essaie de faire comme si je connaissais ça, mais ce n'est pas le cas — je suis allé à Brighton pour le travail, à Redditch, à Norwich même, mais jamais aux États-Unis.

« Alors, comment ça va ? » demande-t-elle, et pendant un moment, bref mais, quand même, j'ai envie de lui faire un numéro misérabiliste : « Pas terrible, Charlie, mais ne t'inquiète pas, merci. Vas-y, pars en voyage d'affaires aux États-Unis, ne t'occupe pas de moi. » Néanmoins, je suis très fier de le dire, je m'abstiens, et je fais comme si j'avais réussi, pendant les douze années passées depuis notre dernière conversation, à vivre comme un être humain en parfait état de marche.

« Très bien, merci.

— Bon. Ça me fait plaisir. Tu es quelqu'un de bien, et tu mérites d'aller bien. »

Quelque chose cloche quelque part, mais je n'arrive pas à mettre le doigt dessus.

« Et toi ?

— Bien. Super. Travail sympa, amis sympas, appart sympa, tout. La fac, ça paraît loin, maintenant. Tu te souviens quand on passait des heures au bar à se demander comment serait notre vie ? »

Pas du tout.

« Eh bien... je suis vraiment contente de la vie que j'ai, et ça me fait plaisir que tu sois content de la tienne. »

Je n'ai pas dit que j'étais content de ma vie. J'ai dit que j'allais bien — genre : pas de grippe, pas d'accident de voiture récent, pas de prison avec sursis. Mais bon, passons.

« Est-ce que tu as, enfin, des gosses et tout, comme tout le monde ?

— Non. J'aurais pu si j'avais voulu, bien sûr, mais j'en voulais pas. Je suis trop jeune, et les enfants sont trop...

— Jeunes ?

— Ben oui, jeunes, évidemment » — elle a un rire nerveux, comme si j'étais débile, ce qui est peut-être le cas, mais pas comme elle le pense — « trop... je sais pas, *prenants*, ça doit être le mot que je cherchais. »

Je ne comprends rien. C'est comme ça qu'elle parle,

comme si personne n'avait encore discuté de ces choses-là depuis que le monde est monde ?

« Ah oui. Je vois ce que tu veux dire. »

Ça y est, je viens d'en finir avec Charlie. Charlie ! Charlie Nicholson ! C'est vraiment bizarre. Presque tous les jours, pendant ces douze dernières années, j'ai pensé à Charlie, et je l'ai tenue responsable, elle ou notre rupture, de la plupart des choses qui ont mal tourné dans ma vie. Comme : je n'aurais pas laissé tomber la fac ; je ne serais pas allé travailler chez « Disques et Cassettes » ; je n'aurais pas ce magasin sur le dos ; je n'aurais pas eu une vie sentimentale décevante. Voilà la femme qui m'a brisé le cœur, qui a fichu ma vie en l'air, qui à elle seule est coupable de ma pauvreté, de mon désarroi et de mon échec, la femme dont j'ai rêvé régulièrement pendant au moins cinq ans, et *je me moque d'elle intérieurement.* Je mérite toute mon admiration. Je devrais me tirer mon chapeau et me dire : « Rob, tu es vraiment un type cool. »

« Au fait, Rob, t'es pour ou t'es contre ?

— Comment ? » Rassurant de constater qu'elle dit encore des choses qu'elle seule comprend. J'aimais assez ça, j'en étais même jaloux ; moi, je ne suis jamais arrivé à sortir quelque chose d'opaque, même vaguement.

« Je suis désolée, mais... C'est juste que ces appels d'ex perdus de vue, ça me rend un peu nerveuse, tu vois. Y en a eu toute une brochette, ces temps-ci. Tu te rappelles ce mec, Marco, qui est sorti avec moi après toi ?

— Euh... Ouais, ça me revient. » Je sais ce qui va suivre, et j'arrive pas à y croire. Toute cette rêverie atroce, le mariage, les enfants, pendant des années, alors qu'elle a dû le plaquer six mois après que je l'ai vue pour la dernière fois.

« Eh bien il a appelé il y a quelques mois, et je savais pas vraiment quoi lui dire. Je crois qu'il traversait une phase, tu vois, du genre "à-quoi-ça-rime-tout-ça", et il voulait me voir, parler de plein de trucs, et j'étais pas d'attaque pour ça. Est-ce que tous les hommes font ça ?

— J'en ai jamais entendu parler avant.

— C'est seulement ceux que je dégote, alors. Je voulais pas dire...

— Non non, pas de problème. Ça doit sembler un peu bizarre, que j'appelle comme ça, sans prévenir. Je pensais juste, tu sais... » Moi-même je ne sais pas, alors on voit mal pourquoi elle saurait. « Mais qu'est-ce que tu veux dire par "t'es pour ou t'es contre" ?

— Je veux dire, j'sais pas, on fait ami-ami, ou pas ? Parce que si c'est oui, parfait, mais si c'est non, je vois pas pourquoi on perd du temps au téléphone, tu vois. Tu veux venir dîner samedi soir ? J'ai invité des amis et j'ai besoin d'un cavalier seul. Tu fais cavalier seul ?

— Euh... » Où elle veut en venir ? « Oui, en ce moment.

— Alors t'es pour ou t'es contre ?

— Je suis pour.

— Super. Ma copine Clara sera là, elle a pas de mec en ce moment, et elle vit juste à côté de chez toi. Vers huit heures ? »

Et voilà. Maintenant j'arrive à mettre le doigt sur ce qui cloche : Charlie est quelqu'un d'horrible. Ce n'était pas le cas, à l'époque, mais il lui est arrivé un truc, et maintenant elle dit des choses affreuses, idiotes, et semble complètement dépourvue de sens de l'humour. Qu'est-ce que Bruce Springsteen pourrait faire de Charlie ?

Je raconte à Liz que Ian m'a appelé, elle dit que c'est monstrueux et que Laura sera scandalisée, ce qui me remonte le moral. Je lui dis tout sur Alison, Penny, Sarah, Jackie et son stylo lumineux ridicule, Charlie et son voyage d'affaires aux États-Unis, et Liz me répond qu'elle-même va partir aux États-Unis en voyage d'affaires, et je me moque gentiment d'elle, mais ça ne la fait pas rire.

« Pourquoi tu en veux aux femmes qui ont un meilleur boulot que toi, Rob ? »

Ça lui arrive d'être comme ça, Liz. Elle est sympa, mais, vous voyez, elle fait partie des ces féministes *paranoïaques* qui voient le mal partout.

« Qu'est-ce que tu racontes ?

— Tu détestes cette femme qui a sorti un stylo lumineux au cinéma, ce qui n'a rien d'anormal quand on a besoin d'écrire dans le noir. Et tu ne supportes pas que... Charlie ?... Charlie aille aux États-Unis — mais enfin, peut-être qu'elle avait pas envie d'y aller. J'en sais rien. Tu aimais pas que Laura porte des vêtements qu'elle était obligée de porter quand elle a changé de boulot, et maintenant c'est moi qui suis une conne parce qu'il faut que je prenne l'avion pour Chicago, que je parle avec des types dans une salle de réunion d'hôtel huit heures de suite et que je reprenne l'avion dans l'autre sens...

— Ben, c'est que je suis sexiste, non ? C'est la bonne réponse ? »

Mieux vaut sourire et encaisser, sinon vous devenez dingue.

Vingt et un

Quand Charlie ouvre la porte, j'ai un haut-le-cœur : elle est magnifique. Elle a encore ses cheveux blonds courts, mais c'est maintenant une coupe beaucoup plus chic, et elle a vieilli d'une façon vraiment élégante — elle a autour des yeux des pattes-d'oie discrètes, avenantes, sexy, qui lui donnent un air à la Sylvia Sims ; elle porte une robe du soir noire ostensiblement adulte (c'est seulement moi qui dois trouver ça ostensible, parce que pour moi elle vient juste de s'extraire d'un jean informe et d'un T-shirt Tom Robinson). Tout de suite je me mets à avoir peur de retomber amoureux d'elle, de me ridiculiser, de replonger dans la douleur, l'humiliation et la haine de soi de la première fois. Elle m'embrasse, me serre dans ses bras, me dit que je n'ai pas du tout changé et que c'est génial de me revoir, puis elle m'indique une pièce où je peux laisser ma veste. C'est sa chambre à coucher (très « artiste », bien sûr, avec une grande toile abstraite sur un mur et une espèce de tapis sur l'autre) ; et soudain, dans cette pièce, je panique. Les autres manteaux sur le lit sont des manteaux chers, pendant une seconde je caresse l'idée de leur faire les poches et de prendre la fuite.

Mais je suis curieux de voir Clara, la copine de Charlie, qui vit juste à côté de chez moi. Je suis curieux de la voir, parce que je ne sais pas où j'habite ; je ne sais même pas dans quel quartier, dans quelle *ville,* dans quel *pays,* donc elle va peut-être m'aider à retrouver mes repères. Et puis, c'est intéressant de voir dans quelle rue Charlie pense que j'habite, si c'est Old Kent Road ou Park Lane. (Palmarès des femmes qui ne vivent pas dans ma rue, que je sache, mais qui seraient les bienvenues si elles décidaient d'emménager dans le coin : la Holly Hunter de *Broadcast News* ; la Meg Ryan de *Nuits blanches à Seattle* ; une doctoresse que j'ai vue un jour à la télé, qui avait une chevelure frisée longue et abondante et qui a taillé un costard à un maire conservateur dans un débat sur les embryons, mais j'ignore son nom et je n'ai jamais trouvé d'affiche d'elle toute nue ; Katharine Hepburn dans *Indiscrétions* ; Valerie Harper dans la série télé *Rhoda*. Des femmes qui ne se laissent pas faire, des fortes têtes, des femmes qui font des étincelles... mais aussi des femmes qui ont manifestement besoin d'être aimées par un type bien. Je volerais à leur secours. Je les sauverais. Elles sauraient me faire rire, et peut-être que je saurais les faire rire aussi, dans mes bons jours, et on resterait à la maison à regarder en vidéo un de leurs films, un de leurs feuilletons ou un de leurs débats sur les embryons, on adopterait des enfants défavorisés et toute la famille jouerait au foot dans Central Park.)

Quand je pénètre dans le salon, je vois tout de suite que je suis promis à une mort lente dans des souffrances atroces. Il y a un type en veste rouge brique et un autre en costume de lin repassé, Charlie dans sa robe du soir, une femme en collants fluorescents et blouse de soie blanche étincelante, une autre avec un de ces pantalons qui ont l'air d'une robe mais n'en sont pas une. N'en est pas une. Bref. À l'instant où je les vois j'ai envie de pleurer, pas seulement de terreur, mais de pure et simple *envie* : *Pourquoi ma vie n'est pas comme ça ?*

Les deux femmes qui ne sont pas Charlie sont belles — pas mignonnes, pas jolies, pas séduisantes, *belles* — et à mes yeux embués, affolés, éblouis, pratiquement indiscernables : des kilomètres de cheveux noirs, des milliers de boucles d'oreilles géantes, des mètres de lèvres rouge vif, des centaines de dents blanches éclatantes. Celle qui porte la blouse de soie blanche glisse le long du sofa énorme de Charlie, qui est en verre, ou en plomb, ou en or — une substance intimidante, en tout cas, extra-sofique — et me sourit ; Charlie interrompt les autres (« Un moment d'attention, je vous prie... ») et me présente à l'assistance. Sur le sofa avec moi, pour ainsi dire, ha ha, c'est Clara ; dans la veste rouge brique c'est Nick ; dans le costume de lin c'est

Barney ; dans le pantalon qui a l'air d'une robe, c'est Anna. Si ces gens-là habitaient tout près de chez moi, il faudrait que je me barricade dans mon appart.

« On était en train de se demander comment on appellerait un chien si on en avait un, dit Charlie. Anna a un labrador qui s'appelle Dizzy, à cause de Dizzy Gillespie.

— Ah oui, dis-je. Je suis pas très chien. »

Personne ne dit rien ; ils ne peuvent pas dire grand-chose, en fait, sur mon manque d'enthousiasme à l'égard des chiens.

« C'est à cause de la taille de ton appart, à cause d'une peur enfantine, ou de l'odeur, ou bien... ? demande Clara, très gentiment.

— Je sais pas. C'est juste que... » Je hausse les épaules en désespoir de cause. « Enfin, je suis pas très pour, quoi. »

Il s'avère, ensuite, que j'ai apporté là une contribution décisive à la discussion du jour, et je me souviendrai de cette réplique avec nostalgie, plus tard dans la soirée, comme un vestige de l'Âge d'Or de la Repartie. Je m'en resservirais volontiers si je pouvais, mais les autres sujets de conversation ne m'en donnent pas l'occasion — je n'ai pas vu les films ni les pièces qu'ils ont vus, je ne suis pas allé dans les endroits qu'ils ont visités. J'apprends que Clara travaille dans l'édition, et Nick dans les relations publiques ; j'apprends aussi qu'Anna vit à Clapham. Anna apprend que je vis à Crouch End, Clara apprend que j'ai un magasin de disques. Anna a lu l'autobiographie de John McCarthy et Jill Morrell ; Charlie non, mais elle a très envie de le faire, et va peut-être même l'emprunter à Anna. Barney revient du ski. Je pourrais sûrement me souvenir de trois ou quatre autres trucs si nécessaire. Mais pendant presque toute la soirée, je fais tapisserie, et j'ai l'impression d'être un enfant qu'on a autorisé à se coucher tard exceptionnellement. On mange des trucs que je n'ai jamais vus, et Nick ou Barney, à tour de rôle, font des commentaires sur chaque bouteille de vin qu'on ouvre, à part celle que j'ai amenée.

La différence entre ces gens-là et moi, c'est qu'ils ont fini leurs études et pas moi (ils n'ont pas rompu avec Charlie, et moi, si). Résultat : ils ont des boulots intelligents et moi un boulot idiot, ils sont riches et moi pauvre, ils ont confiance en eux-mêmes et moi je suis inconséquent, ils ne fument pas et moi si, ils ont des opinions et moi des listes. Est-ce que je pourrais leur dire quel voyage produit le pire décalage horaire ? Non. Est-ce qu'ils pourraient me dire de qui étaient composés les Wailers au départ ? Non. Ils ne pourraient sans doute même pas me dire le nom du chanteur.

Mais ce ne sont pas de mauvais bougres. Je ne suis pas pour la lutte des classes, et d'ailleurs ils ne sont pas si snob — ils doivent eux aussi avoir des parents près de Watford, ou quelque chose comme ça. Est-ce que j'aimerais avoir les mêmes choses qu'eux ? Tu parles. J'envie leurs opinions, j'envie leur argent, j'envie leurs vêtements, j'envie leur capacité de parler de noms de chiens sans la moindre gêne. J'ai envie de revenir en 1979 et de tout recommencer.

Charlie n'arrange rien en disant des sottises toute la soirée ; elle n'écoute personne, elle fait la maligne en essayant de défendre des points de vue absurdes, elle adopte des accents impossibles et déplacés. J'aimerais pouvoir dire que ce sont de nouvelles afféteries, mais non ; elles étaient déjà là il y a des années. Le refus d'écouter, c'est ce que je prenais pour de la force de caractère, l'absurdité c'est ce que je prenais pour du mystère, les accents, c'est ce que je prenais pour du charme et du sens dramatique. Comment ai-je réussi à gommer tout cela pendant ces années intermédiaires ? Comment ai-je réussi à faire d'elle la réponse à tous les problèmes du monde ?

Je m'incruste après le dîner, bien que je n'aie rien fait pour mériter ma place sur le sofa, et je reste même après le départ de Clara, de Nick, de Barney et d'Anna. Quand ils sont partis, je me rends compte que j'ai passé la soirée à boire au lieu de parler, et en conséquence je vois double.

« J'ai raison, non ? demande Charlie. Elle est ton type. »

Je hausse les épaules. « Elle est le type de tout le monde. » Je me sers encore du café. Je suis soûl, et ça semble être une bonne idée de me lancer. « Charlie, pourquoi tu m'as plaqué pour Marco ? »

Elle me regarde durement. « Je le savais.

— Quoi ?

— En fait, tu passes bien par une phase du genre “à-quoi-ça-rime-tout-ça”. » Elle dit “à-quoi-ça-rime-tout-ça” avec l'accent américain et en plissant le front.

Je n'arrive pas à mentir. « En effet, oui. Oui, c'est vrai. Complètement. »

Elle rit — de moi, je pense, et pas avec moi — puis se met à jouer avec une de ses bagues.

« Tu peux dire ce que tu veux, lui dis-je généreusement.

— Tout ça se perd un peu dans le... dans la brume épaisse du temps, maintenant. » Elle dit « la brume épaisse du temps » avec l'accent irlandais, sans raison apparente, et fait des vagues avec sa main devant ses yeux, je suppose pour signifier l'épaisseur de la brume. « C'est pas que Marco me plaisait plus que toi, parce que je te trouvais tout à fait aussi séduisant que lui. » (Silence.) « C'est juste que lui savait qu'il était beau, pas toi, et ça faisait une différence, finalement. Tu te comportais comme si je devais être un peu bizarre pour vouloir être avec toi, et c'est devenu fatigant, si tu vois ce que je veux dire. La mauvaise image que tu avais de toi s'est mise à déteindre sur moi, et j'ai fini par penser que j'étais bizarre. Je savais que tu étais gentil, prévenant, que tu me faisais rire, et j'adorais la façon dont tu t'absorbais totalement dans les choses que tu aimais, mais... Marco paraissait un peu plus, je sais pas, brillant ? Plus sûr de lui, plus branché ? » (Silence.) « C'était moins laborieux, parce que toi, j'avais un peu l'impression de te traîner. » (Silence.) « Un peu plus de soleil, un peu plus d'étincelles ? » (Silence.) « Je sais pas. Tu sais comment sont les gens à cet âge-là. Ils jugent superficiellement. »

Quoi de superficiel là-dedans ? J'étais, et donc je suis, terne, sinistre, pas séduisant et gauche, un boulet, un ringard. Ça ne me semble pas superficiel du tout, ça. Ce ne sont pas des éraflures. Ce sont des blessures internes graves, les organes vitaux sont atteints.

« Tu trouves ça blessant ? Ç'a été un désastre, avec lui, si ça peut te consoler. »

Pas vraiment, mais je ne voulais pas de consolation. Je voulais déguster, et je déguste. Pas de coup de foudre à la Alison Ashworth, cette fois ; pas d'histoire récrite à la Sarah, et pas de rappel que l'abandon était de mon fait, comme avec Penny. Seulement un exposé parfaitement clair des raisons pour lesquelles certains plaisent et d'autres pas. Plus tard, à l'arrière du taxi, je m'aperçois que Charlie n'a fait que reformuler mes propres sentiments concernant mon génie de la normalité ; peut-être que ce talent particulier — le seul que j'aie, d'ailleurs — était un peu surestimé.

Vingt-deux

Le groupe de Barry va donner un petit concert, et il veut mettre une affiche dans le magasin.

« C'est non. Va te faire voir.

— Merci pour ton soutien, Rob. Ça me fait plaisir, tu sais.

— Je croyais qu'on avait une règle à propos des affiches de groupes nuls.

— Ouais, pour les types qui débarquent du trottoir en nous suppliant. Tous les minables.

— Comme par exemple... voyons. Suede, t'as refusé. The Auteurs. St. Étienne. C'est ce que t'appelles des minables ?

— Pourquoi tu dis que *j'ai* refusé ? C'est toi qui as établi cette règle.

— Ouais, mais ça te plaisait, non ? Ça te faisait vachement plaisir de dire à tous ces pauvres gosses de dégager vite fait.

— Eh bien, j'avais tort, non ? Oh, allez, Rob. On a besoin que les habitués d'ici viennent. Sinon, y aura pas un chat.

— Bon. C'est quoi, le nom du groupe ? S'il est bien, tu peux mettre une affiche. »

Il m'en jette une — il n'y a que le nom du groupe, avec un graphisme illisible.

«" Barrytown". "Barrytown" ? Putain de merde. Ta mégalomanie est donc sans limites ?

— C'est pas à cause de moi. C'est la chanson de Steely Dan. Et c'était dans *Les Commitments.*

— Arrête, Barry. Tu peux pas t'appeler Barry et chanter dans un groupe qui s'appelle Barrytown. Ça a l'air vraiment...

— Ils s'appelaient déjà comme ça quand je suis arrivé, vu ? C'était pas mon idée, merde.

— C'est pour ça qu'on t'a pris dans le groupe, non ? » Barry de Barrytown ne répond rien. « Oui ou non ?

— C'est une des raisons pour lesquelles ils m'ont demandé de venir, oui. Au départ. Mais...

— Génial ! Super génial ! Ils t'ont demandé de chanter uniquement à cause de ton nom ! Bien sûr que tu peux mettre une affiche, Barry. Je veux que tout le monde le sache. Pas dans la vitrine, d'accord ? Tu peux la mettre au-dessus des bacs de disques en vrac, là-bas.

— Combien de places tu veux que je te retienne ? »

Je me tiens les côtes et je ris sans joie. « Ha, ha ha. Ho, ho ho. Arrête, Barry, tu vas me faire mourir de rire.

— Tu vas même pas venir ?

— Bien sûr, que je vais pas venir. J'ai la gueule de quelqu'un qui va écouter de la soupe expérimentale dans un affreux pub du nord de Londres ? Où c'est ? » Je regarde l'affiche. « Au *Harry Lauder*, c'est le bouquet ! Ha !

— C'est bien de pouvoir compter sur les amis. T'es qu'un salaud d'aigri, Rob, tu sais ça ? »

Amer, aigre. Tout le monde a l'air d'accord pour dire que je n'ai pas très bon goût.

« Aigri ? Parce que je fais pas partie des Barrytown ? J'espérais que ça se verrait pas tant que ça. Et toi t'as été super sympa avec Dick, pour Anna, pas vrai ? Tu l'as bien accueillie dans la grande famille de Championship Vinyl. »

J'avais oublié que je n'ai souhaité que du bonheur à Dick et Anna. Ça colle avec mon amertume ? C'est digne d'un aigri, ça ?

« Ce truc avec Anna, c'était juste pour rire. J'ai rien contre elle. C'est juste que... c'est pas ma faute si tu gâches tout.

— Ah oui ? Et toi, tu serais le premier à venir me voir jouer, peut-être ?

— Pas tout de suite, non. Mais je viendrais.

— Et Dick, il y va ?

— Bien sûr. Anna aussi. Et même Marie, et T-Bone. »

Le monde est donc si bienveillant ? Je ne savais pas.

On peut y voir de l'amertume, j'imagine. Je ne me vois pas comme quelqu'un d'amer, mais je me déçois quand même ; je pensais que je vaudrais un peu mieux que ça, et peut-être que ma déception est mal placée. Ce n'est pas seulement le boulot ; ce n'est pas seulement d'être un vieux garçon de trente-cinq ans, quoique... ça n'arrange rien. C'est plutôt... oh, j'en sais rien. Vous avez jamais regardé une photo de vous enfant ? Ou des photos de célébrités enfants ? Elles peuvent vous rendre joyeux ou triste, c'est selon. Il y a une photo adorable de Paul McCartney en petit garçon, et la première fois que je l'ai vue, elle m'a fait du bien : tout ce talent, tout cet argent, toutes ces années de bonheur domestique, un mariage en béton et des enfants charmants, et il ne le sait pas encore. Mais il y en a d'autres — Kennedy, toutes les rockstars flinguées ou droguées, les gens qui sont devenus fous, qui se sont plantés, qui ont tué, qui ont fait leur propre malheur ou celui des autres de mille façons — alors, on pense : « Arrête-toi là ! Ça ne sera jamais mieux ! »

Depuis un an ou deux, les photos de moi enfant, celles que je voulais cacher à mes petites amies... eh bien, je me suis mis à avoir un pincement au cœur en les regardant — ce n'est pas tout à fait de la tristesse, mais une espèce de regret calme et profond. Il y en a une où j'ai un chapeau de cow-boy et où je pointe un pistolet vers l'objectif en essayant d'avoir l'air d'un cow-boy sans y parvenir, et maintenant je n'arrive plus à la regarder. Laura la trouvait pleine de douceur (c'est le mot qu'elle a employé ! Douceur, le contraire d'amertume !) et elle l'a épinglée dans la cuisine, mais je l'ai remise au fond d'un tiroir. Je me sens coupable à l'égard du gosse, j'ai envie de lui dire : « Désolé, je t'ai laissé tomber. J'étais censé veiller sur toi, mais j'ai déconné : j'ai pris de mauvaises décisions aux mauvais moments, et je t'ai transformé en moi. »

Par exemple, il aurait voulu voir le groupe de Barry, lui ; il ne se serait pas formalisé de la salopette de Ian, du stylo lumineux de Penny (il aurait *adoré* le stylo lumineux de Penny), ou des voyages aux États-Unis de Charlie. En fait, il n'aurait même pas compris pourquoi tout ça me déplaît tant. S'il débarquait ici maintenant, s'il pouvait sauter de la photo dans le magasin, il claquerait tout de suite la porte et il retournerait en 1967 en courant aussi vite que ses petites jambes le permettraient.

Vingt-trois

Enfin, enfin, un bon mois après son départ, Laura vient prendre ses affaires. On ne se dispute pratiquement pas pour savoir ce qui est à l'un et à l'autre : les disques, c'est moi, les jolis meubles, la vaisselle et les livres autres que les livres de poche, c'est elle. La seule chose que j'aie préparée, c'est une pile de disques et de CD que je lui ai offerts, des trucs dont j'avais envie mais dont je pensais qu'ils lui plairaient, et qui se sont retrouvés finalement inclus dans ma collection. J'ai été très scrupuleux, là-dessus : elle en aurait oublié la moitié, j'aurais pu faire mon coup en douce, mais je les ai tous sortis.

Je craignais qu'elle n'amène Ian, mais non. En fait, elle est même gênée, manifestement, qu'il m'ait appelé.

« Laisse tomber.

— Il n'avait aucun droit de faire ça, et je le lui ai dit.

— Vous êtes encore ensemble ? »

Elle me regarde pour voir si je plaisante, puis elle me fait pour me narguer une petite grimace qui n'est pas tellement séduisante, quand on y songe.

« Tout se passe bien ?

— J'ai pas très envie d'en parler, pour être franche.

— Ça va si mal que ça ?

— Tu sais très bien ce que je veux dire. »

Elle a emprunté la camionnette Volvo de son père pour le week-end, et on la remplit à ras bord ; elle revient prendre une tasse de thé quand on a fini.

« Un vrai taudis, hein ? » dis-je. Je vois bien qu'elle contemple l'appart, fixant les taches poussiéreuses et décolorées que laissent ses affaires sur le mur, donc je me sens obligé d'anticiper ses critiques.

« S'il te plaît, fais-le repeindre, Rob. Ça te coûterait pas cher, et tu te sentirais mieux.

— Je parie que tu te demandes ce que tu foutais ici, maintenant.

— Non, je le sais très bien. J'étais ici parce que je voulais être avec toi.

— Oui, mais je voulais dire, tu vois... tu gagnes combien, maintenant ? Quarante-cinq mille livres ? Cinquante ? Et tu vivais dans un trou à rat de Crouch End.

— Tu sais bien que ça m'était égal. Et de toute façon, c'est pas mieux chez Ray.

— Excuse-moi, mais on peut régler ce problème une bonne fois ? Son nom, c'est Ian ou c'est Ray ? Tu l'appelles comment ?

— Ray. J'aime pas du tout Ian.

— Bon. Juste pour savoir. Bref, à quoi ça ressemble, chez Ian ? »

Puéril, mais ça me fait du bien. Laura prend son air contrit, stoïque. Ce n'est pas la première fois que je la vois comme ça, je peux vous dire.

« C'est petit. Plus petit qu'ici. Mais mieux rangé, moins encombré.

— C'est parce qu'il a pas plus de dix disques. Je veux dire, de CD.

— Et ça fait de lui quelqu'un d'affreux, hein ?

— Selon mes principes, oui. Barry, Dick et moi, on a décidé qu'une personne sérieuse a au moins...

— Cinq cents disques, je sais. Tu me l'as dit je ne sais combien de fois. Je ne suis pas d'accord. Je pense qu'on peut être une personne sérieuse sans avoir de disques du tout.

— Comme Kate Adie. »

Elle me regarde, plisse le front et ouvre la bouche, c'est sa manière de dire que je suis snob. « Comment tu sais que Kate Adie n'a aucun disque ?

— Oh, eh bien, *aucun*, non. Elle en a sûrement un ou deux. Pavarotti et compagnie. Peut-être Tracy Chapman, une compile de Bob Dylan, et deux ou trois Beatles. »

Elle se met à rire. Je ne plaisantais pas, à vrai dire, mais si elle me trouve drôle je suis tout prêt à jouer le jeu.

« Et je parie qu'elle faisait partie de ces gens, dans les fêtes, qui criaient "Woooh !" à la fin de *Brown sugar*.

— Il n'y a pas de crime plus grave, pour toi, hein ?

— La seule chose qui s'en approcherait, c'est de chanter le chorus de *Hi Ho silver lining* avec une voix de tête.

— Je le faisais, moi.

— Je te crois pas. »

Je ne plaisante plus, là, et je la regarde d'un air affligé. Elle explose.

« Tu m'as crue ! Tu m'as crue ! Tu dois me croire capable de tout. » Elle rit encore, se surprend en train de s'amuser, se ravise.

Je lui renvoie la balle. « C'est le moment où tu es censée dire que tu n'as pas ri comme ça depuis des siècles, et où tu vois combien tu t'es trompée. »

Elle me lance un regard qui dit « Et alors ? » « Oui, tu me fais beaucoup plus rire que Ray, si c'est à ça que tu veux en venir. »

Je lui fais un sourire de fausse fierté, mais ce que je sens, ce n'est pas de la fausse fierté. C'est la chose même.

« Mais ça ne change rien à rien, Rob. Vraiment. On pourrait rire jusqu'à ce qu'on m'emmène à l'hôpital, ça ne veut pas dire que je vais vider la camionnette et ramener mes affaires ici. Je le savais déjà, que tu pouvais me faire rire. C'est tout le reste qui me manque.

— Pourquoi est-ce que tu n'admets pas simplement que Ian est un connard, et qu'on n'en parle plus. Ça te ferait du bien.

— Tu as parlé avec Liz ?

— Pourquoi ? Elle pense que c'est un connard aussi ? Intéressant.

— Gâche pas tout, Rob. On s'est pas disputé. Restons-en là. »

J'amène la pile de disques et de CD que j'ai sortis pour elle. Il y a *The Nightfly* de Donald Fagen, parce qu'elle ne l'avait jamais écouté, des compiles de blues qu'il fallait qu'elle ait à mon avis, des trucs de danse jazz que je lui ai offerts quand elle s'est mise à suivre des cours de danse jazz, même si c'était différent et bien moins merdique que de la danse jazz, quelques trucs de country, dans l'espoir vain de lui faire changer d'opinion sur la country, et...

Elle n'en veut pas.

« Mais c'est à toi.

— Pas vraiment, en fait. Je sais que tu les as achetés pour moi, et c'était vraiment gentil de ta part, mais c'était quand tu essayais de me transformer en toi. Je peux pas les prendre. Je sais qu'ils resteraient là à me regarder, je me sentirais gênée, et... ils ne vont pas avec le reste de mes affaires, tu comprends ? Le disque de Sting que tu m'as acheté... ça, c'était un cadeau pour *moi*. J'aime bien Sting, toi tu le détestes. Mais le reste... » Elle prend la compile de blues. « Little Walter, c'est qui ? Et Junior Wells ? Je les connais pas. Je...

— D'accord, d'accord, j'ai pigé.

— Je suis désolée d'en faire tout un plat. Mais, je sais pas, je crois qu'il y a une leçon à en tirer, et je voudrais bien que tu comprennes.

— Je comprends. Tu aimes Sting mais tu n'aimes pas Junior Wells, parce que tu en as jamais entendu parler.

— Tu fais l'imbécile exprès.

— Exactement. »

Elle se lève pour partir.

« Penses-y, d'accord ? »

Plus tard, je me demande : « À quoi bon ? » À quoi ça servira, d'y penser ? Si je rencontre jamais une autre femme, qui que ce soit, je lui achèterai des trucs qu'elle devrait aimer mais qu'elle ne connaît pas encore ; c'est à ça que servent les petits amis. Et j'espère que je ne lui emprunterai pas d'argent, que je ne la tromperai pas, qu'elle n'aura pas à se faire avorter, ou à s'enfuir avec le voisin, et que donc ce ne sera pas la peine de penser à quoi que ce soit. Laura n'est pas partie avec Ray parce que je lui ai offert des CD qu'elle n'a pas adorés, et pour prétendre le contraire, il faut être un... un... *psy à la con*. Si elle pense une chose pareille, alors l'arbuste lui cache la forêt amazonienne. Et si je ne peux plus acheter des albums introuvables pour ma nouvelle petite amie, alors autant laisser tomber, parce que je ne suis pas sûr de savoir faire autre chose.

Vingt-quatre

J'aime bien mon anniversaire, d'habitude, mais aujourd'hui je ne suis pas fou de joie. Les anniversaires devraient être remis à plus tard, certaines années : il devrait y avoir une loi, sinon de la nature, du moins des hommes, qui ne permet de prendre un an que si les choses vont dans le bon sens. À quoi ça m'avance d'avoir trente-six ans, maintenant ? À rien. Ce n'est pas le moment. « La vie de Rob Fleming est momentanément interrompue, il refuse de vieillir. Vous êtes priés de bien vouloir garder les cartes, les gâteaux et les cadeaux pour une autre occasion. »

En fait, c'est bien ce que les gens semblent faire. Le hasard a voulu que mon anniversaire tombe un dimanche, donc les cartes et les cadeaux n'arrivent pas ; mais je n'ai rien reçu samedi non plus. Je n'attendais rien de Dick et Barry, mais je leur ai dit quand même au pub, après le travail, et ils ont eu un air coupable ; ils m'ont payé une bière et m'ont promis toutes sortes de choses (enfin, surtout des compiles sur cassettes) ; de toute façon, je ne me souviens jamais de leur anniversaire — qui se souvient de ça, hors la gent féminine ? — , donc je n'ai pas de raison de les excommunier. Mais Laura ? La famille ? Les amis ? (Vous ne les connaissez pas, mais j'en ai, si si, et même je les vois de temps en temps, et il y en a un ou deux qui savent quand est mon anniversaire.) Les parrains ? Personne d'autre ? J'ai bien reçu une carte de vœux de ma mère et une carte postale de mon père, mais les parents ne comptent pas ; si on ne reçoit même pas une carte de ses vieux, la situation est vraiment grave.

Le matin du jour fatidique, je passe beaucoup trop de

temps à rêver éveillé d'une énorme surprise-partie organisée par Laura, peut-être avec l'aide de mes parents, qui lui auraient communiqué certaines adresses et numéros de téléphone qui lui manquaient ; je vais même jusqu'à être furieux qu'ils ne m'aient pas prévenu. Et si je m'étais emmené au cinéma pour fêter mon anniversaire tranquille sans les prévenir ? Ils seraient bien embêtés, non ? Ils seraient tous là, cachés sous une table tandis que je regarderais *Le Parrain III* au Scala. Bien fait. Je décide de ne pas leur dire où je vais ; je vais les laisser dans le noir, entassés, attraper des crampes et s'énerver. (« Je croyais que c'était toi qui devais le prévenir ? » « Je t'ai dit que j'avais pas le temps », etc.) À la fin de ma seconde tasse de café, je me rends quand même compte que des pensées de ce genre ne sont pas bonnes, qu'elles risquent même de me mettre de mauvaise humeur, et je décide d'organiser plutôt un truc positif.

Par exemple ?

Aller à la boutique de vidéo, déjà, et louer des tonnes de films que je me gardais justement pour les coups durs comme celui-ci : *Y a-t-il un flic pour sauver le président ?, Terminator 2, Robocop 2.* Puis appeler deux ou trois personnes pour voir si elles ne veulent pas boire un verre ce soir. Pas Dick et Barry. Marie, peut-être, ou des gens que je n'ai pas vus depuis longtemps. Enfin, regarder une ou deux vidéos, boire de la bière et manger des chips, peut-être même des Kettle Chips. Ça a l'air super. Ça a l'air du seul genre d'anniversaire *possible* pour un homme de trente-six ans flambant neuf. (En fait, *c'est* le seul genre d'anniversaire possible pour un homme de trente-six ans flambant neuf — du moins le genre d'homme de trente-six ans qui n'a pas de femme, pas d'enfants, pas de petite amie, pas d'argent. Kettle Chips ! Allez vous faire voir !)

Vous pensiez qu'il n'y aurait plus rien dans la boutique de vidéo, pas vrai ? Vous pensiez que j'avais si peu de chance que j'en serais réduit à regarder un thriller comique avec Whoopi Goldberg qui n'a même pas été distribué en salle dans ce pays. Eh bien non ! Les films sont là, et je sors de la boutique avec sous le bras toutes les merdes que je voulais. Midi vient de sonner, je peux donc acheter de la bière ; je rentre, je m'ouvre une canette, je tire les rideaux pour arrêter le soleil de mars, et je regarde *Y a-t-il un flic pour sauver le président ?*, qui s'avère assez drôle.

Ma mère appelle juste au moment où je mets *Robocop 2* dans la machine, et une fois de plus je suis déçu que ce ne soit pas quelqu'un d'autre. Si votre mère ne vous appelle pas le jour de votre anniversaire, la situation est vraiment grave.

Elle est gentille, au moins. Elle s'apitoie sur moi parce que je passe la journée tout seul, bien qu'elle doive être vexée que je préfère encore la passer comme ça plutôt qu'avec elle et mon père. (« Tu veux pas venir au cinéma ce soir avec ton père, Yvonne et Brian ? » Je lui réponds : « Non. » C'est tout. Juste « Non ». Sobre, non ?) Elle ne trouve plus grand-chose à dire, après ça. Ça doit être dur pour les parents, j'imagine, de voir que leurs enfants ne tournent pas rond, mais qu'on ne peut plus les atteindre par les vieilles routes parentales, parce que ces routes sont maintenant beaucoup trop longues. Elle se met à me parler d'autres anniversaires, d'anniversaires où j'étais malade parce que j'avais mangé trop de hot-dogs ou bu trop de Coca, mais si j'avais vomi, là au moins c'était de bonheur, et ces histoires ne me remontent pas le moral, alors je l'arrête. Puis elle se lance dans un discours pleurnichard, comment-tu-t'es-mis-dans-ce-mauvais-pas, et cetera, je sais bien que c'est parce qu'elle se sent impuissante et angoissée, mais c'est quand même mon jour, après tout, et je ne suis pas prêt à écouter ça non plus. Elle accepte que je la fasse taire : elle me traite toujours comme un enfant, et les anniversaires sont des jours où j'ai le droit de faire l'enfant.

Laura appelle au milieu de *Robocop 2*, et *d'une cabine téléphonique.* Intéressant, ça, mais ce n'est peut-être pas le meilleur moment pour en parler — pas avec elle, en tout cas. Plus tard peut-être, avec Liz par exemple, mais pas maintenant. Il faudrait être un complet idiot pour ne pas le sentir.

« Pourquoi tu m'appelles d'une cabine ?

— Qu'est-ce que t'en sais ? » On fait plus doux, comme réponse.

« T'as eu besoin d'une pièce ou d'une carte de téléphone pour m'appeler ?

— Oui.

— Y a une odeur d'urine atroce ?

— Oui.

— Ça s'appelle une cabine. Pourquoi tu m'appelles d'une cabine ?

— Pour te souhaiter un joyeux anniversaire. Je suis désolée, j'ai oublié de t'envoyer une carte.

— Non, je voulais dire...

— J'étais dehors, et je...

— Pourquoi t'as pas attendu d'être rentrée ?

— À quoi ça sert que je te réponde ? Tu crois tout savoir.

— Je voulais juste une confirmation.

— Tu passes une bonne journée ?

— Pas mal. *Y a-t-il un flic pour sauver le président ?*, très drôle. *Robocop 2,* pas aussi bien que le premier. Pour l'instant, en tout cas.

— Tu regardes des vidéos ?

— Absolument.

— Tout seul ?

— Affirmatif. Tu veux passer ? J'ai encore *Terminator 2* à regarder.

— Je peux pas, il faut que je rentre.

— Bien sûr.

— Enfin bref.

— Comment va ton père ?

— Pas trop mal, en ce moment. Merci.

— Bon.

— Passe une bonne journée, d'accord ? Fais-en quelque chose de bien. Perds pas tout ton temps devant la télé.

— T'as raison.

— Allez, Rob. C'est pas de ma faute si t'es tout seul. Je suis pas la seule personne que tu connaisses au monde. Et je pense à toi ; c'est pas comme si je t'abandonnais.

— Salue Ian pour moi, d'accord ?

— Très drôle.

— Je suis sérieux.

— Je sais bien. Très drôle. »

Je l'ai bien eue. Il ne veut pas qu'elle m'appelle, elle ne va pas le lui dire. Excellent.

Je me sens un peu paumé après *Terminator 2.* Il n'est pas encore quatre heures, et bien que je me sois frayé un chemin à travers trois super vidéos débiles et presque un pack de six bières, je n'arrive toujours pas à me dire que c'est un anniversaire réussi. Il y a les journaux à lire, des compiles à enregistrer, mais, voyez, je préfère décrocher le téléphone et commencer d'organiser ma propre surprise-partie au pub. Je vais rassembler quelques personnes, essayer d'oublier que je les ai appelées, aller faire un tour au *Crown* ou au *Queen's Head* vers huit heures pour prendre un verre peinard, et me faire taper sur l'épaule par des faiseurs de vœux que je ne m'attendais vraiment pas à voir là.

Mais c'est plus dur que je ne pensais. Vive Londres : mieux vaut demander aux gens s'ils ont envie de prendre un an de vacances et de faire le tour du monde avec vous que de leur demander s'ils veulent boire un coup plus tard : plus tard veut dire plus tard ce mois-ci, ou plus tard dans l'année, ou dans les années quatre-vingt-dix, jamais plus tard dans la journée. « Ce soir ? » ils répondent tous, tous ces gens à qui je n'ai pas parlé depuis des mois, ex-collègues ou vieux copains de fac. « Plus tard *ce soir* ? » Ils sont bouche bée, ils sont stupéfaits ou un peu amusés, mais la plupart n'en croient pas leurs oreilles. Quelqu'un vous appelle et vous propose de prendre un verre ce soir, à l'improviste, sans Filofax en main, sans liste d'autres jours possibles, sans longues négociations avec une compagne ? Extravagant.

Mais il y en a un ou deux qui montrent des signes de faiblesse, que j'exploite sans vergogne. Pas une faiblesse du genre « oh-je-ne-devrais-pas-vraiment-mais-j'ai-assez-envie-de-boire-une-bière ». Ils n'ont aucune envie de sortir ce soir, mais ils perçoivent le désespoir dans ma voix et ne trouvent pas en eux la force de répondre avec la fermeté nécessaire.

Dan Polin (de son vrai prénom Henry, mais il fallait faire quelque chose) est le premier à craquer. Il est marié, a un enfant, il vit à Hounslow et c'est dimanche soir, mais je ne vais pas le laisser m'échapper maintenant qu'il a mordu à l'hameçon.

« Allô, Dan ? C'est Rob.

— Salut mon vieux ! » (Vrai plaisir, pour l'instant. Un bon point.)

« Comment tu vas ? »

Alors je lui dis comment je vais, puis je lui expose la triste situation — désolé d'appeler à la dernière minute, un peu nul au niveau organisation (je résiste à la tentation de lui dire que c'est un peu nul au niveau vie en général), ça me ferait plaisir de le voir quand même, et patati et patata, et j'entends l'hésitation dans sa voix. Alors — Henry est un fan de musique, c'est pour ça que je l'ai rencontré au lycée, et que nous sommes restés liés — je sors un atout de ma manche.

« Tu as entendu parler de Marie LaSalle ? C'est une très bonne chanteuse de country. »

Il ne la connaît pas, mais je sens que ça l'intéresse.

« Enfin bref, c'est une... euh... une amie, et elle viendra, alors... elle est super, ça vaut la peine de la rencontrer, et... je sais pas, si tu as envie... »

C'est largement suffisant. Pour vous dire les choses franchement, Henry est un peu con, et c'est pourquoi j'ai pensé que Marie pourrait le faire venir. Quelle idée, direz-vous, de passer son anniversaire à boire avec un con ? C'est une longue histoire, que vous connaissez maintenant en grande partie.

Steven Butler vit au nord de Londres, n'a pas de femme et n'a pas non plus beaucoup d'amis. Alors pourquoi ne vient-il pas ce soir ? Il a déjà loué des vidéos, voilà sa raison.

« Merde, Steve.

— Eh ben t'aurais dû m'appeler plus tôt. Je reviens juste du magasin.

— Pourquoi tu les regardes pas maintenant ?

— Non non. J'aime pas trop regarder des vidéos avant mon thé. Ça donne l'impression qu'on les regarde pour les regarder, tu vois ? Et chaque vidéo que tu regardes dans la journée, c'est une de moins pour le soir.

— Je ne te suis pas du tout.

— Ben, c'est autant de gâché, quoi.

— D'accord, alors regarde-les une autre fois.

— Ouais, bien sûr. Je suis tellement riche, je peux donner cinquante balles au mec de la vidéo tous les soirs.

— Je te demande pas de le faire tous les soirs. Je te... Écoute, je te les donnerai, les cinquante balles, O.K. ?

— J'sais pas. T'es sûr ? »

Je suis sûr, et voilà le travail. Dan Polin et Steve Butler. Ils ne se connaissent pas, ils ne vont pas se plaire, ils n'ont rien en commun sauf une petite tranche de leur collection de disques. (Dan ne s'intéresse pas trop à la musique noire, Steve pas trop à la musique blanche, ils ont tous les deux quelques disques de jazz.) Et puis Dan espère rencontrer Marie, mais Marie n'espère pas rencontrer Dan, elle ne connaît même pas son existence. Ça va être une soirée d'enfer.

Marie a le téléphone maintenant, Barry a son numéro, elle est contente que je l'appelle, encore plus contente de sortir boire un verre, et si elle savait que c'est mon anniversaire elle exploserait de joie, mais pour une raison que j'ignore je préfère ne pas le lui dire. Elle ne m'oblige pas à la convaincre de sortir, ce qui n'est pas plus mal, parce que je ne crois pas que je me serais mis à table. Mais elle a un truc à faire d'abord, et il y a donc une heure de calvaire seul avec Steve et Dan. Je parle avec Dan de rock tandis que Steve ne lâche pas des yeux un type qui gagne à la machine à sous, puis je parle de soul avec Steve tandis que Dan fait un tour avec un rond de bière que seuls les gens vraiment pénibles connaissent. Puis on parle tous de jazz, puis il y a un passage gênant de qu'est-ce-que-tu-fais-en-ce-moment, puis on tombe en panne sèche et on se met tous à regarder le type qui gagne à la machine à sous.

Marie, T-Bone et une femme très blonde, très jolie et très jeune, américaine aussi, finissent par arriver vers dix heures moins le quart, donc il ne reste que trois quarts d'heure pour boire. Je leur demande ce qu'ils veulent, mais Marie ne sait pas et m'accompagne jusqu'au bar pour voir ce qu'ils ont.

« Je vois ce que tu veux dire au sujet de la vie sexuelle de T-Bone », dis-je tandis que nous attendons.

Elle lève les yeux au ciel. « Elle est pas sublime ? Et tu sais quoi ? C'est la fille la moins belle qu'il ait jamais levée.

— Je suis content que tu sois venue.

— Tout le plaisir est pour nous. Qui sont ces mecs ?

— Dan et Steve ? Je les connais depuis des années. Ils sont pas très drôles, je le crains, mais il faut que je les voie de temps en temps.

— Des canards noirs ?

— Comment ?

— Je les appelle des canards noirs. Un mélange de canard boiteux et de bête noire. Des gens qu'on a pas envie de voir, mais qu'on doit voir quand même. »

Des canards noirs. En plein dans le mille. Et les miens, il a fallu que je les supplie, que je les *paie*, pour qu'ils viennent boire un verre le jour de mon anniversaire.

Pourtant je n'arrive jamais à réaliser ces choses-là tout

seul. « Joyeux anniversaire, Rob », dit Steve quand je pose son verre devant lui. Marie essaie de me jeter un regard — de surprise, j'imagine, mais aussi de compassion profonde et de compréhension infinie, mais je ne le lui rends pas.

Ce fut une soirée assez nulle. Quand j'étais petit, ma grand-mère passait l'après-midi des jours de fête avec la grand-mère d'un copain ; mes parents buvaient un verre avec les parents d'Henry, moi je jouais avec lui, et les deux vieux croûtons s'installaient devant la télé et bavardaient. Le comble, c'était qu'elles étaient sourdes toutes les deux. Leur semblant de conversation les satisfaisait, il y avait les mêmes silences, les mêmes hochements de tête, les mêmes sourires entendus que dans une conversation normale, mais sans aucun de ses enchaînements. Ça fait des années que je n'ai pas pensé à ça ; ce soir, je m'en souviens.

Steve me tape sur les nerfs toute la soirée : il a cette manie d'attendre que la discussion batte son plein, puis de me murmurer quelque chose à l'oreille au moment où j'essaie de parler ou d'écouter quelqu'un d'autre. Soit je l'ignore et j'ai l'air grossier, soit je lui réponds, mets tout le monde dans la confidence et change la direction de toute la conversation. Et quand il a réussi à faire parler tout le monde de soul music, ou de *Star Trek* (il récite des banalités), ou des bières brassées au nord de l'Angleterre (il récite des banalités), sujets sur lesquels personne d'autre ne sait rien, on recommence tout le cycle. Dan bâille tout le temps, Marie est patiente, T-Bone est de mauvais poil, et sa copine Suzie est carrément affligée. Qu'est-ce qu'elle fout dans un club minable avec ces gens-là ? Elle se le demande. Moi aussi. Peut-être que Suzie et moi on devrait s'éclipser pour aller dans un endroit plus intime et laisser ces minables se débrouiller entre eux. Je pourrais vous raconter toute la soirée, mais ça ne vous amuserait pas beaucoup, donc je vais me contenter d'un échantillon sans intérêt mais assez représentatif :

MARIE : ... incroyable, je veux dire, des vraies bêtes. Je chantais *Love hurts* [« L'amour fait mal »] et y a un type qui a crié : « Pas quand c'est moi qui le fais, chérie », et puis il a dégueulé sur son T-shirt, mais il a pas bougé d'un poil. Il est resté debout face à la scène, à hurler et à rigoler avec ses potes. [*Rires.*] Tu étais là, T-Bone, non ?

T-BONE : Peut-être.

MARIE : Mais T-Bone serait bien content d'avoir des fans aussi doux, pas vrai ? Dans les endroits où il joue, il faut... [*Inaudible en raison d'une interruption de...*]

STEVE : [*Me parlant à l'oreille.*] Ils ont sorti *Le Baron* en vidéo, tu sais. Six épisodes. Tu te souviens du thème ?

MOI : Non. [*Rire de Marie, T-Bone et Dan.*] Désolé, Marie, j'ai pas entendu. Il faut faire quoi ?

MARIE : Je disais que cet endroit où T-Bone et moi...

STEVE : C'était super. Da-da-DA ! Da-da-da-DER !

DAN : Je connais ce truc-là. *L'Homme de fer* ?

STEVE : Non. *Le Baron.* C'est sorti en vidéo.

MARIE : *Le Baron ?* Qui jouait là-dedans ?

DAN : Steve Forrest.

MARIE : Je crois qu'on recevait ça, nous aussi. C'était le feuilleton où le type... [*Inaudible en raison d'une interruption de...*]

STEVE : [*Me parlant à l'oreille.*] Tu lis jamais *Voices from the Shadows ?* Le magazine de soul ? Génial. C'est celui de Steve Davis, tu sais ? Le joueur de billard.

[*Suzie fait la grimace à T-Bone. T-Bone regarde sa montre.*]

Et cetera.

Plus jamais cette série de gens ne se trouvera au complet autour d'une table ; c'est tout bonnement impossible, et ça se voit. Je pensais que le nombre donnerait un sentiment de protection et de réconfort, mais non. Je ne connais vraiment aucun de ces gens, pas même celle avec qui j'ai couché, et pour la première fois depuis que j'ai rompu avec Laura j'ai vraiment envie de me rouler par terre en pleurant. Je me sens exilé de ma propre vie.

Ce sont les filles qui sont censées se laisser isoler par leurs amours : elles finissent par ne plus voir que les amis du garçon, par faire les trucs que fait le garçon (pauvre Anna, qui essayait de se rappeler qui était Richard Thompson, et qui devait expier son goût pour les Simple Minds), et quand elles se font plaquer, ou quand elles plaquent, elles se rendent compte qu'elles ont dérivé trop loin de leurs amis, qu'elles ne les ont pas vraiment vus depuis trois ou quatre ans. Avant Laura, la vie était comme ça pour moi, et pour mes copines aussi, dans la plupart des cas.

Mais Laura... je ne sais pas ce qui s'est passé. J'aimais bien sa petite bande, Liz et les autres, qui venaient au *Grou-*

cho. Et pour une raison ou une autre — sans doute l'ambition professionnelle, avec les sacrifices provisoires que ça suppose — sa bande était plus célibataire, en moyenne, et plus souple que la mienne. Alors, pour la première fois de ma vie, j'ai joué la femme et j'ai fait cause commune avec elle. Ce n'était pas qu'elle n'aimait pas mes amis (pas les amis comme Dick et Barry, Steve et Dan, mais les amis *corrects,* ceux que j'ai accepté de perdre). C'est juste qu'elle préférait les siens et voulait que je les aime aussi, ce qui était le cas. Je les aimais plus que je n'aimais les miens ; et, avant que je m'en rende compte (je ne m'en suis pas rendu compte, en fait, avant qu'il soit trop tard), c'était ma relation avec elle qui me définissait, me situait. Et quand on ne peut plus se situer, on se sent exilé. Ça tombe sous le sens.

Quoi, maintenant ? On dirait bien que je suis arrivé au bout de la route. Pas au sens américain, « rock and roll suicide » ; au sens anglais, petite voiture à friction. Mon ressort s'est détendu, et je me suis gentiment arrêté en plein nulle part.

« Ce sont tes amis, ces types-là ? » me demande Marie le lendemain en m'emmenant manger un sandwich post-anniversaire, avocat et bacon.

« Ç'aurait pu être pire. Ils étaient que deux. »

Elle me regarde pour voir si je plaisante. Quand elle comprend que oui, elle rit.

« Mais c'était ton *anniversaire.*

— Oh. Tu sais...

— Ton *anniversaire.* Et tu pouvais pas faire mieux ?

— Imagine que c'est ton anniversaire aujourd'hui, et que tu as envie de sortir boire un verre ce soir. Qui tu vas inviter ? Dick et Barry ? T-Bone ? Moi ? On est quand même pas tes meilleurs amis au monde, si ?

— Arrête, Rob. Je suis même pas dans mon propre *pays.* Je suis à des milliers de kilomètres de chez moi.

— C'est exactement ce que je voulais dire. »

Je regarde les couples qui entrent dans le magasin, les couples que je vois dans les pubs, dans les bus, par les fenêtres. Certains d'entre eux, ceux qui parlent, se touchent, rient, se posent plein de questions, sont manifestement récents, et donc ne comptent pas : comme la plupart des gens, je n'ai pas de mal à être une moitié de couple tout neuf. Ce sont les couples plus établis, plus tranquilles, qui m'intéressent, ceux qui ont entamé leur vie dos à dos, ou côte à côte, plutôt que face à face.

On ne peut pas déchiffrer grand-chose sur leurs visages, en fait. Il n'y a pas grand-chose qui les distingue des célibataires ; essayez de faire entrer les gens que vous croisez dans l'une des quatre catégories de la vie — en couple heureux, en couple malheureux, seul, désespéré — et vous verrez que vous n'y arrivez pas. Ou plutôt, vous le pourrez, mais sans aucune certitude. Je trouve ça incroyable. La chose la plus importante de la vie, il est impossible de dire si les gens l'ont ou pas. Ou alors je dois me tromper. Sans doute les gens heureux doivent-ils avoir *l'air* heureux, en permanence, qu'importe qu'ils manquent d'argent, que leurs chaussures leur fassent mal ou que leur gosse dorme trop peu ; et les gens qui ne vont pas trop mal mais n'ont pas encore trouvé l'âme sœur devraient avoir l'air, je ne sais pas, bien mais inquiets, comme Billy Cristal dans *Quand Harry rencontre Sally* ; et les gens désespérés devraient porter un signe, un ruban jaune peut-être, qui permette à leurs semblables de les repérer. Quand je ne serai plus désespéré, quand j'aurai réglé tout ça, je vous promets solennellement que je ne me plaindrai plus jamais des mauvaises affaires, ni de la décadence de la musique pop, ni de la pauvreté des sandwiches dans la buvette du coin (1,60 livre pour un œuf et bacon, et personne de ma connaissance n'a jamais eu plus de quatre miettes de bacon par sandwich), ni de rien du tout. Vingt-quatre heures sur vingt-quatre, je resplendirai de bonheur, de simple soulagement.

Il ne se passe pas grand-chose, je veux dire encore moins que d'habitude, pendant une quinzaine de jours. Je trouve un exemplaire de *All kinds of everything* chez un brocanteur près de chez moi, je l'achète pour une livre et je l'offre à Johnny à sa visite suivante, à la condition qu'il foute le camp et nous fiche la paix définitivement. Il revient le lendemain pour se plaindre qu'il est rayé et se faire rembourser. Barrytown fait ses débuts triomphalement au *Harry Lauder*, provoque presque un effondrement de l'immeuble, et la rumeur est énorme, et il y a des tonnes de gens qui ont l'air super branchés, et le concert les rend complètement dingues, et franchement Rob aurait dû venir (Marie se contente de rire quand je lui demande de me raconter ; elle dit que tout le monde doit bien commencer quelque part). Dick essaie de me sortir avec lui, Anna et une copine à elle qui a vingt et un ans, mais je n'y vais pas ; on va voir Marie qui joue dans un folk-club de Farrington, et je pense beaucoup plus à Laura que je ne pense à Marie pendant les chansons tristes, même si Marie fait une dédicace « aux gars de Championship Vinyl » ; je vais boire un verre avec Liz et elle passe la soirée à casser du sucre sur le dos de Ray, c'est super. Puis le père de Laura meurt, et tout change.

Vingt-cinq

Je l'apprends le même matin qu'elle. J'appelle chez elle du magasin, juste pour laisser un message sur son répondeur ; c'est plus facile, et je veux seulement lui dire qu'une ex-collègue à elle a laissé un message sur notre répondeur. Mon répondeur. Sa machine, en fait, en termes de propriété légale. Bref. Je ne m'attendais pas à ce que Laura décroche, mais si, et on dirait qu'elle me parle du fond de la mer. Sa voix est étouffée, grave, blanche, imbibée de larmes de la première à la dernière syllabe.

« Bauvre betite, tu b'as l'air bien enrhubée. J'espère que tu es au lit avec un thé bien chaud et un bon livre. C'est Rob, au fait. »

Elle ne répond pas.

« Laura ? C'est Rob. »

Toujours rien.

« Tu es sûre que ça va ? »

Puis, un moment affreux.

« Pas poumon », dit-elle, mais les syllabes sont mangées, je ne fais que deviner.

« Ne t'inquiète pas pour tes poumons, lui dis-je. Reste au chaud et ça passera.

— Papou est mort, dit-elle.

— Mais qui est ce papou ? »

Cette fois, je l'entends. « Mon père est mort, dit-elle en sanglotant. Mon père, mon père. »

Puis elle raccroche.

Je pense à la mort des gens tout le temps, mais ce sont toujours des gens liés à moi. Je me suis demandé ce que j'éprouverais si Laura mourait, ce que Laura éprouverait si je mourais, ce que j'éprouverais si mes parents mouraient, mais je n'ai jamais pensé à la mort du père de Laura. Aucune raison, si ? Et même le fait qu'il a été malade tout le temps de ma relation avec elle ne m'a jamais vraiment troublé — c'était un peu : mon père a une barbe, celui de Laura, une angine de poitrine. Je n'ai jamais pensé que ça pouvait *conduire* à quelque chose. Maintenant qu'il est parti, évidemment, je regrette... quoi au juste ? De ne pas avoir été plus gentil avec lui ? J'ai été parfaitement gentil avec lui, les quelques fois où on s'est vu. De ne pas l'avoir mieux connu ? C'était mon beau-père naturel, on était très différents, il était malade, et... on s'est aussi bien connus que nécessaire. On est censé avoir des regrets quand quelqu'un meurt, se reprocher amèrement ses erreurs et ses négligences, et je fais de mon mieux. Le problème, c'est que je ne trouve pas d'erreurs ni de négligences. C'était le père de mon ex, quoi. Qu'est-ce que je suis censé éprouver ?

« Ça va ? demande Barry en me voyant regarder dans le vide. Tu parlais à qui ?

— À Laura. Son père est mort.

— Ah bon. Dur. » Puis il prend le chemin de la poste avec une pile de colis sous le bras. Voyez ? De Laura à moi, de moi à Barry : de la douleur au trouble, du trouble à une vague et fugace curiosité. Si vous cherchez à soulager la douleur du deuil, adressez-vous à Barry. Pendant un moment, ça me fait drôle de penser que ces deux personnes, celle que la peine rend folle, empêche de parler, et celle à qui ça n'inspire qu'un haussement d'épaules, se connaissent ; drôle de penser que c'est moi qui les relie, drôle de penser, même, qu'ils vivent au même endroit en même temps. Mais Ken était le père de l'ex du patron de Barry. Qu'est-ce qu'il est censé éprouver ?

Laura rappelle une heure plus tard. Je ne m'y attendais pas.

« Je suis désolée », dit-elle. C'est encore difficile de distinguer ce qu'elle dit, avec le nez bouché, les larmes, le ton, le volume.

« Non, non. »

Puis elle pleure un peu. Je ne dis rien tant qu'elle n'est pas un peu calmée.

« Quand est-ce que tu y vas ?

— Dans une minute. Quand je serai en état.

— Je peux faire quelque chose ?

— Non. » Puis, après un sanglot, « Non » de nouveau, comme si elle venait de se rendre compte que personne ne peut rien pour elle, et que c'est peut-être la première fois qu'elle se trouve dans cette situation. Je sais qu'à moi, ça n'est jamais arrivé. Tout ce qui s'est mal passé pour moi aurait pu être rattrapé par un coup de baguette magique d'un banquier, par le revirement d'une petite amie, ou par une certaine vertu — la résolution, la lucidité, le renoncement — que j'aurais pu trouver en moi, en cherchant bien. Je ne veux pas avoir affaire au genre de malheur qui frappe Laura, jamais. Si les gens doivent absolument mourir, qu'au moins ils ne meurent pas en étant proches de moi. Mes parents ne vont pas mourir en étant proches de moi, j'en fais le serment. Quand ils partiront, je ne sentirai presque rien.

Le lendemain, elle appelle de nouveau.

« Maman veut que tu viennes à l'enterrement.

— Moi ?

— Mon père t'aimait bien. Il faut croire. Et maman ne lui a jamais dit qu'on était séparés, parce qu'il était pas bien, et... Oh, j'en sais rien. Je comprends pas vraiment, et j'ai pas le courage de discuter. Je crois qu'elle pense qu'il pourra voir ce qui se passe. C'est comme si... » Elle fait un drôle de bruit, je me rends compte que c'est un rire nerveux. « Son idée c'est : il a eu assez de problèmes, comme de mourir et tout, et elle ne veut pas lui causer plus de soucis que nécessaire. »

Je savais que Ken m'aimait bien, mais je n'ai jamais réussi à comprendre pourquoi, sinon qu'un jour il cherchait un exemplaire de la première édition de la bande originale de *My Fair Lady*, que j'en ai trouvé un exemplaire dans une foire et le lui ai envoyé. Vous voyez où peuvent vous mener des actes de générosité irréfléchis ? À un putain d'enterrement.

« Mais toi, tu veux que je vienne ?

— Ça m'est égal, du moment que tu me demandes pas de te tenir la main.

— Ray y va ?

— Non, Ray n'y va pas.

— Pourquoi ?

— Parce qu'on ne l'a pas invité, d'accord ?

— Moi je veux bien, tu sais, si c'est ce que tu veux.
— Oh, c'est si gentil de ta part, Rob. C'est ton jour, après tout. »

Bon Dieu.

« Alors, tu vas venir, ou pas ?
— Oui, bien sûr.
— Liz t'emmènera en voiture. Elle sait où il faut aller et tout.
— Parfait. Comment tu vas ?
— J'ai pas le temps de bavarder, Rob, j'ai trop de choses à faire.
— Bien sûr. À vendredi. » Je raccroche avant qu'elle ait pu répondre, pour qu'elle sache que je suis vexé, puis j'ai envie de rappeler pour m'excuser, mais je sais que je ne devrais pas. On dirait que c'est impossible de faire ce qu'il faut avec quelqu'un quand on a cessé de coucher avec. On a beau s'acharner, on ne trouve plus de voie d'accès, ni de sortie.

Il n'y a pas vraiment de chansons pop sur la mort — pas de bonnes, en tout cas. C'est peut-être pour ça que j'aime la pop music, et que je trouve la musique classique un peu craignos. Il y avait bien cet instrumental d'Elton John, *Song for Guy,* mais bon, c'était juste un truc au piano, gling-gling, qui peut vous servir à l'aéroport autant qu'à votre enterrement.

« Bon, les gars, les cinq meilleures chansons pop sur la mort.
— Super, dit Barry. Une liste en hommage au père de Laura. D'accord, d'accord. *Leader of the pack* ["Chef de la bande"]. Le mec meurt en moto, non ? Et puis, y a *Dead man's curve* ["La courbe de l'homme mort"] de Jan and Dean, *Terry* de Twinkle. Hum... celle de Bobby Goldsboro, tu sais, *And honey, I miss you...* ["Et chérie, tu me manques"]. » Il la chante faux, plus encore qu'il n'aurait fait normalement, et Dick rigole. « Et *Tell Laura I love her* ["Dites à Laura que je l'aime"], alors ? Ça, ça déménagerait, non ? » Je suis content que Laura ne soit pas là pour voir quel divertissement nous a fourni la mort de son père.

« Je cherchais des chansons sérieuses. Un truc qui témoigne d'un peu de respect, tu vois.
— Quoi, tu fais le DJ pour l'enterrement, c'est ça ? Aïe. Dur boulot. Mais même, celle de Bobby Goldsboro ferait

un tabac. Tu vois, quand les gens ont besoin de se changer les idées. Même la mère de Laura pourrait la chanter. » Il chante la même phrase, toujours faux, mais cette fois avec une voix de fausset qui indique que c'est une femme qui chante.

« Laisse béton, Barry.

— J'ai déjà trouvé ce qui passera à mon enterrement, en tout cas. *One step beyond* ["Le pas au-delà"] de Madness. *You can't always get what you want* ["On n'a pas toujours ce qu'on veut"].

— Juste parce que c'est dans *Les Copains d'abord.*

— Mais j'ai pas vu *Les Copains d'abord,* si ?

— Sale menteur. On l'a vu dans une double séance Lawrence Kasdan, avec *La Fièvre au corps.*

— Ah, ouais. Mais j'avais oublié ce truc-là, j'te jure. J'y pensais même pas.

— À peine. »

Et cetera.

Je ressaye plus tard.

« *Abraham, Martin and John,* dit Dick. Elle est plutôt douce.

— C'est quoi le prénom du père de Laura ?

— Ken.

— *Abraham, Martin, John et Ken.* Nan. Je le sens pas.

— Dégage.

— Black Sabbath ? Nirvana ? Ils sont tous branchés mort. »

Et voilà comment Ken est pleuré chez Championship Vinyl.

J'ai pensé à ce que je voudrais qu'on passe à mon enterrement, mais je n'ai pu le confier à personne de peur qu'on ne me rie au nez. *One love* [« Un seul amour »] de Bob Marley ; *Many rivers to cross* [« Tant de rivières à traverser »] de Jimmy Cliff ; *Angel* [« Ange »] d'Aretha Franklin. Et j'ai toujours rêvé qu'une très belle femme en pleurs insiste pour qu'on passe *You're the best thing that ever happened to me* [« Tu es ce qui m'est arrivé de mieux »] de Gladys Knight, sauf que je ne vois pas qui serait cette très belle femme en pleurs. Mais, après tout, c'est mon enterrement, et j'ai le droit d'être généreux et sentimental si je veux. Ça ne change rien à ce qu'a démontré Barry, même s'il ne le savait pas lui-même : à savoir que nous avons ici quelques milliards d'heures de musique enregistrée, et pas plus d'une minute qui décrive ce qu'éprouve Laura en ce moment.

J'ai un seul costume, gris foncé, que j'ai porté pour la dernière fois à un mariage il y a trois ans. Il est un peu étroit, maintenant, en tous les points décisifs, mais il fera l'affaire. Je repasse ma chemise blanche, je me trouve une cravate qui ne soit pas en cuir et n'ait pas des saxophones imprimés, et j'attends que Liz passe me prendre. Je n'emporte rien à offrir — les cartes de condoléances étaient toutes atroces. Le genre de truc que les membres de la famille Addams s'enverraient l'un à l'autre pour leur anniversaire. Au moins, si j'avais déjà été à un enterrement ! L'un de mes grands-pères est mort avant ma naissance, l'autre quand j'étais tout petit ; mes deux grand-mères vivent encore, si on peut appeler ça vivre, mais je ne les vois jamais. L'une est dans une maison de retraite, l'autre vit avec Tatie Eileen, la sœur de mon père. Et quand elles mourront pour de bon, ce ne sera pas la fin du monde. Genre : ouah, cinq colonnes à la une, « Très vieille personne meurt ». Certes, j'ai des amis qui ont des amis qui sont morts — un type gay avec qui Laura était en fac a eu le sida, un pote de mon pote Paul a été tué dans un accident de voiture, et plein ont perdu leurs parents — mais c'est un truc que j'ai toujours réussi à éviter. Maintenant, je comprends que je vais passer le reste de ma vie à faire ça. Deux grand-mères, maman et papa, les oncles et les tantes, et, à moins d'être le premier dans mon cercle intime à m'en aller, plein de gens de mon âge, plus tard — peut-être même plus tôt que plus tard, vu que certains d'entre eux, fatalement, vont devoir se taper ça avant l'heure. Dès que je me mets à y penser, ça paraît terriblement angoissant, comme si j'allais assister à trois ou quatre enterrements par semaine pendant les prochaines quarante années, et si je n'allais avoir ni le temps ni l'envie de faire quoi que ce soit d'autre. Comment les gens font ? Il faut vraiment y aller ? Et si vous refusez sous prétexte que c'est vraiment trop sinistre ? (« Je suis désolé pour toi et tout, Laura, mais c'est pas mon truc, tu vois. ») Je ne crois pas que je vais supporter d'être plus vieux que je ne suis, et je commence à concevoir une admiration mêlée d'envie pour mes parents, simplement parce qu'ils sont allés à des tonnes d'enterrements et ne s'en sont jamais plaints, en tout cas pas à moi. Peut-être qu'ils n'ont pas assez d'imagination pour voir que les enterrements sont encore plus déprimants qu'ils ne semblent.

Pour être honnête, j'y vais seulement parce que je pense que ça peut me profiter à longue échéance. Est-ce qu'on peut laisser tomber son ex à l'enterrement de son père ? Je n'aurais pas cru. Mais on ne sait jamais.

« Donc le vicaire dit des trucs gentils, et puis, quoi, on sort tous en rangs et ils l'enterrent ? »

Liz me fait un topo.

« C'est dans un crématorium.

— Tu te fous de moi.

— Bien sûr que non, je me fous pas de toi, pauvre idiot.

— Un crématorium ? Bon Dieu.

— Quelle différence ça fait ?

— Ben, aucune, mais... Bon Dieu. » Je ne m'attendais pas à ça.

« Qu'est-ce qu'il y a ?

— Je sais pas, mais... Nom de Dieu. »

Elle soupire. « Tu veux que je te dépose à une station de métro ?

— Non, bien sûr que non.

— Alors tais-toi.

— Je veux pas tomber dans les vapes, c'est tout. Si je tombe dans les vapes à cause d'un manque de préparation, ce sera de ta faute.

— Quel animal pathétique tu fais. Tu sais que personne ne prend un plaisir intense à ces choses, non ? Tu sais qu'on va tous trouver cette matinée affreusement pénible ? Il n'y a pas que toi. J'ai assisté à une seule incinération dans ma vie, et ç'a été horrible. Et même si j'avais assisté à une centaine, ça serait pas plus facile. Arrête un peu de faire le bébé.

— Pourquoi est-ce que Ray ne vient pas ?

— On l'a pas invité. Personne dans la famille le connaît. Ken t'aimait bien, et Jo te trouve super. » Jo, c'est la sœur de Laura, et je la trouve super aussi. Elle est comme Laura, physiquement, mais sans les tailleurs chic, le langage chic, les diplômes et tout.

« Rien de plus que ça ?

— Ken n'est pas mort pour arranger tes affaires, tu sais ? On dirait que les gens jouent tous des seconds rôles dans le film de ta vie. »

Évidemment. C'est pas comme ça que ça marche pour tout le monde ?

« Ton père est mort, non ?

— Oui, il y a longtemps. J'avais dix-huit ans.

— Ça t'a affectée ? » Nul. Idiot. « Pendant très longtemps ? » Sauvé. Tout juste.

« Encore maintenant.

— Comment ?

— Je sais pas. Il me manque encore, et je pense à lui. Je lui parle, quelquefois.

— Tu lui dis quoi ?

— Ça, ça reste entre lui et moi. » Mais elle le dit gentiment, avec un petit sourire. « Maintenant qu'il est mort, il en sait plus sur moi qu'il en savait de son vivant.

— Et c'est la faute de qui ?

— La sienne. C'était le père stéréotypé, tu vois, toujours pressé, toujours fatigué. Je me suis sentie coupable après son départ, mais finalement je me suis rendu compte que je n'étais qu'une petite fille, et même une petite fille très sage. C'était à lui de faire quelque chose, pas à moi. »

C'est vraiment génial. Je vais cultiver des amitiés avec des gens qui ont des morts dans la famille, ou parmi leurs amis, ou leurs ex. Ce sont les gens les plus passionnants du monde. Et en plus ils sont faciles à rencontrer ! Ils sont partout ! Admettons que les astronautes, ou les anciens Beatles, ou les rescapés d'un naufrage ont mieux à offrir — et j'en doute fort —, mais on n'a jamais accès à eux. Les gens qui connaissent des morts — comme aurait pu le chanter Barbra Streisand, mais pour une fois elle s'est abstenue — ont une chance extraordinaire.

« Il a été incinéré, lui ?

— Qu'est-ce que ça peut faire ?

— Je sais pas. Curiosité. Comme tu as dit que tu étais allée à une incinération, je me demandais, tu vois...

— À ta place, je laisserais à Laura deux ou trois jours avant de la gonfler avec des questions comme ça. C'est pas le genre d'expérience qui se prête au bavardage.

— C'est ta façon de me dire de la fermer, hein ?

— Oui. »

Elle n'a pas tort.

Le crématorium est au milieu de nulle part : nous laissons la voiture dans un immense parking presque vide et marchons vers des immeubles tout neufs et horribles, trop voyants, pas assez sérieux. C'est inimaginable qu'ils brûlent des gens là-dedans ; en revanche, on voit bien une secte religieuse récente, puérile et guillerette, se réunir là pour chanter ses petites chansons une fois par semaine. Moi, mon vieux, je ne le donnerais pas à brûler là-dedans. Je pense que j'aurais besoin d'être soutenu par l'atmosphère pour avoir une bonne grosse bouffée de chagrin, et ce n'est pas cette débauche de briques neuves et de pin verni qui m'encouragerait.

C'est un multiplex à trois chapelles. Il y a un signe sur le mur annonçant ce qui se joue dans chacune, et à quelle heure :

CHAPELLE 1.	11 h 30	MR E. BARKER
CHAPELLE 2.	12 h	MR LYDON
CHAPELLE 3.	12 h	—

Dans la chapelle 3, au moins, tout va bien. Incinération annulée. Annonce de la mort exagérée, ha ha. On s'assied à la réception, attendant que ça se remplisse. Liz fait un signe de tête à quelques personnes, mais je ne les connais pas ; j'essaie d'énumérer les prénoms d'hommes commençant par E. J'espère que c'est une personne âgée qui est traitée dans la chapelle 1, parce que si nous voyons le cortège sortir je ne voudrais pas que les gens aient l'air trop bouleversés. Ernie. Ebenezer. Ezra. C'est bon. On rigole. Enfin, on rigole pas vraiment, mais qui que soit le mort il avait au moins quatre cents ans, et personne ne va s'effondrer pour ça. Ewan. Edmund. Edward. Foutaises. Il pouvait avoir n'importe quel âge.

Personne ne pleure encore, à la réception, mais il y en a quelques-uns qui se tâtent, et on peut être sûr qu'ils vont s'y mettre avant la fin de la matinée. Ils ont tous entre deux âges, et ils connaissent la chanson. Ils parlent doucement, se serrent la main, se font des sourires tristes, s'embrassent parfois ; puis, sans raison apparente — et je me sens terriblement perdu, hors de mon élément, incompétent — ils se lèvent et passent en force la porte annonçant CHAPELLE 2.

Au moins, il fait sombre là-dedans, c'est plus facile de se

mettre en condition. Le cercueil est droit devant, légèrement au-dessus du sol, mais je ne distingue pas sur quoi il est posé ; Laura, Jo et Janet Lydon sont au premier rang, très près, encadrées par deux hommes que je ne connais pas. On chante un hymne, on prie, il y a un sermon bref et frustrant du vicaire, un truc qu'il a lu dans son livre, puis un autre hymne, et puis un bruit de machine soudain, qui coupe le souffle, et le cercueil s'enfonce lentement dans le sol. Tandis qu'il disparaît monte un gémissement devant nous, un bruit atroce, atroce, que je ne veux pas entendre : je peux seulement conjecturer que c'est la voix de Laura, mais j'en suis sûr, et à cet instant j'ai envie d'aller vers elle et de lui proposer de devenir quelqu'un d'autre, d'effacer toute trace de ce que je suis, pourvu qu'elle me laisse m'occuper d'elle et la consoler.

Quand on sort dans la lumière, les gens s'amassent autour de Laura, Jo et Janet, les prennent dans leurs bras ; je voudrais faire la même chose, mais je ne vois pas comment y arriver. Laura nous voit, Liz et moi, qui traînons en marge du groupe, elle vient vers nous, nous remercie d'être venus, nous serre chacun longuement dans ses bras, et quand elle me relâche je sens que je n'ai pas besoin de lui proposer de devenir quelqu'un d'autre : c'est fait.

Vingt-six

À la maison, c'est plus facile. On sent bien que le pire est passé ; la pièce respire la fatigue calme, comme celle qu'on ressent au ventre après avoir été malade. On entend même les gens parler d'autres choses, quoiqu'on en reste aux choses importantes — le travail, les enfants, la vie. Personne ne parle de la consommation de fuel de sa Volvo, ou du nom qu'ils donneraient à un chien. Liz et moi nous prenons un verre debout, appuyés contre une bibliothèque, dans le coin le plus éloigné de la porte ; nous échangeons quelques mots, mais nous regardons surtout les gens.

Cela fait du bien de se retrouver dans cette pièce, même si on fait mieux, comme occasion. Les Lydon ont une vaste maison victorienne, vieille, décrépite et pleine à craquer de meubles, de tableaux, de bibelots, de plantes, qui ne vont pas ensemble mais furent à l'évidence choisis avec soin, avec goût. Dans la pièce où nous nous trouvons, un portrait de famille énorme et bizarre est accroché au-dessus de la cheminée, il date de l'époque où les filles devaient avoir huit ou dix ans. Elles portent ce qui ressemble à des robes de mariées, debout, l'air emprunté, à côté de Ken ; devant elles, les cachant en partie, il y a un chien : Allegro, Allie, mort avant que j'arrive. Il a les pattes posées sur l'estomac de Ken, qui le caresse à rebrousse-poil en souriant. Janet se tient un peu en arrière, à l'écart des trois autres, les yeux sur son époux. Toute la famille est beaucoup plus mince (et plus barbouillée, mais ça, c'est la peinture) qu'en réalité. C'est de l'art moderne, brillant, marrant, manifestement fait par quelqu'un qui s'y entendait (Laura m'a dit que la femme qui l'a peint fait des expos un peu partout), mais doit se mesurer avec une oie empaillée, posée juste au-dessous sur la cheminée, et avec des meubles anciens et sombres comme je les déteste. Ah, il y a aussi un hamac dans un coin, bourré de coussins, et dans un autre une gigantesque barre de matériel hi-fi noir dernier cri, trésor de Ken, qu'il chérissait plus que les tableaux et les antiquités. Un vrai bazar, mais on est obligé d'aimer ceux qui y vivent parce qu'on voit tout de suite qu'ils sont curieux, doux et gentils. Je me rends compte maintenant que j'aimais faire partie de la famille, et que, même si je me plaignais de devoir venir le week-end ou le dimanche après-midi, je ne m'y suis jamais ennuyé. Jo vient nous voir au bout de quelques minutes, nous embrasse tous les deux et nous remercie d'être venus.

« Comment tu vas ? » demande Liz, mais c'est le genre de « comment tu vas » où l'accent est sur le « comment », ce qui donne à la question une nuance de gravité, de compassion. Jo hausse les épaules.

« Ça va, je crois. Et maman s'en tire pas trop mal. Mais Laura, je sais pas...

— Elle a passé des semaines plutôt dures, déjà, sans compter ça », dit Liz, et je sens en moi une petite montée de quelque chose comme de l'orgueil : c'est de *moi* qu'elle parle. C'est moi qui l'ai rendue triste. Moi et deux trois autres, certes, dont Laura elle-même, mais enfin... J'avais oublié que je pouvais lui faire éprouver quoi que ce soit, et bon, c'est bizarre qu'on vous rappelle votre pouvoir affectif au beau milieu d'un enterrement qui en principe, du moins d'après mon expérience très limitée, vous donne le sentiment de le perdre complètement.

« Ça va aller, dit Liz d'un ton résolu. Mais c'est dur, quand on place tous ses efforts dans une partie de la vie, de s'apercevoir tout d'un coup que ce n'est pas la bonne. » Elle me jette un regard, soudain gênée, ou coupable, ou qui sait quoi.

« Vous occupez pas de moi, leur dis-je. Non, vraiment. Pas de problème. Faites comme si vous parliez de quelqu'un d'autre. » J'ai dit ça gentiment, je le jure. Je voulais juste dire que si elles voulaient parler de la vie amoureuse de Laura, sous n'importe quel angle, ça ne me dérangerait pas, en tout cas pas un jour comme celui-ci.

Jo sourit, mais Liz me lance un regard noir. « On parle de quelqu'un d'autre. De Laura. De Laura et Ray, en fait.

— C'est pas juste de dire ça, Liz.

— Ah bon ? » Elle lève un sourcil, comme si j'étais insolent.

« Et ne dis pas "Ah bon" comme ça, merde ! » Deux ou trois personnes se retournent quand j'utilise le mot de cinq lettres, et Jo pose sa main sur mon bras. Je retire mon bras violemment. Tout à coup je suis furieux et je ne sais pas comment me calmer. J'ai l'impression que pendant toutes ces dernières semaines j'avais la main de quelqu'un sur mon bras : je ne peux pas parler à Laura parce qu'elle vit avec quelqu'un d'autre et qu'elle m'appelle de cabines téléphoniques sans le dire, je ne peux pas parler à Liz parce qu'elle est au courant pour l'argent, pour l'avortement et mon infidélité, je ne peux pas parler à Dick et Barry parce que c'est Dick et Barry, je ne peux pas parler à mes amis parce que je ne parle pas à mes amis, je ne peux pas parler maintenant parce que le père de Laura est mort, et il faut que j'encaisse parce que sinon je suis un sale mec, avec accent sur « mec » = égocentrique, aveugle et con. Eh bien, non, je ne le suis *pas*, pas tout le temps en tout cas, et je sais bien que ce n'est pas le moment de le dire — je ne suis pas si débile —, mais alors quand ?

« Je suis désolé, Jo. Je suis vraiment désolé. » Je suis revenu au murmure d'enterrement, bien que j'aie envie de hurler. « Mais tu vois, Liz... Soit je me défends de temps en temps, soit je crois tout ce que tu dis sur moi et je me déteste vingt-quatre heures sur vingt-quatre. Tu penses peut-être que c'est ce que je devrais faire, mais ça serait pas une vie, si ? »

Liz hausse les épaules.

« Tu t'en tireras pas comme ça, Liz. Tu te trompes, tu te trompes complètement, et si tu t'en rends pas compte t'es moins maligne que je ne pensais. »

Elle pousse un soupir de théâtre, puis elle voit la mine que je fais.

« O.K., j'ai peut-être été un peu injuste. Mais c'est vraiment le moment ?

— Évidemment, c'est jamais le moment. On peut pas passer sa vie à s'excuser, tu sais.

— Si "on", c'est les hommes, alors je dois dire qu'une bonne fois suffirait. »

Je ne vais pas partir de l'enterrement du père de Laura

pour bouder. Je ne vais pas partir de l'enterrement du père de Laura pour bouder. Ce n'est pas possible.

Je pars de l'enterrement du père de Laura pour bouder.

La ville la plus proche de la maison des Lydon est à plusieurs kilomètres, je crois que c'est Amersham, de toute façon je ne sais pas dans quelle direction se trouve la ville la plus proche. Je tourne le coin de la rue, puis le coin de la rue suivante, laquelle débouche sur une sorte d'avenue, je vois un arrêt de bus, mais pas le genre d'arrêt de bus qui inspire confiance : personne n'attend, il n'y a rien autour — une rangée de larges maisons espacées d'un côté, un terrain de jeu de l'autre. Là, j'attends un peu, je gèle dans mon costard, mais juste au moment où j'ai compris que ce genre d'arrêt de bus demande un investissement de quelques jours et non de quelques minutes, je vois une Volkswagen verte qui remonte la rue. C'est Laura, elle me cherche.

Sans réfléchir, je saute par-dessus le mur qui sépare l'une des maisons du trottoir et je m'allonge sur les plates-bandes. C'est mouillé. Mais je préfère être trempé jusqu'aux os que d'affronter une Laura furieuse parce que j'ai disparu, et donc je reste là aussi longtemps qu'il est humainement possible de le faire. Chaque fois que je pense avoir touché le fond, je trouve le moyen de tomber encore plus bas, mais là je sais que c'est le pire, que tout ce qui m'arrivera ensuite, aussi nul, idiot et seul que je devienne, pourra être jugé à l'aune de ces quelques minutes, que leur souvenir sera comme un garde-fou. « Est-ce que c'est mieux que d'être couché le nez dans une plate-bande à l'enterrement du père de Laura ? » me demanderai-je quand les huissiers entreront dans le magasin, ou quand la prochaine Laura partira avec le prochain Ray ; et la réponse sera toujours, toujours : « Oui. »

Quand je n'en peux plus, quand ma chemise blanche est translucide et ma veste pleine de boue, quand mes jambes sont percluses de douleurs — crampes, rhumatismes, arthrite, qui sait ? — , je me lève et je m'époussette ; alors, Laura, qui est restée tout le temps dans sa voiture près de l'arrêt de bus, baisse sa fenêtre et me dit de monter.

Ce qui m'est arrivé pendant l'enterrement, c'est quelque chose comme ça : j'ai compris pour la première fois combien j'ai peur de mourir, et peur que les autres ne meurent, et à quel point cette peur m'a empêché de faire toutes sortes de choses, comme d'arrêter de fumer (parce que si on prend la mort trop au sérieux ou pas assez, à quoi bon ?) ou bien d'envisager ma vie, en particulier mon travail, d'une façon qui prenne en considération l'avenir (trop effrayant, parce que l'avenir débouche sur la mort). Mais avant tout, ça m'a empêché de faire durer une relation, parce que si on fait durer une relation, si votre vie se met à dépendre de la vie de l'autre, et qu'elle meurt comme c'est inévitable sauf circonstances exceptionnelles, par exemple : elle est un personnage d'un roman de science-fiction... bon, eh bien on se retrouve en haut d'une cascade sans pagaie, non ? Ça peut aller si je meurs le premier, j'imagine, mais devoir mourir avant que meure quelqu'un d'autre n'est pas une nécessité qui me réjouit tellement : comment savoir quand elle va mourir ? Elle pourrait se faire écraser par un bus demain, comme on dit, ce qui veut dire que je dois me jeter sous un bus aujourd'hui. Quand j'ai vu le visage de Janet Lydon au crématorium... comment peut-on être si courageux ? Qu'est-ce qu'elle va faire, maintenant ? D'après moi, c'est plus logique de sauter d'une fille à l'autre jusqu'à ce qu'on ait passé l'âge, puis de vivre seul et de mourir seul. Il y avait des nuits avec Laura où je me lovais contre son dos pendant qu'elle dormait, rempli d'une terreur monstrueuse et sans nom, mais dont maintenant je sais le nom : Brian. Ha ha. D'accord, elle n'a pas vraiment de nom, mais maintenant je vois d'où elle vient, pourquoi j'avais envie de coucher avec Rosie-l'emmerdeuse-de-l'orgasme-simultané, et même si cette explication a l'air minable et complaisante — ah, d'accord ! il couche avec d'autres femmes parce qu'il a une grosse peur de la mort ! — eh bien, désolé, mais c'est comme ça.

Quand je me lovais contre le dos de Laura la nuit, j'avais peur parce que je ne voulais pas la perdre, et qu'on finit toujours par perdre quelqu'un, ou par être perdu par quelqu'un. Je préfère ne pas prendre le risque. Je préfère ne pas rentrer un jour du boulot, dans dix ou vingt ans, pour me retrouver face à face avec une femme livide et terrifiée qui me dit qu'elle a chié du sang — *désolé, désolé, mais c'est ça qui arrive aux gens* —, et puis on va voir le docteur, et puis le docteur dit que ce n'est pas opérable, et puis... j'aurais pas le cran qu'il faut, vous voyez ? Je foutrais le camp, probablement, je m'installerais dans une autre ville sous un nom d'emprunt, Laura entrerait à l'hôpital pour mourir, on lui dirait : « Votre ami ne vient pas vous rendre visite ? » et elle répondrait : « Non, quand il a su pour le cancer, il m'a quittée. » Quel mec super ! « Cancer ? Désolé, très peu pour moi ! J'aime pas trop ! » Mieux vaut ne pas se mettre dans cette situation. Mieux vaut laisser tomber.

Alors, ça me mène où ? La logique, dans tout ça, c'est de parier sur des pourcentages. J'ai trente-six ans, d'accord ? Disons que la plupart des maladies mortelles — cancer, maladies du cœur, tout ça — vous frappent après cinquante ans. On peut manquer de bol et les attraper avant, mais l'équipe des cinquante et plus hérite d'une bonne part des saletés. Donc, pour être tranquille, on s'arrête là : une relation tous les deux ans pendant les quatorze prochaines années, et puis on sort du jeu, on stoppe net, on abandonne. Ça se défend. Est-ce que je vais expliquer ça aux femmes avec qui je sortirai ? Pourquoi pas ? C'est peut-être plus honnête. Et moins larmoyant, en un sens, que le gâchis qui met fin, d'habitude, aux relations. « Tu vas mourir, alors c'est un peu absurde qu'on continue, non ? » Quand quelqu'un s'exile ou retourne dans son pays, il est parfaitement justifié de mettre fin à une relation parce que tout attachement ultérieur serait trop douloureux, alors pourquoi pas pour la mort ? La séparation que provoque la mort doit être plus pénible que celle de l'exil, non ? Je veux dire : avec l'exil, on peut toujours décider de partir aussi. On peut toujours se dire : « Oh, et puis merde, je fais mes valises et je deviens cow-boy au Texas / cueilleur de thé en Inde », etc. Mais on ne peut pas faire ça avec la grande faucheuse, si ? À moins de se la jouer Roméo et Juliette, et finalement, quand on y songe...

« J'ai cru que tu allais rester couché sur cette plate-bande tout l'après-midi.

— Quoi ? Oh. Ha. Non. Ha. » La nonchalance affichée, c'est plus dur qu'on ne croit, dans ce genre de situation, mais s'allonger sur les plates-bandes d'un inconnu pour se cacher de son ex-petite amie le jour où son père est enterré — incinéré —, ce n'est sans doute pas un *genre* de situation, plutôt une chose unique en son genre.

« Tu es trempé.

— Hum.

— Tu es aussi un crétin. »

Il y aura d'autres batailles. Inutile de livrer celle-ci, les éléments sont contre moi.

« Je comprends que tu dises ça. Écoute, je suis désolé. Vraiment désolé. La dernière chose que je voulais, c'était bien de... c'est pour ça que je l'ai fait, parce que... j'avais perdu la face, et je voulais pas péter les plombs là-bas, et... écoute, Laura, si j'ai couché avec Rosie et que j'ai tout foutu en l'air, c'est parce que j'avais peur que tu meures. Un truc comme ça. Et je sais que ça a l'air vraiment... mais... » Ça se tarit aussi vite que c'est sorti, et je me contente de la fixer des yeux la bouche ouverte.

« Eh bien, je vais mourir, figure-toi. Y a pas eu de grand changement de ce côté-là.

— Non non, je comprends très bien, et j'attends pas que tu me dises autre chose. Je voulais juste que tu le saches, c'est tout.

— Merci. Je t'en suis reconnaissante. »

Elle ne fait pas un geste pour faire démarrer la voiture.

« Je peux pas en dire autant.

— Qu'est-ce que tu peux pas dire ?

— J'ai pas couché avec Ray parce que j'avais peur que tu meures. J'ai couché avec Ray parce que j'en avais marre de toi, et j'avais besoin de quelque chose qui me fasse sortir de ça.

— Oh oui, bien sûr, je comprends. Écoute, je veux pas te faire perdre encore plus de ton temps. Retourne là-bas, et moi je vais attendre le bus.

— Je veux pas y retourner. J'ai piqué ma crise, moi aussi.

— Ah. D'accord. Super. Enfin, pas super, mais enfin... »

La pluie reprend, elle met les essuie-glaces en marche, de sorte qu'on ne voit plus grand-chose par les fenêtres.

« Qui t'a énervée ?

— Personne. Je me sens pas assez vieille, c'est tout. Je voudrais que quelqu'un s'occupe de moi parce que mon père est mort, et personne n'en est capable, alors quand Liz m'a dit que tu étais parti j'ai pris cette excuse pour sortir.

— On fait la paire, hein ?

— Et toi, qui t'a énervé ?

— Oh. Personne. Enfin, Liz. Elle me... » Je ne trouve pas l'expression adulte, alors je prends la première qui se présente. « Elle m'a embêté. »

Laura pouffe. « Elle t'a embêté, alors tu boudes.

— C'est à peu près ça. »

Elle a un rire bref, sans joie. « Pas étonnant qu'on soit tous à côté de nos pompes. On est comme Tom Hanks dans *Big*. Des petits garçons et des petites filles coincés dans des corps d'adultes et obligés de se débrouiller. Et c'est bien pire en vrai, parce qu'il n'y a pas que les flirts et les lits superposés. Y a aussi tout ça. » D'un geste, elle indique seulement le terrain de jeu derrière la vitre, l'arrêt de bus, un homme qui promène son chien, mais je comprends de quoi elle parle. « Je vais te dire un truc, Rob. Partir de cet enterrement, c'est la pire chose que j'aie jamais faite, mais aussi la plus exaltante. Je peux pas te dire à quel point ça me fait du bien et du mal. Si, je peux : je me sens comme une glace cuite.

— C'est quand même moins grave que si tu étais partie pendant l'incinération. Tu es partie pendant le pot, après. C'est pas pareil.

— Mais ma mère, et Jo, et... elles oublieront jamais. Je m'en fiche, de toute façon. J'ai tellement pensé à lui et parlé de lui, et maintenant la maison est remplie de gens qui veulent me donner l'occasion de penser à lui et de parler de lui... j'avais envie de hurler.

— Il comprendrait.

— Tu crois ? J'en suis pas sûre. Moi, je voudrais que les gens restent jusqu'au bout, qu'ils boivent ça jusqu'à la lie. Ce serait la moindre des choses.

— Mais ton père était plus gentil que toi.

— C'est vrai, non ?

— Cinq ou six fois plus gentil.

— Exagère pas, d'accord ?

— Désolé. »

On regarde un homme essayer d'allumer une cigarette tout en tenant un chien en laisse, un journal et un parapluie. Impossible, mais il ne renonce pas.

« Quand est-ce que tu y retournes, d'ailleurs ?

— J'en sais rien. À un moment ou à un autre. Plus tard. Dis donc, Rob, tu veux bien coucher avec moi ?

— Quoi ?

— Je crois juste que j'ai envie de faire l'amour. J'ai envie de sentir autre chose que mon chagrin et ma culpabilité. Ou c'est ça, ou je rentre et je me mets la main au feu. À moins que tu préfères me brûler le bras avec une cigarette ? »

Laura n'est pas comme ça. Laura est avocate dans la vie, avocate dans l'âme, et elle se comporte maintenant comme si elle voulait décrocher un second rôle dans un film avec Harvey Keitel.

« Il m'en reste qu'une ou deux. Je les garde pour plus tard.

— Je vois que le sexe, alors.

— Mais où ? Et Ray, alors ? Et... » J'allais dire « tout ». « Et tout, alors ?

— Il va falloir le faire dans la voiture. Je vais nous conduire quelque part. »

Elle nous conduit quelque part.

Je sais ce que vous pensez : *Fleming, tu es un mythomane pitoyable, tu imagines, dans tes rêves,* etc. Pourtant, je ne me servirai jamais, au grand jamais, de ce qui s'est passé aujourd'hui pour nourrir mes fantasmes sexuels. D'abord, je suis mouillé, et même si je suis au fait des connotations sexuelles de ce mot, ce serait très dur, même pour un pervers endurci, d'être excité par mon genre d'humidité, qui implique froid, irritation (mon pantalon de costume n'est pas doublé, mes jambes sont presque à vif), mauvaises odeurs (aucun grand nom de la parfumerie n'a essayé de capter l'odeur de pantalon mouillé), et il y a un peu de végétation qui m'est restée dessus. Et puis je n'ai jamais eu envie de faire ça en voiture (mes fantasmes sont toujours équipés d'un lit). De plus, l'enterrement a peut-être eu un effet spécial sur la fille du défunt, mais moi ça me refroidit plutôt, pour être franc, et je ne suis pas sûr d'aimer l'idée de faire l'amour avec Laura quand elle vit avec un autre (c'est mieux avec lui, dis ? c'est mieux avec lui ?). Enfin bref...

Elle arrête la voiture, et je me rends compte qu'on est sorti de la route depuis une ou deux minutes.

« Papa nous emmenait ici quand on était gosses. »

On est au bord d'un long chemin de terre cabossé qui conduit à une grande maison. Il y a une vraie jungle d'herbes hautes et de taillis d'un côté du chemin, une rangée d'arbres de l'autre ; on est du côté des arbres, tourné vers la maison, et on s'engage dans le chemin.

« C'était un petit pensionnat privé, mais ils ont fait faillite il y a des années, et c'est resté vide depuis.

— Pourquoi il vous emmenait ici ?

— Juste en balade. L'été il y avait des mûres, et à

l'automne il y avait des marrons. C'est un chemin privé, alors c'était plus excitant. »

Mon Dieu. Heureusement que je suis nul en psychanalyse, sur Jung, Freud et compagnie. Si je m'y connaissais un peu, je serais déjà terrifié : la femme-qui-veut-faire-l'amour-là-où-elle-allait-se-promener-avec-son-père-qui-vient-de-mourir doit être très dangereuse.

Il ne pleut plus, mais l'eau qui ruisselle des branches tombe sur le toit, et le vent secoue les arbres en tous sens, de sorte que des monceaux de feuilles nous tombent aussi dessus de temps à autre.

« Tu veux passer derrière ? » demande Laura d'une voix plate, distraite, comme si on allait prendre quelqu'un d'autre.

« Je crois. Je crois que ce serait plus facile. »

Elle s'est garée trop près des arbres, donc doit sortir de mon côté.

« Mets tout ça sur la lunette arrière. »

Il y a un plan de Londres, une grande carte routière, une ou deux cassettes vides, un sachet ouvert de pastilles Vichy et des emballages de bonbons. Je prends mon temps pour les ranger.

« Je savais bien qu'il y avait une bonne raison de mettre une jupe ce matin », dit-elle en montant dans la voiture. Elle se penche et m'embrasse sur la bouche, avec la langue et tout, et je sens s'éveiller en moi, à mon corps défendant, un certain intérêt.

« Ne bouge pas. » Elle adapte sa tenue et s'assied sur moi. « Salut. Ça me paraît pas si loin, la dernière fois que je t'ai regardé d'ici. » Elle me sourit, m'embrasse de nouveau, cherche sous elle ma braguette. Puis il y a les préliminaires et tout, puis — je ne sais pas pourquoi — je me rappelle une chose qu'on est censé se rappeler, mais qu'en général on oublie.

« Tu sais, avec Ray...

— Oh, Rob, on va pas revenir là-dessus.

— Non non. C'est pas... tu prends toujours la pilule ?

— Oui, bien sûr. Il n'y a aucun souci à se faire.

— Je voulais pas dire ça. Je veux dire... vous utilisez que ça, comme... »

Elle ne dit rien, et puis elle se met à pleurer.

« Écoute, on peut faire autre chose, dis-je. Ou on peut aller en ville et acheter un truc.

— Je pleure pas parce qu'on peut pas le faire, dit-elle. C'est pas ça. C'est juste que... je vivais avec toi. On était ensemble y a encore quelques semaines. Et maintenant tu as peur que je te tue, et c'est ton droit. C'est pas une chose horrible ? C'est pas triste ? » Elle secoue la tête en sanglotant, se détache de moi, et on reste assis à l'arrière côte à côte sans rien dire, à regarder les gouttes glisser le long de la vitre.

Ensuite, je me demande pourquoi je me suis inquiété du passé de Ray. Est-ce qu'il est bisexuel, ou drogué par intraveineuse ? J'en doute. (Il n'aurait pas le culot nécessaire.) Est-ce qu'il a jamais couché avec une droguée par intraveineuse, ou avec quelqu'un qui aurait couché avec un bisexuel masculin ? Aucune idée, et cette ignorance me donne tous les droits d'exiger une protection. Mais en vérité c'était le symbole qui m'intéressait plus que la peur. Je voulais lui faire du mal, ce jour si mal choisi, simplement parce que c'est la première fois que j'en ai l'occasion depuis qu'elle m'a quitté.

On conduit jusqu'à un pub, un faux petit chalet pimpant où on peut boire de la bonne bière et manger des sandwiches trop chers ; on s'installe dans un coin, on parle. J'achète des clopes, elle en fume la moitié, ou plus exactement elle en allume une, tire une ou deux bouffées, fait la grimace, l'écrase et en reprend une autre cinq minutes plus tard. Elle les écrase avec une telle violence qu'on ne peut pas les sauver, et quand elle fait ça je n'arrive pas à me concentrer sur ce qu'elle dit, trop occupé à voir mes clopes disparaître. Plus tard, elle le remarque, dit qu'elle va m'en racheter, et je me sens mesquin.

On parle surtout de son père, ou plutôt de ce que sera la vie sans lui. Puis, on parle de ce que sera la vie en général sans les pères, est-ce que ça vous rend adulte enfin. (Laura pense que non, on a vu qu'elle a ses raisons.) Je n'ai pas envie de parler de ça, évidemment : j'ai envie de parler de Ray et moi, de lui demander si nous nous retrouverons jamais en situation de faire l'amour ensemble, si la chaleur et l'intimité de cette conversation signifient quelque chose, mais je parviens à me refréner.

Et puis, juste quand je commence à accepter que rien de tout cela ne me concerne moi-moi-moi, elle soupire, se laisse tomber en arrière contre le dossier de la chaise, et dit, souriant à demi, pleurant à demi : « Je suis trop fatiguée pour ne pas rester avec toi. »

Il y a une drôle de double négation — « trop fatiguée » est déjà une négation parce que ce n'est pas très positif : je mets un certain temps à comprendre ce qu'elle veut dire.

« Donc, attends : si t'avais un peu plus d'énergie, on resterait séparé. Mais étant donné la situation, crevée comme tu es, tu voudrais qu'on se remette ensemble. »

Elle acquiesce. « Tout est trop dur. Peut-être qu'à un autre moment j'aurais eu le cran de rester toute seule, mais là, non.

— Et Ray ?

— Ray, c'est un désastre. Je sais pas d'où c'est parti, tout ça, sauf que parfois on a besoin de jeter quelqu'un d'autre dans un couple comme une grenade pour qu'il le fasse exploser. »

J'aimerais beaucoup parler, et en détail, du désastre qu'est Ray ; pour tout dire, j'aimerais faire une liste de ses défauts sur un rond de bière, et le garder toute ma vie sur moi. Une autre fois, peut-être.

« Et maintenant tu es sortie de cette mauvaise relation, tu l'as fait exploser, et tu veux y revenir et recoller les morceaux.

— Oui. Je sais que rien de tout ça n'est très romantique, et il y aura des trucs romantiques à un moment ou un autre, j'en doute pas. Mais j'ai besoin d'être avec quelqu'un que je connais et avec qui je m'entends pas mal, et tu m'as fait comprendre que tu voulais que je revienne, alors... »

Et vous savez quoi ? Tout d'un coup je panique, je me sens mal, j'ai envie de faire peindre des logos de maisons de disques sur mes murs et de coucher avec des chanteuses américaines. Je prends la main de Laura et je l'embrasse sur la joue.

Au retour, il y a bien sûr une scène épouvantable. Mme Lydon est en larmes, Jo est furieuse, et les quelques invités qui restent regardent le fond de leur verre sans rien dire. Laura emmène sa mère dans la cuisine et ferme la porte, j'attends debout au salon avec Jo ; je hausse les épaules, je secoue le tête, je lève les sourcils, je danse d'un pied sur l'autre, bref j'essaie tout ce qui peut suggérer la gêne, la compassion, la désapprobation et le malheur. Lorsque j'ai mal aux sourcils, que je me suis pratiquement démis les vertèbres à force de secouer la tête et que j'ai marché un bon kilomètre sur place, Laura émerge de la cuisine dans tous ses états et me prend par le bras.

« On rentre », dit-elle. Et c'est ainsi que notre couple se reforme.

Vingt-sept

Cinq conversations :

1. (Troisième jour, resto indien, c'est Laura qui invite.)

« Je parie que tu l'as fait. Je parie que tu t'es assis, cinq minutes après mon départ, pour fumer une *clope* — elle insiste toujours sur le mot, pour montrer qu'elle désapprouve — et que tu t'es dit, bon, ça va aller, je vais m'en sortir. Et puis tu t'es mis à mettre au point une idée idiote pour l'appart... Je sais, je sais, tu allais chercher un type pour peindre des logos de maisons de disques au mur, avant que je débarque, pas vrai ? Je parie que tu t'es assis, que t'as fumé une *clope*, et que tu t'es dit : "Je me demande si j'ai encore le numéro de ce type ?" »

Je détourne le regard pour qu'elle ne me voie pas sourire, en vain. « Mon Dieu, j'ai deviné, hein ? J'ai tellement bien deviné, j'en reviens pas. Ensuite... attends, attends — elle appuie sur ses tempes, comme si elle recevait des images par les ondes —, ensuite tu as pensé : Une de perdue dix de retrouvées, ça fait une éternité que j'avais envie de changer, puis tu as mis un disque sur la chaîne et tout allait pour le mieux dans ton petit univers minable.

— Et ensuite ?

— Et ensuite tu es allé travailler, tu n'as rien dit à Dick

et Barry, et tu allais très bien jusqu'à ce que Liz lâche le morceau. Là, tu es devenu suicidaire.

— Et ensuite j'ai couché avec quelqu'un d'autre. »

Elle ne m'entend pas.

« Pendant que tu faisais des conneries avec ce crétin de Ray, je sautais une auteur-compositeur américaine qui ressemble à Susan Dey dans *La Loi de Los Angeles.* »

Elle ne m'entend toujours pas. Elle se contente de casser un morceau de pain indien et de le tremper dans le chutney à la mangue.

« Et c'était bien. Pas trop mal. Très bien, en fait. »

Pas de réaction. Peut-être que je devrais ressayer, cette fois à haute voix, avec ma bouche plutôt qu'avec ma tête. « Tu sais tout, hein ? »

Elle hausse les épaules, sourit, puis fait semblant de bouder.

2. (Septième jour, au lit, après.)

« Tu espères quand même pas que je te le dise ?

— Pourquoi pas ?

— À quoi ça servirait ? Je pourrais décrire chaque seconde de chaque fois — et il n'y en a pas eu tant que ça : ça te ferait du mal, mais tu comprendrais toujours rien de ce qui compte.

— Je m'en fiche. Je veux savoir.

— Savoir quoi ?

— Comment c'était. »

Elle soupire. « Comme le sexe. Qu'est-ce que tu veux que ce soit ? »

Même cette réponse me fait du mal. J'aurais voulu que ce ne soit même pas comme le sexe ; j'aurais voulu que ce soit comme un truc beaucoup plus ennuyeux et pénible.

« C'était comme le sexe bien, ou pas bien ?

— Quelle différence ?

— Tu connais la différence.

— Je t'ai jamais demandé comment se passaient tes activités extraconjugales.

— Oh que si. Je m'en souviens. "Ça s'est bien passé, chéri ?"

— C'était une question rhétorique. Écoute, maintenant ça va, entre nous. Ça s'est bien passé. Restons-en là.

— D'accord, d'accord. Mais ce qui s'est bien passé, là... ça s'est mieux passé, aussi bien, ou moins bien passé que ce qui s'est bien passé pour toi il y a deux semaines ? »

Elle ne dit rien.

« Allez, Laura. Dis quelque chose, n'importe quoi. Mens, si tu veux. Ça me réconforterait, et j'arrêterais de te poser des questions.

— J'allais mentir, mais je peux plus, parce que tu saurais que je mens.

— Mais pourquoi tu voudrais mentir ?

— Pour te réconforter. »

Et cetera. Je voudrais tout savoir (sauf que, bien sûr, je ne veux pas le savoir) des orgasmes multiples, des dix fois par nuit, des pipes et des positions dont je n'ai jamais entendu parler, mais je n'ai pas le courage de le lui demander, et elle ne me le dirait jamais. Je sais qu'ils l'ont fait, et c'est déjà horrible ; tout ce que je peux espérer, maintenant, c'est que les dégâts sont limités. Je voudrais qu'elle dise que c'était nul, que c'était un coup pour rien, à regarder le plafond en pensant à Rob, que Meg Ryan a eu plus de plaisir dans le drugstore en imitant l'orgasme que Laura dans le lit de Ray. Est-ce trop demander ?

Elle s'appuie sur un coude et m'embrasse sur la poitrine.

« Écoute, Rob, ça s'est passé. C'est bien que ça se soit passé, pour plein de raisons : on était dans une impasse, et maintenant on en est peut-être sortis. Et si les bons coups étaient aussi importants que tu le penses, et si ç'avait été un bon coup, je ne serais pas revenue avec toi. Et c'est mon dernier mot sur ce chapitre, O.K. ?

— O.K. » Comme dernier mot, il y a pire, mais je sais bien que ça ne veut pas dire grand-chose.

« Dommage que ton pénis soit plus petit que le sien, quand même. »

Ça, si l'on en juge par la longueur et l'intensité des rires, gloussements et autres ricanements qui suivent, c'est la plaisanterie la plus drôle que Laura ait faite dans sa vie — et même la plus drôle de toute l'histoire de l'humanité. C'est un échantillon, je suppose, du célèbre humour féministe. À mourir de rire, non ?

3. (En route vers la maison de sa mère, deuxième week-end, en écoutant une compile qu'elle a faite, où l'on trouve non seulement Simply Red mais Genesis et Art Garfunkel chantant *Bright Eyes*...)

« Je m'en fiche. Tu peux faire toutes les grimaces que tu veux. Voilà un truc qui va changer entre nous. C'est *ma* voiture. *Mon* radiocassette. *Ma* compile. En route pour aller voir *mes* parents. »

On laisse le pluriel suspendu en l'air, on le regarde essayer de rentrer dans le trou dont il est sorti, puis on l'oublie. Je lui laisse un moment avant de reprendre le combat, sans doute le plus douloureux qui soit entre les hommes et les femmes.

« Comment peux-tu aimer Art Garfunkel *et* Solomon Burke ? C'est comme de dire que tu soutiens les Israéliens *et* les Palestiniens.

— Ça n'a rien à voir, et tu le sais bien, Rob. Art Garfunkel et Solomon Burke font de la musique pop, pas les Israéliens et les Palestiniens. Art Garfunkel et Solomon Burke ne sont pas engagés dans un conflit territorial sanglant, comme les Israéliens et les Palestiniens. Art Garfunkel et Solomon Burke...

— D'accord, d'accord. Mais...

— Et qui a dit que j'aimais Solomon Burke, d'ailleurs ? »

Là, c'est trop.

« Solomon Burke ! *Got to get you off my mind.* C'est notre chanson ! C'est Solomon Burke qui est responsable de toute notre histoire !

— Sans blague ? Tu as son numéro de téléphone ? Parce que j'aurais deux mots à lui dire.

— Mais enfin, tu te souviens pas ?

— Je me souviens de la chanson. Je me souvenais pas du chanteur. »

Je secoue la tête, incrédule.

« Tu vois, c'est dans des moments comme ça que les hommes perdent espoir. Comment peux-tu ne pas voir la différence entre *Bright Eyes* et *Got to get you off my mind* ?

— Bien sûr, que je la vois. La première chanson parle de lapins, et dans la deuxième y a un orchestre d'instruments à vent.

— Un orchestre d'instruments à vent ! Je rêve ! C'est une *section de cuivres,* bon Dieu de merde !

— Peu importe. Je vois pourquoi tu préfères Solomon à Art. Je peux comprendre, vraiment. Et si on me demandait lequel des deux est le meilleur, je répondrais Solomon, c'est sûr. Il est authentique, il est noir, il est légendaire, tout ça. Mais j'aime bien *Bright Eyes*. Je trouve la mélodie jolie, et le reste je m'en fiche un peu. Il y a tant de choses plus graves, plus importantes. Je sais que je parle comme ta mère, mais c'est jamais que des disques de pop, et si l'un est meilleur que les autres, bon, qu'est-ce que ça peut faire, à part pour toi, Dick et Barry ? Pour moi, c'est comme de se disputer sur les mérites respectifs de Burger King et de McDonald's. Je suis sûre qu'il y a une différence, mais qui va perdre son temps à la chercher ? »

Le pire, c'est que bien sûr je connais déjà la différence, que j'ai des idées complexes et informées sur la question. Mais si je me lance dans des considérations sur le *Double Cheese* et le *McChicken,* on se dira tous les deux qu'elle a eu gain de cause, en un sens ; donc je m'abstiens.

Mais la discussion continue, prend des détours, traverse la rue, fait demi-tour et finit quelque part où nous ne sommes jamais venus ni l'un ni l'autre — en tout cas, jamais à jeun, et jamais en plein jour.

« Avant, tu t'intéressais plus à des trucs comme Solomon Burke que maintenant, lui dis-je. Quand je t'ai rencontrée, et que je t'ai fait cette cassette, tu étais vraiment passionnée. Tu as dit, je cite : “C'est tellement bien que j'ai honte de ma collection de disques.”

— Je manquais pas de culot, hein ?

— Ce qui veut dire ?

— Eh bien, tu me plaisais. Tu étais DJ, je te trouvais sympa, j'avais pas de petit ami, j'en voulais un.

— Donc la musique ne t'intéressait pas du tout ?

— Oh si. Un peu. Et plus à l'époque que maintenant. C'est la vie, non ?

— Mais tu vois... *C'est tout ce que je suis.* Y a rien d'autre. Si tu t'intéresses plus à ça, tu t'intéresses plus à rien. À quoi bon rester ensemble ?

— Tu le penses vraiment ?

— Oui. Regarde-moi. Regarde l'appart. Qu'est-ce qui reste, si t'enlèves les disques, les CD et les cassettes ?

— Et ça te convient, comme ça ? »

Je hausse les épaules. « Pas vraiment.

— *Voilà* pourquoi nous restons ensemble. Tu as un potentiel. Je suis là pour l'exploiter.

— Un potentiel de quoi ?

— D'humanité. Tu as tous les ingrédients de base. Tu es vraiment un type aimable, quand on y pense. Tu amuses les gens quand tu en fais l'effort, tu es gentil, et quand tu décides que tu aimes bien quelqu'un, tu lui donnes l'impression qu'il est le centre du monde, ce qui est très excitant. Le problème, c'est que la plupart du temps, tu fais pas l'effort.

— Non », c'est tout ce que je trouve à répondre.

« Tu... enfin, tu n'arrives à rien *faire.* Tu te perds dans tes rêveries, tu passes ton temps à penser au lieu de te mettre à quelque chose, et la plupart du temps tu penses des bêtises. On dirait que tu rates tout le temps ce qui est en train de se passer.

— C'est la deuxième chanson de Simply Red sur cette cassette. Une, c'est impardonnable. Deux, c'est un crime de guerre. Je peux avancer la bande ? » J'avance la bande avant d'avoir une réponse. J'arrête sur un truc affreux de la période post-Motown de Diana Ross, je râle. Laura continue sur sa lancée sans y faire attention.

« Tu connais cette expression : "Reculer pour mieux sauter" ? C'est tout toi.

— Je devrais faire quoi, alors ?

— Je sais pas. Quelque chose. Travailler. Voir des gens. Devenir chef scout, ou même diriger un club. Un peu plus qu'attendre que ta vie change en gardant toutes les possibilités ouvertes. Si tu pouvais, tu garderais les possibilités ouvertes toute ta vie. Tu serais sur ton lit de mort, succombant à une maladie liée au tabac, et tu te dirais, bon, au moins j'ai gardé toutes les possibilités ouvertes. Au moins je me suis jamais retrouvé à faire un truc où je ne pourrais plus me défiler. Et à mesure que tu crois garder les possibilités ouvertes, tu te les fermes une par une. Tu as trente-six ans et tu n'as pas d'enfant. Alors tu vas en avoir quand ? À quarante ans ? À cinquante ans ? Imagine que tu as quarante ans, et que ton gosse ne veut pas avoir d'enfant avant trente-six. Ça veut dire que tu dois vivre beaucoup plus longtemps que tes treize ans prévus, ne serait-ce que pour *apercevoir* tes petits-enfants. Tu vois comme tu te prives des choses ?

— Donc tout revient à ça, en fait.

— À quoi ?

— On a des enfants ou on se sépare. Le plus vieux chantage du monde.

— Va te faire foutre, Rob. Je te parle pas de ça. Je m'en fous, que tu veuilles des enfants ou pas. Moi, j'en veux, mais je suis pas sûre d'en vouloir avec toi, et je suis pas sûre que tu en veuilles du tout. Il faut que je tire ça au clair pour moi-même. J'essaie seulement de te réveiller. J'essaie seulement de te montrer que tu as déjà vécu la moitié de ta vie, mais que pour ce que tu en as tiré, tu pourrais aussi bien avoir dix-neuf ans, et je ne parle pas d'argent, de biens ou de meubles. »

Je sais bien qu'elle ne parle pas de ça. Elle parle des détails, des petites choses encombrantes, des trucs qui vous empêchent d'aller à la dérive.

« Facile à dire pour toi, mademoiselle la grande avocate d'affaires. C'est pas ma faute si le magasin marche pas fort.

— Bon Dieu, c'est pas vrai ! » Elle change de vitesse avec une violence impressionnante, et ne me parle pas pendant un long moment. Je sais qu'on était presque arrivé quelque part ; je sais que si j'avais plus de cran, je lui dirais qu'elle a raison, qu'elle est pleine de sagesse, que j'ai besoin d'elle et que je l'aime, et je lui demanderais de m'épouser ou un truc comme ça. Seulement, vous voyez, je veux garder les possibilités ouvertes, et de toute façon je n'en ai pas le temps, parce qu'elle n'en a pas fini avec moi.

« Tu sais ce qui me dérange vraiment ?

— Ouais. Tout ce que tu viens de dire. Que je garde les possibilités ouvertes, tout ça.

— Non, à part ça.

— Aïe aie aïe.

— Je peux te dire exactement — exactement — ce qui déconne chez toi, et ce que tu devrais faire, mais toi tu ne pourrais même pas envisager de faire la même chose pour moi. Je me trompe ?

— Oui.

— Alors vas-y.

— Tu en as marre de ton travail.

— Et c'est ça qui déconne chez moi ?

— Plus ou moins.

— Tu vois ? T'en as aucune idée.

— Laisse-moi une chance. On vient juste de recommencer à vivre ensemble. Je vais sûrement repérer un autre truc dans une semaine ou deux.

— Mais j'en ai même pas marre de mon travail. En fait, j'y prends plutôt plaisir.

— Tu dis ça uniquement pour me rendre ridicule.

— Non, pas du tout. J'aime mon travail. Il me stimule. J'aime bien les gens avec qui je travaille, je me suis habituée à gagner de l'argent... mais je ne suis pas contente d'aimer ça. Ça me trouble. Je ne suis pas celle que je voulais être quand j'étais adolescente.

— Tu voulais être quoi ?

— Pas une femme en tailleur avec une secrétaire et une vie de couple au second plan. Je voulais être une assistante sociale juridique avec un petit ami DJ ; et tout a foiré.

— Alors trouve-toi un DJ. Qu'est-ce que tu veux que j'y fasse ?

— Je veux pas que tu fasses quoi que ce soit. Je veux juste que tu te rendes compte que je ne suis pas entièrement définie par ma relation avec toi. Je veux que tu t'en rendes compte, parce que si on est tiré d'affaire, ça ne veut pas dire que moi je le suis pour autant. J'ai d'autres doutes, d'autres soucis, d'autres ambitions. Je ne sais pas quel genre de vie je voudrais, je ne sais pas dans quel genre de maison j'ai envie de vivre, et l'argent que je vais gagner dans deux trois ans me fait peur, et...

— Mais pourquoi tu ne m'en as pas parlé tout de suite ? Comment je peux deviner ? C'est quoi, le grand secret ?

— Y a pas de secret. Je veux juste te montrer que ce qui nous arrive n'est pas tout. Que je continue d'exister même quand on n'est pas ensemble. »

J'aurais pu le deviner tout seul, en fin de compte. J'aurais compris que si moi je perds les pédales quand je n'ai plus de copine, ça ne veut pas dire que tout le monde est comme ça.

4. (Devant la télé, le lendemain soir.)

... un endroit sympa. L'Italie. Les États-Unis. Les Antilles, même.

— Très bonne idée. Ce que je vais faire, c'est remettre la main sur les boîtes de 45 tours d'Elvis pour Sun, et je paierai avec ça. » Je me souviens de la dame de Wood Green avec son mari infidèle et sa collection de disques démente ; j'ai comme un regret.

« Je suppose qu'il s'agit d'une blague grinçante de vieux collectionneur de disques.

— Tu sais que je suis fauché.

— Je sais que je paierai pour toi. Même si tu me dois encore de l'argent. À quoi bon avoir ce boulot si c'est pour passer mes vacances sous une tente sur l'île de Wight ?

— Ben ouais, et où est-ce que je trouverais l'argent pour me payer une demi-tente ? »

On regarde Jack Duckworth qui essaie de cacher à Vera un billet de cinquante livres qu'il a gagné aux courses.

« Tu sais, l'argent n'a pas d'importance. Combien tu gagnes, ça m'est égal. J'aimerais que tu sois plus heureux dans ton travail, mais en dehors de ça tu peux faire ce que tu veux.

— Mais c'était pas prévu comme ça. Quand on s'est rencontré, on était pareil, maintenant on l'est plus, et...

— En quoi on était pareil ?

— Tu étais du genre à venir au *Groucho*, et moi j'étais du genre à y passer des disques. Tu portais des vestes de cuir et des T-shirts, moi aussi. Et je le fais toujours, mais pas toi.

— Parce que je n'ai pas le *droit*. Le soir, je le fais. »

J'essaie de trouver une façon intelligente de dire que nous ne sommes plus comme avant, qu'on s'est éloigné l'un de l'autre, bla bla bla, mais c'est trop dur pour moi.

« On n'est plus comme avant, on s'est éloigné l'un de l'autre.

— Pourquoi tu prends cette voix ridicule ?

— C'est pour faire entendre les guillemets. J'essayais de trouver une nouvelle façon de le dire. Comme tu as essayé de trouver une nouvelle façon de dire que soit on a des enfants, soit on se sépare.

— C'est *pas* ce que...

— Je plaisantais.

— Alors on devrait laisser tomber ? C'est à ça que tu veux en venir ? Parce que si c'est ça, je vais m'énerver.

— Non, mais...

— Mais quoi ?

— Mais pourquoi ça ne devrait pas avoir d'importance, le fait qu'on n'est plus pareil ?

— D'abord, laisse-moi te dire que tu n'y es pour rien.

— Merci.
— Tu es exactement celui que tu étais. Pendant toutes ces années où je t'ai connu, tu n'as pas plus changé qu'une paire de chaussettes. Si on a avancé dans des directions différentes, alors c'est moi seule qui ai avancé. Et tout ce que j'ai fait, c'est changer de travail.
— Et de coupe de cheveux, et de style de vêtements, et d'état d'esprit, et d'amis, et...
— Tu es injuste, Rob. Tu sais bien que je pouvais pas aller travailler avec mes cheveux en brosse. Et je peux me permettre de m'acheter plus de choses. Et j'ai rencontré deux ou trois personnes que j'aime bien, depuis un an ou deux. Reste donc l'état d'esprit.
— Tu es plus dure.
— Peut-être que j'ai plus confiance en moi.
— Plus intransigeante.
— Moins névrosée. Et toi, tu dirais la même chose de ta vie ? Les mêmes amis, ou le même manque d'amis ? Le même boulot ? Le même état d'esprit ?
— Moi ça va.
— Ouais, toi ça va. Mais tu es pas parfait, et en tout cas tu es pas heureux. Et qu'est-ce qui se passe si tu *deviens* heureux — et oui, je sais que c'est le titre d'un album d'Elvis Costello [*Get happy*], j'ai fait cette allusion exprès pour attirer ton attention, tu me prends pour une débile mentale ou quoi ? On devrait se séparer, alors, parce que j'ai l'habitude que tu sois malheureux ? Qu'est-ce qui se passe si, mettons, tu fondes ta propre maison de disques et que ça marche ? Hop, changement de petite amie ?
— Tu fais l'idiote, là.
— En quoi ? Montre-moi la différence entre toi à la tête d'une maison de disques et moi passant de l'assistance légale à la City. »
Je ne trouve pas.
« Tout ce que je dis, c'est que si tu crois à une relation monogame à long terme, alors il faut accepter que des choses arrivent aux gens, et que des choses ne leur arrivent pas. Sinon, à quoi bon ?
— À rien », dis-je sur un ton faussement soumis, mais je suis vraiment intimidé — par son intelligence, sa férocité, le fait qu'elle a toujours raison. Du moins, assez raison pour me faire taire.

5. (Au lit, un peu avant et un peu pendant, si vous voyez ce que je veux dire, deux nuits plus tard.)

« Je sais pas. Je suis désolé. Je crois que c'est parce que je me sens fragile.

— Désolée, Rob, mais j'y crois pas une seconde. Je crois que c'est parce que tu es pété. Quand on a eu ce genre de problème, c'était en général pour ça.

— Pas cette fois. Cette fois, c'est de la fragilité. » J'ai des problèmes avec le mot « fragilité », qui dans ma bouche perd son second « i ». Ce défaut de prononciation ne joue pas en ma faveur.

« Et qu'est-ce qui te rend fragile, d'après toi ? »

Je laisse échapper un bref « Ha ! » sans joie, un vrai chef-d'œuvre dans l'art du rire creux.

« Ça n'éclaire pas ma lanterne.

— "Je suis trop fatiguée pour te quitter." Tout ça. Et Ray... Et puis tu as l'air... de m'en vouloir tout le temps. De m'en vouloir d'être tellement irrécupérable.

— On laisse tomber ? » Elle fait allusion au sexe, non aux explications.

« P't-être. » Je me détache d'elle, m'allonge sur le dos, un bras autour d'elle, les yeux au plafond.

« Je sais. Je suis désolée, Rob. J'ai pas été très... j'ai pas vraiment donné l'impression d'avoir envie de le faire.

— Et pourquoi, d'après toi ?

— Attends. Je voudrais essayer d'expliquer ça bien. Bon. Je pensais qu'on était relié seulement par un petit cordon, notre relation, et que si je le coupais ce serait réglé. Donc je l'ai coupé, mais c'était pas réglé. Il n'y avait pas un seul cordon, il y en avait des centaines, des milliers, où que je me tourne — Jo muette quand j'ai dit qu'on s'était séparé, moi qui me sentais bizarre le jour de ton anniversaire, et bizarre... pas *pendant* qu'on faisait l'amour avec Ray, mais après, et j'avais mal au cœur quand j'écoutais une cassette que tu m'avais faite dans la voiture, je me demandais tout le temps comment tu allais, et... des millions de choses. Et puis tu étais plus affecté que je n'aurais cru, ça rendait la chose plus dure... et puis le jour des funérailles... c'était moi qui voulais que tu sois là, pas ma mère. Enfin, elle était contente, je crois, mais il m'est jamais venu à l'idée de demander à Ray, et c'est à ce moment-là que je me suis sentie fatiguée. Je ne m'attendais pas à devoir faire tout ce travail. Ça n'en valait pas la peine, juste pour me débarrasser de toi. » Elle rit un peu.

« C'est ce que tu appelles une manière gentille de le dire ?

— Tu sais bien que les choses sentimentales, c'est pas mon fort. » Elle m'embrasse sur l'épaule.

Vous entendez ça ? Les choses sentimentales, c'est pas son fort ! Ça, pour moi, c'est un vrai problème, comme ça le serait pour quiconque a entendu Dusty Springfield chanter *The look of love* [« Le visage de l'amour »] à un âge tendre. Je pensais que tout ressemblerait à ça quand je serais marié (je disais « marié » à l'époque — maintenant je dis « maqué » ou « casé »). Je pensais qu'il y aurait une femme sexy à la voix sexy et aux yeux maquillés sexy dont l'amour pour moi suinterait par tous les pores. Le visage de l'amour existe bien — Dusty ne nous a pas complètement menés en bateau —, seulement ce n'est pas celui que je m'imaginais. Il n'a pas des yeux immenses, presque exorbités par le désir, quelque part au milieu d'un grand lit dont les draps sont retournés pour vous attirer ; ce peut être aussi bien le visage indulgent et bienveillant d'une mère devant son gosse, ou un air d'exaspération amusée, ou même d'inquiétude douloureuse. Et le « visage de l'amour » de Dusty Springfield, alors ? Laissez tomber. Aussi mythique que les dessous affriolants.

Les femmes se trompent quand elles s'en prennent à l'image des femmes dans les médias. Les hommes savent bien que tout le monde n'a pas la poitrine de Bardot, le cou de Jamie Lee Curtis, les fesses de Felicity Kendall, et ils s'en fichent. Évidemment, on choisirait Kim Basinger plutôt que Hattie Jacques, tout comme les femmes choisiraient Keanu Reeves plutôt que Bernard Manning, mais ce n'est pas le corps qui compte, c'est le degré de soumission. On a très vite compris que les *James Bond girls* ne boxaient pas dans notre catégorie, mais le fait que les femmes ne nous regardent jamais comme Ursula Andress regardait Sean Connery, ni même comme Doris Day regardait Rock Hudson, nous avons été beaucoup plus lents à nous en rendre compte, en général. En ce qui me concerne, je ne suis même pas sûr d'y être arrivé.

Je commence à me faire à l'idée que Laura pourrait être la femme avec qui je passe ma vie, je crois (en tout cas, je me fais à l'idée que je suis trop malheureux sans elle pour envisager des solutions). Mais j'ai beaucoup de mal à me faire à l'idée que mes rêves de petit garçon — grand amour, déshabillé, dîners aux chandelles, longs regards dramatiques — n'ont aucune base réelle. C'est ça qui devrait faire enrager les femmes ; c'est ça qui nous empêche de fonctionner correctement dans une relation durable. Ce n'est pas la cellulite ou les pattes-d'oie. C'est le... le... *manque de respect.*

Vingt-huit

Il y a environ deux semaines, après beaucoup de discussions, beaucoup de sexe et une bonne dose de dispute, on va dîner avec les amis de Laura, Paul et Miranda. Ça ne vous paraît peut-être pas très excitant, mais ça compte beaucoup pour moi : c'est un vote de confiance, une bénédiction, un signal donné au monde que je suis là pour quelques mois au moins. Laura et moi, on ne s'est jamais trouvé en tête à tête avec Paul et Miranda, et je ne les ai pas même rencontrés séparément, d'ailleurs. Laura et Paul ont été engagés dans leur cabinet d'avocats presque en même temps, ils se sont bien entendus, de sorte que le jour où il l'a invitée (avec moi), j'ai refusé d'y aller. Je n'aimais pas sa voix, ni l'enthousiasme de Laura pour lui, mais quand j'ai appris qu'il y avait une Miranda j'ai compris ma sottise, alors j'ai inventé toutes sortes d'autres raisons. J'ai dit qu'il était un exemple typique des gens qu'elle allait rencontrer sans arrêt maintenant qu'elle avait ce boulot chic, que j'allais être mis au rancart, elle s'est fâchée, et donc j'ai préfixé son nom de « ce con de » chaque fois que je le mentionnais, je lui ai attribué une voix de pète-sec et des goûts qu'il n'avait sûrement pas, alors Laura s'est *vraiment* fâchée et elle est sortie sans moi. Comme je le traitais de con, j'ai pensé que Paul et moi étions partis du mauvais pied, et quand Laura les a invités chez nous je suis sorti jusqu'à deux heures du matin pour être sûr de ne pas tomber sur eux, même s'ils ont un enfant et si je savais qu'ils seraient partis à onze heures et demie. Donc, quand Laura m'a dit qu'on était invités de nouveau, j'ai su que c'était important, pas seulement parce qu'elle acceptait de retenter le coup, mais parce que ça voulait dire qu'elle avait parlé de notre réconciliation, et pas uniquement en mal.

Tandis que nous attendons sur le seuil de leur maison (rien de prétentieux, un trois-pièces avec terrasse dans Kensal Green), je joue avec le bouton de braguette de mon 501, un tic nerveux que Laura désapprouve, à juste titre probablement. Mais ce soir elle me regarde et sourit, prend ma main (l'autre, pas celle qui s'agite fiévreusement contre mon ventre), la serre furtivement, et en un clin d'œil nous sommes happés dans la maison par les sourires, les baisers et les présentations.

Paul est grand et beau garçon, avec des cheveux noirs longs (mal peignés, pas-le-temps-de-les-faire-couper, genre informaticien fou plutôt que play-boy permanenté), et une silhouette voûtée. Il porte un vieux pantalon marron en velours côtelé et un T-shirt Body Shop avec un truc vert dessus, un lézard ou un légume. J'aimerais que deux ou trois boutons de ma braguette soient défaits, pour ne pas me sentir trop habillé. Miranda, comme Laura, porte un pull informe et un fuseau, elle a des lunettes rondes pas mal du tout, elle est blonde, toute ronde et jolie, pas tout à fait ronde comme Dawn French, mais assez pour qu'on le remarque tout de suite. Je ne suis donc pas intimidé par les vêtements, ni par la maison, ni par les gens, et de toute façon ils sont si gentils avec moi que pendant un moment j'en ai presque les larmes aux yeux : même pour un angoissé comme moi, il est évident que Paul et Miranda sont ravis de me voir, soit parce qu'ils ont décidé que je suis une Bonne Chose, soit parce que Laura leur a dit qu'elle est heureuse de ce qui nous arrive (et si je n'ai rien compris, s'ils jouent la comédie, peu importe, quand les acteurs sont si bons).

Aucune conversation du style « quel-nom-donneriez-vous-à-un-chien », d'une part parce que tout le monde sait ce que tout le monde fait (Miranda est prof d'anglais à l'université), d'autre part parce qu'à aucun moment la soirée ne prend ce tour. Ils posent des questions sur le père de Laura, qui leur raconte l'enterrement, du moins en partie, et leur dit même des choses que je ne savais pas — par exemple, qu'elle a ressenti une petite excitation, momentanément, avant d'être submergée par la douleur et le chagrin — genre : « Ouah, c'est la chose la plus adulte qui me soit jamais arrivée. »

Puis Miranda parle un peu de la mort de sa mère, et Paul et moi lui posons des questions, puis Paul et Miranda m'interrogent sur mes parents, et à partir de là on se met à parler de nos aspirations, de ce qu'on attend, de ce dont on n'est pas content, et... je sais pas. C'est bête à dire, mais malgré les sujets de conversation, je passe vraiment un bon moment — je n'ai peur de personne, les gens prennent au sérieux tout ce que je dis, je vois Laura qui me regarde tendrement de temps à autre, et c'est bon pour le moral. Non que quiconque dise des choses inoubliables, sages ou pénétrantes ; c'est plutôt une affaire d'humeur. Pour la première fois de ma vie je me suis senti dans un épisode de *Thirtysomething* [« Trente ans et quelques »] plutôt que dans un épisode de... de... d'un feuilleton qui n'existe pas encore, sur trois types travaillant dans un magasin de disques, parlant de garnitures de sandwiches et de solos de sax toute la journée, et qui aiment ça. Je sais bien que *Thirtysomething* est ringard, cliché, américain et tout, je m'en rends bien compte. Mais quand on vit dans un deux-pièces à Crouch End, que les affaires partent en eau de boudin et que votre copine s'est tirée avec le voisin du dessus, un rôle de premier plan dans un épisode en direct de *Thirtysomething*, avec tous les gosses, mariages, boulots, barbecues et CD de k.d. lang que ça suppose, ça semble dépasser toutes les espérances.

La première fois que j'en ai pincé pour quelqu'un, c'était quatre ou cinq ans avant Alison Ashworth. On passait des vacances en Cornouailles, un couple en voyage de noces était à la table voisine pour le petit déjeuner, on s'est mis à leur parler, et je suis tombé amoureux des deux. Ce n'était ni l'un ni l'autre, c'était l'ensemble. (Et maintenant que j'y pense, c'est peut-être eux, autant que Dusty Springfield, qui m'ont donné des espoirs trompeurs concernant l'amour.) Je crois que chacun devait essayer de prouver, comme font souvent les jeunes mariés, qu'il était génial avec les enfants, qu'il ferait lui un père formidable et elle une mère sublime, et j'en ai profité : ils m'ont emmené nager, faire du canoë, ils m'ont acheté des Sky Rays, et quand ils sont partis j'ai eu le cœur brisé.

C'est un peu comme ça ce soir, avec Paul et Miranda. Je tombe amoureux d'eux deux — de ce qu'ils possèdent, de la façon dont ils se traitent l'un l'autre, de la façon dont ils me donnent l'impression que je suis le centre de leur monde. Je les trouve formidables, j'ai envie de les voir deux fois par semaine le reste de ma vie.

Ce n'est qu'à la fin de la soirée que je vois le piège. Miranda est à l'étage avec son petit garçon ; Paul est allé voir s'il ne reste pas une vieille bouteille de liqueur planquée derrière un meuble, pour alimenter le petit feu qui couve dans nos ventres à tous.

« Va voir leurs disques, dit Laura.

— Pas la peine. Je peux survivre sans mettre le nez dans la collection de disques des autres, tu sais.

— S'il te plaît. Je veux que tu le fasses. »

Je m'approche donc de l'étagère, je tourne la tête d'un côté en plissant les yeux, et assurément c'est une zone sinistrée, le genre de collection de CD qui est si atrocement polluante qu'il faudrait la sceller dans un caisson d'acier et l'expédier dans une décharge du tiers monde. Ils sont tous là : Tina Turner, Billy Joel, Kate Bush, Pink Floyd, Simply Red, les Beatles bien sûr, Mike Oldfield *(Tubular Bells I* et *II)*, Meat Loaf... Je n'ai pas beaucoup de temps pour examiner les vinyles, mais j'aperçois un ou deux disques des Eagles et j'en vois un autre qui m'a tout l'air d'un album de Barbara Dickson.

Paul revient dans la pièce.

« J'imagine que tu ne dois pas en approuver beaucoup, hein ?

— Oh je sais pas. C'était un bon groupe, les Beatles. »

Il rit. « On n'est pas très à la page, j'en ai peur. Il faut qu'on vienne dans ton magasin et que tu nous remettes sur le droit chemin.

— Chacun son truc », dis-je.

Laura me regarde. « Je ne t'ai jamais entendu dire ça. Je croyais que "chacun son truc" était le genre de sentiment qui vous faisait mériter la mort dans le meilleur des mondes de Fleming. »

Je lui adresse un sourire pervers et je tends mon verre à cognac pour que Paul y verse d'une bouteille poisseuse une goutte de vieux Cointreau.

« Tu l'as fait exprès, lui dis-je sur le chemin du retour. Tu savais depuis le début qu'ils me plairaient. C'était un piège.

— C'est ça. Je t'ai piégé en te faisant rencontrer des gens

que tu trouverais super. Je t'ai obligé à passer une soirée agréable.

— Tu sais très bien ce que je veux dire.

— La foi de chacun a besoin d'être mise à l'épreuve de temps en temps. J'ai pensé que ce serait amusant de te présenter à quelqu'un qui possède un album de Tina Turner, et de voir si tu pensais toujours la même chose. »

Je pense toujours la même chose. Ou du moins, je le penserai de nouveau. Mais ce soir, je dois avouer (seulement à moi-même, bien sûr) que peut-être, dans cette combinaison de circonstances bizarres, aberrantes, sans doute uniques, ce qu'on est a plus d'importance que ce qu'on aime. Mais ne comptez pas sur moi pour expliquer à Barry comment un tel miracle peut arriver.

Vingt-neuf

J'emmène Laura voir Marie ; elle l'adore.

« Mais elle est géniale ! dit-elle. Pourquoi elle n'est pas plus connue ? Pourquoi le pub n'est pas rempli ? »

Je trouve ça plutôt piquant, étant donné que j'ai passé des années à lui faire écouter des chanteurs qui devraient être célèbres et ne le sont pas, mais je m'abstiens d'en faire la remarque.

« Il faut avoir un sacré bon goût pour voir à quel point elle est bonne, tu sais, et la plupart des gens en sont loin.

— Et elle venue au magasin ? »

Ouais. J'ai couché avec elle. Génial, non ?

« Ouais, je l'ai servie au magasin. Génial, non ?

— Baiseur de stars, va. » Elle applaudit sur le dos de la main qui tient son verre de Guinness quand Marie finit une chanson. « Pourquoi tu la fais pas chanter dans le magasin ? Une apparition exceptionnelle ? Tu as encore jamais fait ça.

— J'en ai jamais eu l'occasion.

— Pourquoi pas ? Ce serait marrant, non ? Elle aurait peut-être même pas besoin de micro.

— Si elle avait besoin de micro chez Championship Vinyl, c'est qu'elle aurait une maladie des cordes vocales.

— Et puis tu vendrais sûrement quelques cassettes, et d'autres trucs dans la foulée. Et ça pourrait paraître dans la liste des concerts de *Time Out*.

— Eh là, Lady Macbeth. Calme-toi et écoute la musique. » Marie chante une ballade sur la mort d'un oncle, et une ou deux personnes se retournent quand Laura se laisse emporter par son enthousiasme.

Mais j'aime bien l'idée. Une apparition exceptionnelle !

Comme une dédicace de disques ! (Est-ce qu'on signe les cassettes ? J'imagine que oui.) Et peut-être que si ça marche avec Marie d'autres chanteurs voudront le faire — peut-être même des groupes, et si c'est vrai que Bob Dylan a acheté une maison au nord de Londres... eh bien, pourquoi pas ? Je sais bien que les superstars ne font pas souvent des signatures dans des boutiques pour encourager les ventes d'exemplaires défraîchis de leurs vieux disques, mais si je pouvais me débarrasser de cette version mono de *Blonde on Blonde* à un prix excessif, je suis prêt à partager les bénéfices avec lui. On pourrait même faire quarante/soixante, s'il y a une signature en plus.

Et en partant d'un petit concert acoustique de rien du tout comme Bob Dylan chez Championship Vinyl (avec un album à tirage limité, peut-être ? Ça risque d'être un contrat difficile à négocier, mais rien n'est impossible, après tout), on peut imaginer un avenir radieux. Je pourrais peut-être rouvrir le *Rainbow* ? C'est juste au coin de la rue, et personne n'en veut. Je pourrais le lancer avec un concert de bienfaisance, peut-être une réédition d'Eric Clapton au *Rainbow*...

On va voir Marie à l'entracte, pendant qu'elle vend ses cassettes.

« Saluuuut ! J'ai vu que Rob était avec quelqu'un, et j'espérais que ce serait vous », dit-elle à Laura avec un grand sourire.

J'étais tellement occupé à faire des plans de promotion que j'ai oublié de m'angoisser à propos du face-à-face Laura-Marie (Deux femmes. Un homme. Même un imbécile aurait pu prévoir des problèmes. Etc.), et voilà que j'ai déjà à m'expliquer. J'ai servi Marie une ou deux fois au magasin, selon mon témoignage. Sur quelle base, donc, pouvait-elle espérer que Laura serait Laura ? (« Ça fait cinq livres quatre-vingt-dix-neuf, s'il vous plaît. Tiens, ma copine a le même portefeuille. Enfin, mon ex-copine. J'aurais aimé que vous fassiez sa connaissance, mais on a rompu. »)

Laura a l'air raisonnablement stupéfaite, mais elle plonge.

« J'adore vos chansons. Et votre façon de les chanter. » Elle rougit légèrement, puis secoue la tête nerveusement.

« Ça me fait plaisir. Rob avait raison. Vous êtes vraiment

quelqu'un. » (« Voilà votre monnaie, quatre livres et un penny. Mon ex-copine, c'est quelqu'un, vous savez. »)

« Je ne savais pas que vous étiez si copains, tous les deux, dit Laura d'un ton un peu trop acide pour mon estomac.

— Oh, Rob a été un ami formidable depuis que je suis arrivée. Comme Dick et Barry. Ils m'ont vraiment donné l'impression que j'étais la bienvenue.

— On devrait laisser Marie vendre ses cassettes, Laura.

— Marie, vous feriez un mini-concert dans le magasin de Rob ? »

Marie rigole. Elle rigole, mais ne répond pas. On attend comme des crétins.

« Vous vous moquez de moi, c'est ça ?

— Pas du tout. Un samedi après-midi, quand le magasin est plein. Vous pourriez vous mettre debout sur le comptoir. » Cette dernière amélioration est une trouvaille de Laura, et je lui fais les gros yeux.

Marie hausse les épaules. « D'accord. Mais l'argent des cassettes vendues est pour moi.

— Pas de problème. » Encore Laura. Je lui faisais déjà les gros yeux, alors je dois faire un effort pour ne pas les lui faire encore plus gros.

« Merci, ravie d'avoir fait votre connaissance. »

On retourne à notre place.

« Tu vois ? dit-elle. Du gâteau. »

De temps en temps, durant les premières semaines qui suivent le retour de Laura, j'essaie de me faire une idée de notre nouvelle vie : est-ce que c'est mieux ou pire, en quoi mes sentiments pour elle ont changé le cas échéant, si je suis plus heureux qu'avant, si je risque bientôt d'avoir des fourmis dans les pieds, si Laura est différente, ce que ça fait de vivre avec elle. Facile de répondre — mieux, un peu, oui, pas un gros risque, pas vraiment, plutôt bien — mais frustrant, parce que je sais que les réponses ne viennent pas des profondeurs. Or justement j'ai moins le temps de réfléchir depuis qu'elle est revenue. On est trop occupé à parler, à travailler, à faire l'amour (on fait beaucoup l'amour en ce moment, souvent à mon initiative, pour conjurer la peur), à manger, à aller au cinéma. Peut-être que je devrais arrêter de faire tout ça, pour pouvoir réfléchir correctement, parce que je sais que c'est une période importante. Mais, d'un autre côté, peut-être qu'il ne vaut mieux pas ; peut-être que ça doit se faire comme ça. Peut-être que c'est comme ça que les gens réussissent à tenir ensemble.

« Ah, super. Nous, tu nous as jamais demandé de jouer ici. »

Barry. Pan, dans le mille. J'aurais dû me douter qu'il allait trouver un moyen de geindre quand je lui parlerais du concert imminent de Marie dans le magasin.

« Ah bon ? Je croyais l'avoir fait, et que tu avais dit non.

— Comment on va s'en sortir, si même nos amis nous laissent tomber ?

— Rob t'a laissé mettre ton affiche, Barry. Sois pas de mauvaise foi. » Ça, c'est plutôt péremptoire pour Dick, mais de toute façon il y a quelque chose qui lui déplaît dans l'idée du groupe de Barry. Pour lui, je pense, un groupe c'est trop dans l'action, et trop loin du royaume des groupies.

« Ah oui, génial. Tu parles d'un cadeau. Une affiche.

— Comment un groupe rentrerait ici ? Faudrait que j'achète la boutique d'à côté, et j'ai pas l'intention de faire ça juste pour te permettre de foutre un bordel d'enfer un samedi après-midi.

— On aurait pu faire un concert acoustique.

— Ah ouais. Kraftwerk *unplugged.* Ce serait chouette. »

Ça fait rire Dick, et Barry le regarde avec haine.

« Ta gueule, connard. Je t'ai dit qu'on faisait plus des trucs allemands.

— À quoi ça servirait ? Qu'est-ce que vous vendriez ? Vous avez fait un disque ? Non ? Alors ? »

Ma logique est si puissante que Barry doit se contenter de faire les cent pas pendant cinq minutes, puis de s'asseoir sur le comptoir, la tête plongée dans un vieux numéro de *Hot Press*. De temps en temps, il dit timidement une méchanceté — « Tout ça parce que tu l'as sautée », par exemple, ou « Comment tu peux diriger un magasin de disques sans rien comprendre à la musique ? » Mais la plupart du temps il reste calme, perdu dans la contemplation de ce qui aurait pu se passer si j'avais offert aux Barrytown la possibilité de jouer *live* chez Championship Vinyl.

C'est une toute petite chose idiote, ce concert. Après tout, ça va se résumer à une demi-douzaine de chansons chantées avec une guitare acoustique devant une demi-douzaine de personnes. Ce qui me déprime, c'est l'impatience avec laquelle j'attends ça, le plaisir que j'ai pris aux minables préparatifs (quelques affiches, un ou deux coups de fil pour récupérer quelques cassettes) qui ont été nécessaires. Et si je n'étais plus satisfait de mon sort ? Qu'est-ce que je ferais ? L'idée que la quantité de... de *vie* que j'ai dans mon assiette ne peut plus me rassasier, cette idée m'affole. Je pensais qu'on était censé jeter tout le superflu et se contenter du reste, mais apparemment ce n'est pas ça du tout.

Le grand jour lui-même passe comme dans un nuage — j'imagine que ce dut être pareil pour Bob Geldof le jour du concert de *Live Aid.* Marie est là, plein de gens viennent la voir (le magasin est bondé ; elle ne se met pas debout sur le comptoir, mais elle doit quand même se mettre derrière, sur des caisses qu'on lui a trouvées), ils applaudissent, à la fin certains achètent des cassettes et quelques-uns achètent d'autres choses qu'ils trouvent dans les bacs ; mes dépenses s'élevaient à dix livres, et je vends pour trente ou quarante livres, alors je suis aux anges. J'exulte. Enfin, disons que je souris.

Marie me facilite la tâche. Elle chante une douzaine de chansons, dont la moitié seulement sont d'elle ; avant de commencer, elle passe un moment à fouiller dans les bacs pour s'assurer que j'ai toutes les versions originales des chansons qu'elle veut reprendre, elle écrit le titre et le prix de l'album en question. Si je ne l'ai pas, elle barre le titre de sa liste et en choisit un que j'ai.

« Et maintenant, une chanson d'Emmylou Harris intitulée *Boulder to Birmingham.* Elle se trouve sur l'album *Pieces of sky,* que Rob vend cet après-midi au prix incroyable de cinq livres quatre-vingt-dix-neuf pence, et vous le trouverez là-bas dans le bac Country — femmes. »

« Et maintenant, une chanson de Butch Hancock intitulée... » Et à la fin, quand les gens veulent acheter les chansons mais ont oublié les noms, Marie est là pour les aider. Elle est super, et quand elle chante, je rêve que je ne vis pas avec Laura et que ma nuit avec Marie s'est mieux passée. Peut-être que la prochaine fois, s'il y a une prochaine fois, je ne serai pas aussi malheureux à cause du départ de Laura, et les choses seront différentes avec Marie, et... mais je serai toujours malheureux si Laura s'en va. C'est la leçon que j'en ai tirée. Donc je devrais être heureux qu'elle reste, non ? Ça devrait marcher comme ça, non ? Et c'est comme ça que ça marche. Plus ou moins. Quand je n'y pense pas trop.

On pourrait soutenir que mon petit show est plus réussi, dans son genre, que le concert de *Live Aid,* au moins d'un point de vue technique. Il n'y a pas de couacs, pas de merde technique (certes, on a du mal à imaginer ce qui pourrait arriver, à part une corde de guitare qui casse, ou Marie tombant de ses caisses), et un seul incident fâcheux : après deux chansons, une voix familière s'élève du fond de la boutique, tout près de la porte.

« Vous allez jouer *All kinds of everything* ?

— Je la connais pas, répond Marie gentiment. Mais si je la connaissais, je la chanterais pour vous.

— Vous la connaissez pas ?

— Eh non.

— *Vous la connaissez pas ?*

— Désolée.

— Putain, elle a gagné le concours de l'Eurovision, ma petite.

— Alors je dois être vraiment inculte, hein ? Je vous promets que la prochaine fois que je jouerai ici, je l'aurai apprise.

— Alors ça, j'espère bien. »

Ensuite, je me faufile jusqu'à la porte, Johnny et moi dansons notre petite danse, et je le mets dehors. Mais c'est quand même moins grave que le micro de Paul McCartney qui larsène pendant *Let it be,* non ?

« Je me suis vraiment éclatée, dit Marie après la fin. Je pensais pas que ça marcherait, mais si. Et on a même fait du fric ! Ça me fait toujours du bien. »

Moi, ça ne me fait pas de bien, pas maintenant que tout est fini. Pendant un après-midi j'ai travaillé dans un endroit où les gens avaient envie de venir, et ça changeait tout pour moi — je me suis senti, je me suis senti, vas-y dis-le, je me suis senti *plus homme,* impression à la fois troublante et rassurante.

Les hommes, les vrais, ne travaillent pas dans les rues désertes de Holloway ; ils travaillent dans la City ou à West End, dans des usines, au fond des mines, dans des gares, des aéroports ou des bureaux. Ils travaillent dans des endroits où d'autres travaillent, ils doivent se battre pour s'y faire admettre, et peut-être que du coup ils n'ont pas le sentiment que la vraie vie est ailleurs. Je n'ai pas l'impression d'être le centre de mon propre monde, alors comment pourrais-je croire que je suis au centre du monde de quelqu'un d'autre ? Quand les derniers retardataires ont été reconduits gentiment à la porte et que je la referme derrière eux, j'ai une bouffée de panique. Je sais que je vais devoir faire quelque chose du magasin — l'abandonner, le brûler, n'importe quoi — et me trouver une carrière.

Trente

Mais regardez :

Mes cinq boulots de rêve

1. Journaliste au *New Musical Express,* entre 1976 et 1979

Pouvoir rencontrer les Clash, les Sex Pistols, Chrissie Hynde, Danny Baker, etc. Recevoir plein de disques gratuits — et des bons. Présenter ma propre émission, ou un truc comme ça.

2. Producteur pour Atlantic, entre 1964 et 1971 (environ)

Pouvoir rencontrer Aretha, Wilson Pickett, Solomon Burke, etc. Recevoir plein de disques gratuits (sûrement) — et des bons. Gagner des tonnes de fric.

3. N'importe quel genre de musicien (sauf classique ou rap)

Ça va sans dire. Mais je me serais résolu à n'être qu'un membre des Memphis Horns — je ne demande pas à être Hendrix, Jagger ou Otis Redding.

4. Cinéaste

Encore une fois, de n'importe quel genre, mais si possible pas allemand, ni muet.

5. Architecte

Entrée surprise en cinquième position, je sais, mais je n'étais pas mauvais en dessin technique, à l'école.

Et c'est tout. Ce n'est même pas un « top cinq », d'ailleurs : il n'y a pas de numéro six ou de sept omis pour les besoins de l'exercice. Pour être franc, je n'ai même pas une envie folle d'être architecte — je me suis seulement dit que si je n'arrivais pas à cinq, j'aurais l'air un peu nul.

C'était une lubie de Laura, que je fasse une liste, et comme je n'ai pas eu d'idée pour une liste sérieuse, j'en ai fait une idiote. Je n'avais pas l'intention de la lui montrer, mais je ne sais pas ce qui me prend — autoapitoiement, jalousie ? —, je le fais quand même.

Elle ne réagit pas.

« Il ne reste que l'architecture, donc ?

— Je suppose.

— Sept ans de formation. »

Je hausse les épaules.

« Tu es prêt à faire ça ?

— Pas vraiment.

— C'est bien ce qui me semblait.

— Je suis pas sûr de vouloir devenir architecte.

— Donc, tu as une liste de cinq trucs que tu ferais s'il n'y avait pas d'obstacle de temps, d'histoire, de compétence et de salaire, et l'une ne t'intéresse même pas.

— Ben, je l'ai mis qu'en cinquième position.

— Tu aurais vraiment préféré être journaliste au *New Musical Express* que, mettons, explorateur au XVIe siècle ou roi de France ?

— Je veux, oui ! »

Elle secoue la tête

« Tu mettrais quoi, toi ?

— Des centaines de trucs. Dramaturge. Danseuse étoile.

Musicienne, oui, mais aussi peintre et prof d'université, romancière ou chef dans un grand restaurant.

— Chef ?

— Oui, j'adorerais avoir ce genre de talent. Pas toi ?

— Je serais pas contre. Mais j'aimerais pas travailler le soir. » C'est vrai, en plus.

« Alors, tu ferais mieux de rester au magasin.

— Comment tu en arrives à cette conclusion ?

— Tu préférerais pas faire ça plutôt qu'être architecte ?

— Peut-être.

— Eh bien voilà. C'est en cinquième position dans ta liste de boulots de rêve, et comme les quatre autres sont complètement irréalistes, tu es mieux loti comme ça. »

Je ne dis pas à Dick et Barry que je pense à fermer boutique. Mais je leur demande quand même leurs cinq boulots de rêve.

« On a le droit de subdiviser ? demande Barry.

— Comment ça ?

— Ben, est-ce que saxophoniste et pianiste comptent pour deux ?

— Je dirais que oui. »

Silence dans le magasin ; pendant quelques instants, c'est devenu une classe d'école primaire pendant une séance de dessin. On mordille les crayons, on gribouille, on fronce les sourcils, je regarde par-dessus les épaules.

« Et entre guitariste et bassiste ?

— Je sais pas. Ça fait qu'un, je dirais.

— Quoi ? Alors Keith Richards fait le même boulot que Bill Wyman, d'après toi ?

— J'ai pas dit qu'ils font le...

— On aurait dû penser à leur dire. L'un des deux se serait épargné beaucoup de peine.

— Et pour, disons, critique de cinéma et critique de disques ? demande Dick.

— Un seul boulot.

— Génial. Ça me libère pour d'autres trucs.

— Ah ouais ? Comme quoi ?

— Pianiste et saxophoniste, déjà. Et j'ai encore deux entrées. »

Et cetera. Ce que ça prouve, en tout cas, c'est que ma liste n'était pas monstrueuse. N'importe qui aurait pu la signer. Enfin, pratiquement n'importe qui. N'importe qui travaille ici, du moins. Personne ne me demande d'épeler « bâtonnier ». Personne ne demande si « véto » et « docteur » comptent pour deux. Tous les deux sont perdus, très loin, dans des studios d'enregistrement, des loges, des bars de grands hôtels.

Trente et un

Laura et moi allons voir mes parents, et ça prend une tournure un peu officielle, comme si on annonçait quelque chose. Je crois que cette impression est due plus à eux qu'à nous. Ma mère porte une robe, mon père s'abstient de déblatérer sur ses activités grotesques de bouilleur de cru amateur, et il ne touche pas à la télécommande de la télé ; il reste assis sur une chaise, écoute, pose des questions et, dans une semi-obscurité, il aurait l'air d'un homme normal discutant avec ses invités.

Avoir des parents devient plus facile si on a une petite amie. Je ne sais pas très bien pourquoi, mais c'est vrai. Mes parents m'aiment davantage quand j'ai quelqu'un, et ils ont l'air plus à l'aise ; c'est comme si Laura devenait un micro humain, comme si on parlait à travers elle pour être enfin entendu.

« Vous regardez *Inspector Morse* ? demande Laura de but en blanc.

— Non, répond mon père. C'est une rediffusion, non ? On a enregistré la série la première fois. » Voyez, c'est typique de mon père, ça. Non seulement il tient à dire qu'il ne regarde jamais les rediffusions, qu'il est à la page ; il doit y ajouter un embellissement inutile et mensonger.

« Tu n'avais pas de magnétoscope la première fois que c'est passé », fais-je remarquer avec bon sens. Mon père feint de n'avoir rien entendu.

« Pourquoi tu as dit ça ? » lui demandé-je. Il fait une grimace gênée à Laura, comme si elle assistait à un sketch familial incompréhensible. Elle lui rend son sourire. Qu'est-ce que c'est que cette famille, à la fin ?

« On peut les acheter dans les magasins, dit-il. Déjà enregistrées.

— Je suis au courant. Mais tu en as aucune, n'est-ce pas ? »

Mon père fait de nouveau semblant de n'avoir rien entendu, et à ce stade, si on avait été seuls tous les trois, ça aurait fini par une scène. Je lui aurais dit qu'il est un malade mental et/ou un menteur ; ma mère m'aurait dit de ne pas en faire une montagne, etc., je lui aurais demandé si elle subissait ces sornettes toute la journée, et on serait reparti de là.

Mais avec Laura... Je n'irais pas jusqu'à dire qu'elle aime activement mes parents, mais assurément elle pense que les parents en général sont une bonne chose, et que par conséquent il faut chérir leurs petites vanités et leurs ridicules, et non les stigmatiser. Elle affronte les craques de mon père, sa frime et ses couacs, comme des vagues, des lames de fond, et elle surfe sur elles avec talent et plaisir.

« Mais c'est très cher, ces cassettes enregistrées, non ? demande-t-elle. J'en ai acheté quelques-unes à Rob pour son anniversaire il y a quelques années, et j'en ai eu pour presque vingt-cinq livres ! »

Ça, c'est honteux. Elle ne trouve pas que vingt-cinq livres soit une forte somme, mais elle sait que pour eux ça l'est, et ma mère pousse comme prévu le cri perçant, terrifié des vingt-cinq sacs. Après quoi, on est lancé dans la discussion sur les prix — le prix des chocolats, des maisons, de tout ce qui passe par la tête, en fait —, et les mensonges éhontés de mon père sont oubliés.

Au moment où on s'apprête à lever le camp, la même chose ou presque arrive avec ma mère.

« Je suis bien contente que tu sois revenue pour t'occuper de lui, dit-elle. Dieu sait dans quel état serait l'appartement s'il devait tout faire lui-même. »

Ça, ça me démolit, a) parce que je lui ai demandé de ne pas faire allusion à l'absence récente de Laura, b) parce qu'on ne dit pas à une femme, surtout pas à Laura, que l'un de ses plus grands talents est de s'occuper de moi, et c) je suis le plus ordonné de nous deux, et l'appart était en fait plus propre en son absence.

« Je savais pas que tu étais entrée par effraction chez nous pour inspecter la cuisine, maman.

— Oh, pas besoin, merci. Je te connais.

— Tu me connaissais quand j'avais dix-huit ans. Tu sais pas du tout comment je suis maintenant, na. » D'où est sorti ce « na » — puéril, impudent, sarcastique ? Ah oui, je sais, en fait. Il est sorti tout droit de 1973.

« Il est beaucoup plus ordonné que moi », dit Laura, d'un ton simple et grave. J'ai entendu cette phrase au moins dix fois, avec toujours la même intonation, depuis la première fois où j'ai été forcé d'emmener Laura ici.

« Oh, c'est un bon garçon, je sais. J'aimerais seulement qu'il se débrouille mieux.

— Il se débrouillera. » Et elles me regardent toutes les deux avec tendresse. Donc, oui, on m'a dit des bêtises, on m'a accablé de conseils et de soucis, mais il y a maintenant une lueur dans la cuisine, une affection triangulaire vraie, là où il aurait pu n'y avoir qu'hostilité mutuelle, avec en conclusion ma mère en larmes et une porte claquée. Je préfère les choses comme ça, j'avoue ; je suis content que Laura soit là.

Trente-deux

Les affichettes. Je suis pour. La seule idée artistique que j'aie eue de ma vie, c'était d'exposer des photographies d'affichettes. Il faudrait compter vingt à trente ans pour rassembler assez de matière, mais une fois terminé, quelle classe ! Il y a d'importants documents historiques sur la fenêtre saturée de la boutique en face de la mienne : des affiches annonçant un combat de Frank Bruno, un banquet antinazi, le nouveau tube de Prince, un comédien antillais, plein de concerts, et d'ici une semaine ou deux elles auront disparu, recouvertes par les vagues de sable du temps — ou du moins par une pub pour le nouvel album de U2. On sent passer l'esprit de l'époque, non ? (Je vais vous confier un secret : en fait j'ai démarré le projet. En 1988 j'ai pris avec mon Instamatic trois photos d'une boutique vide dans Holloway Road, mais ensuite ils ont loué la boutique et mon enthousiasme est retombé. Les photos n'étaient pas mal — enfin, pas trop mal — mais qui va me laisser exposer trois photos ?)

Bref, de temps en temps je me mets à l'épreuve : je contemple la devanture d'en face pour vérifier que j'ai entendu parler des groupes dont on annonce les concerts, mais la triste vérité c'est que je ne suis plus au courant. Avant, je connaissais tout le monde, chaque nom m'était familier, aussi débile fût-il, aussi minuscule la salle de concert. Et puis, il y a trois ou quatre ans, quand j'ai cessé de dévorer tous les journaux de musique, je me suis aperçu que je ne reconnaissais plus les noms de ceux qui jouaient dans certains petits clubs ; l'année dernière, il y avait des groupes qui jouaient au *Forum* et qui ne me disaient absolument rien. Au *Forum* ! Une salle de quinze cents places ! Mille cinq cents personnes qui vont voir un groupe dont je n'ai jamais entendu parler ! La première fois que c'est arrivé, ça m'a déprimé toute la soirée, peut-être parce que j'ai eu la sottise d'avouer mon ignorance à Dick et Barry. (Barry a failli exploser de mépris ; Dick a regardé au fond de son verre, trop gêné pour croiser mon regard.)

Bref, encore. Je fais mon test éclair (il y a Prince, au moins je ne vais pas avoir zéro — un jour je vais avoir zéro, et ce jour-là j'irai me pendre), quand je note une affiche familière. « À LA DEMANDE GÉNÉRALE ! dit-elle. LE RETOUR DU *GROUCHO CLUB* ! » Puis, un peu plus bas : « TOUS LES JOURS À PARTIR DU 20 JUILLET, AU *DOG AND PHEASANT*. » Je reste là des heures à contempler l'affiche, bouche bée. Elle est de la même taille et de la même couleur que les nôtres à l'époque, et ils ont même eu le culot d'imiter notre graphisme et notre logo — les lunettes et la moustache de Groucho Marx sur le second « o » de Groucho, le cigare sortant de l'œil de la lettre (ce n'est sans doute pas le bon terme technique, mais on l'appelait comme ça) dans le « b » à la fin de « club ».

Dans nos affiches, il y avait une ligne en bas pour donner la liste des musiques que je passais ; je mettais le nom du jeune et brillant DJ à la fin, dans le fol espoir de produire un effet culte autour de lui. On ne voit pas le bas de celle-ci car un groupe a collé plein de petites affichettes par-dessus ; alors je les arrache, et voilà : « STAX ATLANTIC MOTOWN R&B SKA MERSEYBEAT ET UNE APPARITION DE MADONNA — DANCE MUSIC POUR LES VIEUX — DJ ROB FLEMING. » Ça fait plaisir de voir que je le fais toujours, après toutes ces années.

Qu'est-ce qui s'est passé ? Il n'y a que trois possibilités, en fait : a) cette affiche est là depuis 1986 et des archéologues spécialisés dans les affiches viennent de la mettre au jour ; b) j'ai décidé de faire redémarrer le club, j'ai fait imprimer des affiches, je les ai placardées, puis j'ai souffert d'une amnésie galopante ; c) quelqu'un d'autre a décidé de faire redémarrer le club à ma place. Je juge que l'explication c) doit être la bonne, et je rentre pour attendre Laura.

« C'est un cadeau d'anniversaire en retard. J'ai eu l'idée quand je vivais avec Ray, et je la trouvais si bonne que j'enrageais vraiment qu'on ne soit plus ensemble. C'est peut-être pour ça que je suis revenue. Tu es content ? » demande-t-elle. Elle est sortie avec deux collègues boire un verre après le boulot, elle est un peu pompette.

Je ne m'étais pas posé la question avant, mais oui, je suis content. Nerveux et angoissé — tous ces disques à retrouver, tout ce matériel à rassembler — mais content. Exalté, en fait.

« Tu n'avais pas le droit, lui dis-je. Imagine... » Quoi ? « Imagine que je fasse un truc impossible à annuler ?

— Qu'est-ce que tu as jamais fait d'impossible à annuler ?

— La question n'est pas là. » Je ne sais pas pourquoi il faut que je sois comme ça, sinistre, boudeur, genre de-quoi-tu-te-mêles. Je devrais fondre en larmes d'amour et de gratitude, au lieu de faire la gueule.

Elle soupire, se laisse tomber dans le canapé et se déchausse brutalement.

« Eh ben c'est dur, mais tu vas le faire.

— Peut-être. »

Un jour, quand un truc comme ça arrivera, je dirai juste merci, c'est génial, comme c'est gentil, je suis vraiment content. Mais ce n'est pas demain la veille.

« Tu sais qu'on va faire un concert au milieu ? demande Barry.

— Compte là-dessus.

— Laura a dit qu'on pouvait. Si je donnais un coup de main pour les affiches et tout.

— Bon Dieu, vous allez pas la prendre au mot, quand même ?

— Tu parles que si.

— Je te donne dix pour cent sur les entrées si vous jouez pas.

— On touche ça de toute manière.

— À quoi elle joue, putain ? D'accord, disons vingt pour cent.

— Non. On a besoin de faire ce concert.

— Cent dix pour cent, c'est ma dernière offre. »

Il rit.

« Je plaisante pas. Si on a cent personnes qui payent cinq livres chacune, je te donne cinq cent cinquante livres. Voilà à quel point je tiens à t'entendre jouer.

— On est pas aussi mauvais que tu le penses, Rob.

— Vous pourriez pas. Écoute, Barry. Il va y avoir des collègues de boulot de Laura, des gens qui ont des chiens, des bébés et des albums de Tina Turner. Comment vous allez faire avec eux ?

— Comment ils vont faire avec nous, plutôt. À propos, on s'appelle plus les Barrytown. Ils en ont eu marre du truc Barry/Barrytown. On s'appelle SDM. Sonic Death Monkey.

— Sonic Death Monkey.

— Qu'est-ce que t'en dis ? Ça plaît à Dick.

— Barry, tu as plus de trente ans, maintenant. Tu te dois à toi-même, à tes amis, à tes parents, de ne pas chanter dans un groupe qui s'appelle Sonic Death Monkey.

— Je me dois à moi-même d'aller jusqu'au bout, Rob, et ce groupe va vraiment jusqu'au bout. Et même plus loin, en fait.

— Ça, pour aller plus loin, je te garantis que tu vas aller beaucoup plus loin si tu t'approches de moi vendredi soir.

— C'est ça qu'on veut. Provoquer. Et si les copains bourges de Laura supportent pas, qu'ils aillent se faire foutre. Qu'ils cassent tout, on sera là. On sera prêts. » Il conclut par ce qu'il prend vraiment pour un rire démoniaque de drogué fou.

Il y a des gens qui seraient aux anges. Ils en feraient une anecdote, ils prépareraient dans leur tête le récit du moment même où on démolit le club et où des avocats en larmes, les tympans percés, se ruent vers la sortie de secours. Je ne suis pas de ces gens. Je me contente de rassembler tout ça en une petite boule dure d'angoisse et je la place dans mon ventre quelque part entre le nombril et l'anus, pour bien la conserver. Même Laura ne paraît pas tellement anxieuse.

« C'est seulement la première soirée. Et puis, je leur ai dit qu'ils ne pourront pas jouer plus d'une demi-heure. Bon, d'accord, tu vas peut-être perdre un ou deux de mes amis, mais ils ne pourront pas trouver de baby-sitter chaque semaine, de toute façon.

— Il faut que je paye une caution, tu sais. Et la location de la salle.

— C'est déjà réglé. »

Et cette petite phrase suffit à déclencher quelque chose en moi. Tout à coup, je n'y tiens plus. Ce n'est pas l'argent, c'est la manière dont elle a tout préparé : un matin, au réveil, je l'ai trouvée en train de fouiller dans mes 45 tours, de sortir des trucs dont elle se souvenait que je les passais et de les mettre dans les petites valises dont je me servais, mais que j'avais mises au placard depuis des années. Elle savait que j'avais besoin d'un coup de pied au cul. Elle savait aussi combien j'étais heureux quand j'étais disc-jockey ; et j'ai beau envisager la chose sous tous les angles, je ne vois pas pourquoi elle fait tout cela sinon par amour.

Je vais chercher au fond de moi quelque chose qui me ronge depuis un moment, et je la prends dans mes bras.

« Je suis désolé. Je me suis conduit comme un con. Je te suis vraiment reconnaissant de ce que tu as fait pour moi, et je sais que tu l'as fait pour les meilleures raisons du monde, et je t'aime, tu sais, même si ça ne se voit pas.

— Pas de problème. Mais tu as l'air de si mauvais poil tout le temps.

— Je sais. Je comprends pas pourquoi. »

Mais s'il fallait répondre au hasard, je dirais que je suis de mauvais poil parce que je suis coincé, et que je n'aime pas ça. Ce serait plus agréable, en un sens, si j'étais moins lié à elle ; ce serait plus agréable si ces possibilités délicieuses, cette attente rêveuse qu'on a à quinze, vingt ou vingt-cinq ans, même, quand on sait que la femme la plus sublime du monde va peut-être entrer dans votre boutique ou votre bureau, ou dans la fête de vos amis d'un instant à l'autre... eh bien ce serait plus agréable si tout cela existait encore quelque part, dans une poche arrière ou un tiroir du bas. Mais c'est bien fini, je crois, et ça suffirait à mettre n'importe qui de mauvais poil. Ce qui me définit maintenant, c'est Laura, inutile de prétendre le contraire.

Trente-trois

Je rencontre Caroline quand elle vient m'interviewer pour son journal, et je tombe amoureux dans la minute qui suit, sans discussion, tandis qu'elle m'attend au pub d'à côté pour me payer un verre. C'est le premier jour chaud de l'année — on va s'asseoir à une table à tréteaux dehors, on regarde les voitures passer ; elle a les joues roses, elle porte une robe d'été sans manches et sans forme avec de grosses bottines, et curieusement cette tenue lui va à ravir. Mais je crois que je serais tombé amoureux de n'importe qui, aujourd'hui. Le temps me donne l'impression d'avoir perdu toutes les terminaisons nerveuses mortes qui m'empêchaient de sentir, et puis, de toute façon, comment ne pas tomber amoureux de quelqu'un qui veut vous interviewer pour un journal ?

Elle travaille au *Tufnell Parket,* l'un de ces magazines gratuits pleins de pubs qu'on glisse sous votre porte et que vous glissez dans la poubelle. En fait, elle est étudiante — elle fait des études de journalisme, et c'est son stage en entreprise. En fait, elle me dit que son rédacteur en chef n'est pas sûr de vouloir ce papier, parce qu'il n'a jamais entendu parler du magasin ni du club, que Holloway est à la limite de sa juridiction, ou de sa paroisse, ou de sa circonscription, que sais-je. Mais Caroline venait au club à la grande époque, elle adorait ça, et elle veut nous donner un coup de pouce.

« J'aurais pas dû vous laisser entrer, dis-je. Vous deviez pas avoir seize ans.

— Oh là là », dit-elle, et je ne vois pas pourquoi. Puis je pense à ce que je viens de dire. Je ne l'ai pas dit pour la draguer d'une façon grotesque, ni pour la draguer tout court ; je voulais juste dire que si elle est étudiante maintenant, elle devait être lycéenne à l'époque, bien qu'elle ait l'air d'avoir un peu moins ou un peu plus de trente ans. Quand j'apprends qu'elle est en formation permanente et qu'elle a déjà travaillé comme secrétaire dans une maison d'édition de gauche, j'essaie de corriger l'impression que j'ai dû donner sans la recouvrir complètement de Tippex, si vous voyez ce que je veux dire, et je fais un beau gâchis.

« Quand j'ai dit ça sur votre âge, je ne voulais pas dire que vous aviez l'air jeune. Vous n'avez pas l'air jeune. » Bon Dieu. « Vous n'avez pas l'air vieille non plus. Vous avez l'air d'avoir votre âge. » Enfer et damnation. Et si elle a quarante-cinq ans ? « Oui, enfin... Un peu plus jeune, peut-être, mais pas beaucoup. Pas trop. Juste ce qu'il faut. Voyez, j'avais oublié la formation permanente. » Je préférerais mille fois être un paillasson plutôt que ce bavard gaffeur, incohérent, intarissable.

Quelques minutes plus tard, pourtant, je pense avec nostalgie à cette époque de bavardage gaffeur ; elle semble infiniment préférable à mon nouvel avatar, le Vieux Dégueulasse.

« Vous devez avoir une énorme collection de disques, dit Caroline.

— Ouais... Vous voulez venir la voir ? »

Je parlais sérieusement ! Je parlais sérieusement ! Je pensais qu'ils voudraient peut-être une photo de moi debout devant les rayons ! Mais quand Caroline me regarde par-dessus ses lunettes de soleil, je rembobine, j'écoute ce que j'ai dit, et je lâche un grognement de désespoir qu'elle entend. Au moins ça la fait rire.

« Je ne suis pas comme ça, d'habitude. Juré.

— Pas de problème. Je ne pense pas qu'on me laissera faire un portrait psychologique comme dans le *Guardian*, de toute façon.

— Ce n'est pas ça qui m'inquiète.

— Ne vous excusez pas, vraiment. »

Mais tout est effacé par sa question suivante. Toute ma vie j'ai attendu cet instant, et maintenant qu'il arrive je n'en crois pas mes oreilles ; je me sens pris de court.

« Quels sont vos disques préférés au monde ?

— Comment ?

— Quels sont les cinq meilleurs disques, d'après vous ?

Ceux que vous emmèneriez sur une île déserte, moins — combien ? Trois ?

— Moins trois quoi ?

— Les *Disques de l'île déserte,* c'est huit, non ? Donc huit moins cinq, ça fait trois, non ?

— Ouais. Mais plus trois. Pas moins trois.

— Non, ce que j'ai dit, c'est... enfin bref. Vos cinq disques préférés au monde.

— Au club, ou chez moi ?

— Il y a une différence ?

— ÉVIDEMMENT... » Trop fort. Je fais semblant d'avoir un truc dans la gorge, je m'éclaircis la voix, je recommence. « Eh bien, un peu, oui. Il y a mes cinq disques de danse préférés, et puis mes cinq disques préférés en général. Vous voyez, l'un de mes disques préférés au monde est *Sin City* des Flying Burrito Brothers, mais je ne le passerais pas au club. C'est une ballade country-rock. Tout le monde irait se coucher.

— Peu importe. Cinq, c'est tout. Donc encore quatre.

— Comment ça, encore quatre ?

— Eh bien, si *Sin City* en fait partie, ça en laisse quatre.

— NON ! » Cette fois je n'essaie même pas de cacher ma panique. « J'ai pas dit qu'il faisait partie des cinq premiers ! J'ai juste dit que c'était l'un de mes préférés ! Mais il pourrait se retrouver en sixième ou septième position. »

Je me rends un peu ridicule, mais je n'y peux rien : c'est trop important, j'ai attendu cela trop longtemps. Mais où sont-ils passés, tous ces disques que j'avais en tête depuis des années au cas où Roy Plombey, Michael Parkinson, Sue Lawley, ou quelqu'un d'autre présentant *My top twelve* sur Radio One, me contacterait et m'inviterait pour que je remplace à la dernière minute une personnalité sans doute un peu plus célèbre ? Je ne sais pas pourquoi, mais je n'arrive à trouver aucun disque à part *Respect*, et ce n'est pas du tout ma chanson préférée d'Aretha.

« Je peux aller chez moi y réfléchir et vous appeler ? D'ici une semaine ?

— Écoutez, si vous ne trouvez pas, ça ne fait rien. Je ferai une liste moi-même. Mes cinq disques préférés de l'ancien *Groucho Club*, ou un truc comme ça. »

Elle va en faire une ! Elle va me voler ma seule et unique occasion de faire une liste pour la publier dans un journal ! Pas question !

« Oh, je suis sûr que je peux vous bricoler quelque chose. »

A horse with no name. Beep beep. Ma Baker. My boomerang won't come back. Mon crâne est soudain envahi par des titres de chansons idiotes, et j'ai des palpitations.

« D'accord, mettez-y *Sin City.* » Il doit bien y avoir un autre bon disque dans toute l'histoire de la pop music.

« *Baby let's play house* !

— C'est de qui ?

— Elvis Presley.

— Ah oui. Bien sûr.

— Et... » Aretha. Pense à Aretha.

« *Think* ["Pense"] d'Aretha. Franklin. »

Banal, mais ça ira. Trois de faits. Encore deux. Allez, Rob.

« *Louie Louie* des Kingsmen. *Little red Corvette* de Prince.

— Parfait. C'est super.

— Ça y est ?

— Eh bien, je serais pas contre une petite conversation, si vous avez le temps.

— Bien sûr. Mais pour la liste, ça y est ?

— Ça fait cinq. Vous voulez changer quelque chose ?

— *Stir it up* de Bob Marley, je l'ai dit ?

— Non.

— Je ferais bien de le mettre.

— Qu'est-ce que vous voulez enlever ?

— Prince.

— Pas de problème.

— Et je mettrais *Angel* à la place de *Think.*

— O.K. » Elle regarde sa montre. « Je ferais mieux de vous poser quelques questions avant d'y aller. Pourquoi vous avez décidé de recommencer ?

— En fait, c'était l'idée d'une amie. » Une amie. Lamentable. « Elle a tout organisé sans me le dire, comme une sorte de cadeau d'anniversaire. Je crois que je préférerais mettre un James Brown, aussi. *Papa's got a brand new bag.* Au lieu d'Elvis. »

Je la surveille de près tandis qu'elle raye et corrige.

« Sympa, l'amie.

— Ouais.

— Comment elle s'appelle ?

— Euh... Laura.

— Nom de famille ?

— Juste... Bon, Lydon.

— Et cette accroche, “Dance music pour les vieux”, c’est de vous ?

— Non, de Laura.

— Ça veut dire quoi ?

— Écoutez, je suis désolé, mais j’aimerais mettre *Family affair* de Sly and the Family Stone. À la place de *Sin City*. »

Elle raye et griffonne de nouveau.

« Alors, “Dance music pour les vieux” ?

— Oh, comme ça... Beaucoup de gens ne sont pas trop vieux pour aller dans les clubs, mais ils sont trop vieux pour l’acid jazz, le garage, l’ambient et tout ça. Ils ont envie d’entendre un peu de Motown, de vieux funk, de Stax, un peu de nouveaux trucs, le tout mélangé. Il n’y a aucun endroit pour eux.

— Je comprends. Eh bien, je crois que c’est bon. » Elle aspire son jus d’orange. « Santé. J’attends vendredi avec impatience. J’adorais la musique que vous passiez.

— Je vous ferai une cassette, si vous voulez.

— Vraiment, vous feriez ça ? Je pourrais avoir mon propre *Groucho Club* chez moi.

— Pas de problème. J’adore faire des cassettes. »

Et je sais que je vais le faire, en plus, sans doute dès ce soir, et je sais aussi qu’au moment où je déballerai la cassette et appuierai sur la touche « pause », j’aurai le sentiment d’être un traître.

« J’en reviens pas, dit Laura quand je lui parle de Caroline. Comment tu as pu ?

— Quoi ?

— Depuis que je te connais, tu dis que *Let’s get it on* de Marvin Gaye est le meilleur disque de tous les temps, et maintenant il n’arrive même pas dans les cinq premiers.

— Putain. Merde. Zut. Je savais bien que je...

— Et Al Green, qu’est-ce qui lui est arrivé ? Et les Clash ? Et Chuck Berry ? Et ce type à propos de qui on s’est disputé ? Solomon quelque chose ? »

Bon Dieu.

J’appelle Caroline le lendemain matin. Elle n’est pas là. Je laisse un message. Elle ne rappelle pas. Je rappelle. Je laisse un autre message. Ça devient un peu gênant, mais pas question que *Let’s get it on* n’entre pas dans ce palmarès.

Au troisième essai, je tombe sur elle, elle semble gênée mais un peu coupable, et quand elle comprend que je n'appelle que pour changer la liste elle se détend.

« O.K. Le palmarès définitif. Numéro un : *Let's get it on* de Marvin Gaye. Numéro deux : *This is the house that Jack built,* Aretha Franklin. Numéro trois : *Back in the USA,* Chuck Berry. Numéro quatre : *White man in Hammersmith Palais,* des Clash. Et le dernier, *last but not least,* ha ha, *So tired of being alone,* d'Al Green.

— Je ne pourrai plus la changer, vous savez. Cette fois, c'est fini.

— Pas de problème.

— Mais je me suis dit que ça serait peut-être bien de faire la liste des cinq meilleurs disques de danse. L'histoire a plu au rédac-chef, au fait — celle de Laura.

— Ah.

— Vous pourriez me faire une liste rapide de disques qui remplissent les pistes, ou c'est trop demander ?

— Non non. Je l'ai toute prête. » Je la lui dicte en épelant chaque titre (mais quand l'article paraît, il y a *The Ghetto,* comme la chanson d'Elvis, erreur dont Barry prétend qu'elle est due à mon ignorance).

« J'ai presque fini votre cassette.

— Ah oui ? C'est vraiment adorable.

— Je vous l'envoie ? Ou vous voulez prendre un verre ?

— Hum... Va pour le verre. C'est moi qui régale ; je vous dois bien ça.

— Super. »

Les cassettes ? Ça marche à tous les coups.

« C'est pour qui ? demande Laura quand elle me voit tripoter les boutons du magnéto.

— Oh, juste cette femme qui m'a interviewé pour le journal gratuit, là. Carol ? Caroline ? Un truc comme ça. Elle m'a dit que ce serait plus facile, tu vois, si elle avait une idée de la musique qu'on passe. » Mais je n'arrive pas à le dire sans rougir et fixer les yeux sur le magnéto, et je sais qu'elle ne me croit pas vraiment. Si quelqu'un sait ce que les compiles représentent, c'est bien Laura.

La veille de mon rendez-vous avec Caroline, je produis tous les symptômes classiques d'un béguin : mal au ventre, rêveries interminables, incapacité de me rappeler à quoi elle ressemble. Je revois la robe et les bottes, j'entrevois une frange, mais son visage est effacé, que je remplis de détails anonymes pris dans les magazines — des lèvres rouges et charnues, alors que c'est son air d'Anglaise maligne et bien élevée qui m'a plu tout de suite chez elle ; des yeux en amande, alors qu'elle portait des lunettes de soleil presque tout le temps ; une peau pâle et parfaite, alors que je me souviens très bien qu'elle est plutôt rousse. Je sais qu'au moment où je la reverrai il y aura d'abord une petite déception — c'était pour *ça*, tout ce remue-ménage intérieur ? —, puis je trouverai de quoi m'exciter de nouveau : le simple fait qu'elle est venue, une voix sexy, son intelligence, son humour, quelque chose... Et entre la deuxième et la troisième rencontre, toute une nouvelle série de mythes sera née.

Mais cette fois il arrive autre chose. C'est à cause des rêveries. Je fais comme d'habitude — j'imagine par le menu toute notre liaison future, du premier baiser au lit, à la vie à deux, au mariage (la dernière fois, j'ai même prévu l'ordre des chansons pour la fête), au charme qu'elle aura quand elle sera enceinte, aux prénoms des enfants — jusqu'au moment où je m'aperçois qu'il ne reste aucune place pour que quelque chose, enfin... *arrive.* J'ai tout fait, tout vécu dans ma tête. J'ai regardé le film en accéléré ; je connais l'intrigue, le dénouement, les morceaux de bravoure. Maintenant il faut que je rembobine et que je le regarde à la vitesse normale — quel intérêt ?

Et puis merde... quand est-ce que ça va s'arrêter, ce cirque ? Je vais sauter de rocher en rocher pendant tout le reste de ma vie, jusqu'à ce qu'il n'y ait plus de rocher ? Je vais prendre la fuite chaque fois que j'aurai des fourmis dans les pieds ? Parce j'en ai tous les trois mois, avec les factures de téléphone. Et encore plus souvent pendant le fameux été anglais. J'ai pensé avec mes tripes depuis que j'ai quatorze ans, et franchement, entre nous, j'en arrive à la conclusion que mes tripes sont bêtes comme mes pieds.

Je sais ce qui cloche avec Laura. Ce qui cloche avec Laura, c'est que je ne la verrai plus jamais pour la deuxième ou la troisième fois. Je ne passerai plus jamais trois jours dans les affres à essayer de me souvenir de son visage, je ne serai plus jamais une demi-heure en avance au pub pour la retrouver, le nez sur le même article de journal et regardant ma montre toutes les trente secondes, et penser à elle ne déclenchera plus jamais un truc en moi comme *Let's get it on* déclenche un truc. Et certes, je l'aime, elle me plaît et j'aime parler, faire l'amour, me disputer avec elle, elle veille sur moi, s'inquiète pour moi, rouvre le *Groucho Club* pour moi, mais ça ne pèse pas lourd quand une fille aux bras nus, avec un joli sourire et des Doc Martens, entre dans la boutique en disant qu'elle veut m'interviewer. Ça ne compte plus du tout, en fait ; et peut-être que ça devrait compter un peu plus.

Laissons tomber. J'enverrai la cassette par la poste. Probablement.

Trente-quatre

Elle a un quart d'heure de retard, ce qui signifie que je suis au pub, les yeux fixés sur le même article, depuis quarante-cinq minutes. Elle s'excuse, mais *mollement,* vu la situation ; je ne lui en fais pas la remarque. Ce n'est pas le jour.

« Santé », dit-elle, et elle heurte ma bouteille de bière mexicaine avec son verre de soda. Son maquillage a fondu en partie avec la chaleur, ses joues sont roses ; elle est ravissante. « C'est une bonne surprise. »

Je ne dis rien, trop nerveux.

« Tu es inquiet pour demain soir ?

— Pas vraiment. » Je me concentre sur le quartier de citron que j'essaie de faire passer par le goulot de la bouteille.

« Tu vas me parler, ou je dois sortir mon journal ?

— Je vais te parler.

— Bon. »

Je secoue la bouteille pour que le citron se mélange bien.

« Tu vas me parler de quoi ?

— Je vais te parler mariage. Avec moi. »

Elle rit beaucoup. « Ha ha ha. Hoo hoo hoo. »

« Je suis sérieux.

— Je sais.

— Ah bon, alors merci bien.

— Oh, je suis désolée. Mais il y a deux jours tu étais amoureux de cette fille qui t'a interviewé pour une feuille de chou locale, non ?

— Pas vraiment *amoureux,* mais...

— Eh bien, excuse-moi si je ne crois pas que tu sois le parti le plus sûr du monde.

— Si c'était le cas, tu m'épouserais ?

— Non, je pense pas.

— Bon. Alors d'accord. On rentre ?

— Fais pas la gueule. Qu'est-ce qui t'a pris ?

— Je sais pas.

— Très convaincant.

— Tu peux être convaincue ?

— Non. Je crois pas. Je me demande simplement comment on en vient à demander quelqu'un en mariage deux jours après avoir fait une cassette pour quelqu'un d'autre. J'ai tort ?

— Tu as raison.

— Alors ?

— J'en ai marre d'y penser tout le temps, c'est tout.

— De penser à quoi ?

— À ce truc. L'amour et le mariage. Je voudrais penser à autre chose.

— J'ai changé d'avis. C'est la déclaration la plus romantique que j'aie jamais entendue. J'accepte. Je dis oui.

— Ferme-la. J'essaie seulement de t'expliquer.

— Pardon. Continue.

— Tu vois, j'ai toujours eu peur du mariage à cause de... enfin, la corde au cou, rester libre, tout ça. Mais quand je pensais à cette fille idiote, je me suis rendu compte tout d'un coup que c'est le contraire : si on se marie avec quelqu'un qu'on aime vraiment, et qu'on est tiré d'affaire, ça libère pour le reste. Je sais que tu ne sais pas ce que tu ressens pour moi, mais moi je sais ce que je ressens pour toi. Je sais que je veux rester avec toi mais que je fais semblant du contraire sans arrêt, devant toi et devant moi, et on avance comme ça clopin-clopant. C'est comme si on signait un nouveau contrat toutes les trois semaines, et ça j'en ai marre. Et je sais que si on se mariait je le prendrais au sérieux, et j'aurais pas envie de faire des bêtises.

— Et tu peux prendre ta décision comme ça ? De sang-froid, clic, clac, si je fais ceci, il va se passer cela ? Je suis pas sûre que ça marche comme ça.

— Mais si, justement. C'est pas parce que c'est fondé sur des trucs de romans-photos qu'on ne peut pas prendre des décisions rationnelles. Parfois c'est indispensable, sinon c'est l'impasse. Voilà où je me suis trompé. Je me suis laissé déterminer par le temps qu'il fait, par mes tripes, par un changement d'accord génial dans une chanson des Pretenders, maintenant je veux décider moi-même.

— Peut-être.

— Qu'est-ce que tu veux dire, “peut-être” ?

— Je veux dire, peut-être que tu as raison. Mais ce que tu penses ne me sert pas à grand-chose, si ? Tu es tout le temps comme ça. Tu mets au point quelque chose, et tout le monde doit suivre. Tu pensais vraiment que je dirais oui ?

— J'sais pas. Je me suis pas posé la question, en fait. C'était la demande qui importait.

— Eh bien, tu l'as faite. » Mais elle dit cela tendrement, comme si ce que j'ai demandé était une chose gentille, qu'elle le savait, que cela signifiait quelque chose, mais qu'elle n'en voulait pas. « Merci. »

Trente-cinq

Jusqu'à l'arrivée du groupe, tout est génial. D'habitude, ça prenait un peu de temps pour chauffer la salle, mais ce soir les gens se jettent à l'eau tout de suite. C'est en partie parce que la plupart des présents sont un peu plus vieux qu'il y a quelques années, si vous voyez ce que je veux dire — autrement dit, c'est exactement le même public, pas son équivalent de 1994 —, et qu'ils ne veulent pas attendre minuit et demi ou une heure pour s'amuser : ils sont trop fatigués pour ça, maintenant, et puis certains doivent rentrer pour libérer la baby-sitter. Mais c'est aussi, en partie, parce qu'il y a une vraie atmosphère de fête, une ambiance de grande occasion, de réjouissons-nous-avant-le-déluge, comme si c'était un mariage ou un anniversaire plutôt qu'un club qui sera encore ouvert la semaine prochaine, et peut-être même celle d'après.

Et je dois dire que je suis super bon, que je n'ai rien perdu du génie d'autrefois. Une série en particulier — les O'Jays (*Back stabber*), Harold Melvin et les Bluenotes (*Satisfaction guaranteed*), Madonna (*Holiday*), *The Ghetto* (accueilli par une clameur, comme si c'était ma chanson et non celle de Donny Hathaway) et *Nelson Mandela* des Specials — a cassé la baraque. Puis c'est l'heure du groupe.

On m'a demandé de les présenter ; Barry a même écrit ce que je suis censé dire : « Mesdames et messieurs, vous pouvez avoir peur. Vous pouvez avoir très peur. Voici... les SONIC DEATH MONKEY ! » Mais au diable ces bêtises, finalement je me contente de murmurer le nom du groupe dans le micro.

Ils sont en costume et cravate fine ; quand ils se branchent il y a un larsen affreux dont je crains un moment que ce ne soit leur premier titre. Mais le groupe Sonic Death Monkey n'est plus ce qu'il était. Pour tout dire, il n'est plus le Sonic Death Monkey.

« On ne s'appelle plus Sonic Death Monkey, dit Barry en prenant le micro. On est peut-être sur le point de devenir les Fouturistes, mais on n'est pas encore sûrs. Ce soir, en tout cas, on est les Backbeat. Un, deux, un deux trois quatre... WELL SHAKE IT UP BABY... » Alors ils se lancent dans un *Twist and shout* parfaitement en place, et le public devient dingue.

Et Barry sait chanter.

Ils jouent *Route 66, Long Tall Sally, Money, Do you love ?*, et pour le rappel *In the midnight hour* et *La Bamba.* Bref, chaque titre est bateau, reconnaissable, parfaitement adapté à un public de trentenaires pour qui le hip-hop est le truc que leurs gosses font en classe de musique et de gym. Les gens sont tellement contents, en fait, qu'ils boudent les titres que j'ai choisis pour les relancer après la terreur prévisible des Sonic Death Monkey.

« Qu'est-ce qui s'est passé ? » demandé-je à Barry quand il vient me voir au comptoir, en sueur, un peu parti et content de lui.

« Ça allait ?

— C'était mieux que je ne pensais.

— Laura a dit qu'on pouvait jouer seulement si on apprenait des trucs exprès pour la soirée. Mais on a adoré. Les gars parlent même de laisser tomber le plan pop-stars pour jouer aux fêtes de noces d'argent.

— Qu'est-ce que t'en penses ?

— Super, ouais. Je commençais à me poser des questions sur notre ligne musicale, de toute façon. Je préfère voir les gens danser sur *Long Tall Sally* plutôt que courir vers la sortie en se bouchant les oreilles.

— Le club te plaît ?

— Pas mal. Un peu trop, enfin, populaire pour moi », dit-il. Et il parle sérieusement.

Le reste de la soirée est comme la fin d'un film. Tout le monde danse : Dick avec Anna (il se tient raide comme un piquet et s'agite sans bouger les pieds, Anna lui tient les mains et tente de le décoincer un peu), Marie avec T-Bone (Marie est soûle, T-Bone regarde par-dessus son épaule quelqu'un qui lui a tapé dans l'œil — Caroline !), Laura avec Liz (qui apparemment parle de quelque chose avec fougue et colère).

Je passe *Got to get you off my mind* de Solomon Burke, et tout le monde se lance, par devoir, car seuls des danseurs hors pair peuvent s'en sortir, et personne ici ne peut prétendre être un danseur hors pair, loin de là. Quand Laura entend les premières mesures, elle se retourne, sourit, fait plusieurs signes avec les pouces levés, et je me mets à concocter dans ma tête une compile pour elle, pleine de chansons qu'elle connaît, qu'elle écouterait avec plaisir. Ce soir, pour la première fois de ma vie, je vois un peu comment il faut s'y prendre.

Impression réalisée sur Presse Offset par

BRODARD & TAUPIN

GROUPE CPI

La Flèche (Sarthe), 30136
N° d'édition : 3007
Dépôt légal : avril 1999
Nouveau tirage : mai 2005

Imprimé en France